金庸武俠史記〈天龍編〉

三版變遷全紀錄上

心一堂 金庸學研究叢書 金庸版本的奇妙世界系列

Sunyata

書名：金庸武俠史記〈天龍編〉三版變遷全紀錄（上）
系列：心一堂　金庸學研究叢書　金庸版本的奇妙世界
作者：王怡仁
執行編輯：潘國森　陳劍聰
封面設計：陳劍聰

出版：心一堂有限公司
通訊地址：香港九龍旺角彌敦道610號荷李活商業中心十八樓05-06室
深港讀者服務中心：中國深圳市羅湖區立新路六號羅湖商業大廈負一層008室
電話號碼：(852) 90277110
網址：publish.sunyata.cc
電郵：sunyatabook@gmail.com
網店：http://book.sunyata.cc
淘宝店地址：https://shop210782774.taobao.com
微店地址：https://weidian.com/s/1212826297
臉書：https://www.facebook.com/sunyatabook
讀者論壇：http://bbs.sunyata.cc

香港發行：香港聯合書刊物流有限公司
香港新界大埔汀麗路36號中華商務印刷大廈3樓
電話號碼：（852）2150-2100　傳真號碼：（852）2407-3062
電郵：info@suplogistics.com.hk

台灣發行：秀威資訊科技股份有限公司
地址：台灣台北市內湖區瑞光路七十六巷六十五號一樓
電話號碼：+886-2-2796-3638　傳真號碼：+886-2-2796-1377
網絡書店：www.bodbooks.com.tw
台灣秀威讀者服務中心：
地址：台灣台北市中山區松江路二0九號1樓
電話號碼：+886-2-2518-0207
傳真號碼：+886-2-2518-0778
網址：www.govbooks.com.tw

中國大陸發行 零售：深圳心一堂文化傳播有限公司
地址：深圳市羅湖區立新路六號羅湖商業大廈負一層008室
電話號碼：(86) 0755-82224934

版次：二零二一年一月初版

平裝：上下二冊不分售

定價：港幣　三百六十八元正
新台幣　一仟四百八十八元正

國際書號　978-988-8582-24-2

心一堂微店二維碼

心一堂淘寶店二維碼

鄺拾記舊版《天龍八部》第十一集封面，為金庸報紙連載時唯一授權之正版《天龍八部》。

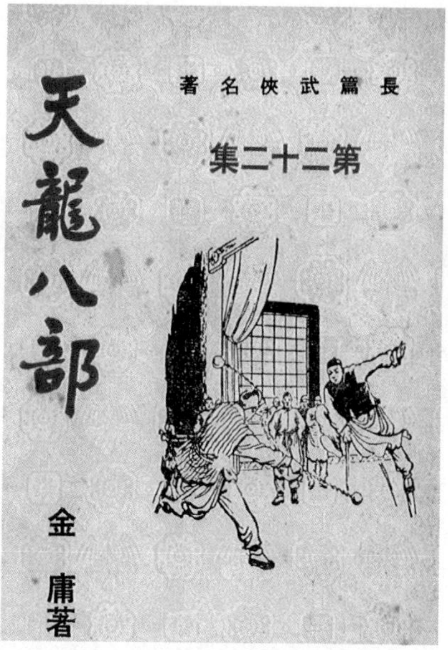

台灣吉明版《天龍八部》，據鄺拾記舊版《天龍八部》影印而成，內容與鄺拾記舊版完全一樣。

鍾夫人察看他的傷口，但見鮮血兀自汩汩湧出，流淚道：「怎……怎麼是好？」鍾萬仇大喜，伸手攬住她腰，道：「婉清，你爲我這麼担心，我便是立即死去，也不枉了。」鍾夫人暈生雙頰，輕輕推開了他，道：「段公子在這兒，你也這麼瘋瘋癲癲的。」她見丈夫神情漸漸委頓，臉色慚白，心下也怕了起來，道：「我不去救靈兒啦，她自己闖的禍，讓她自己聽天由命吧。」扶起了丈夫，問段譽道：「段公子，你去跟司空玄說，我丈夫已經……已經死了。他若是胆敢動我女兒一根毫毛，叫他別忘了『香藥叉木婉清』的辣手。」段譽見到這等情景，料想鍾萬仇固是不能親行，鍾夫人也不能捨了丈夫而去搭救女兒，憑着「香藥叉木婉清」這六個字，是否能嚇到司空玄，實在是大有疑問，看來自己腹中這「斷腸散」的劇毒，那是萬萬不能解的了。他一怔之下，心想：「事已至此，多說也是無益。」便道：「既是如此，晚生便前去傳話。」

鍾夫人木婉清見他說去便去，發足卽行，作事之瀟洒無碍，又使她記起心中那個人來，叫道：「段公子，我還有一句話說。」輕輕放開鍾萬仇的身子，縱到段譽身前，從懷中摸了一件物事出來，塞在段譽手中，低聲道：「你將這東西趕去交給段正明……」段譽聽到「段正明」三字，臉上忍不住變色。木婉清心細如髮。說到「段正明」這三字時，原是在注視段譽的臉色，當下輕輕嘆了口氣道：「你還想瞞我嗎？盼你能及時趕到，

—86—

鄺拾記舊版《天龍八部》段譽的親生父親是段正明的原文。

道：「我知道，你是嫌舅舅不爭氣，惱恨表哥不專心學武，以致不能開創天下無敵的「慕容宗」。」

王夫人「嘿」的一聲冷笑，道：「小孩子知道什麼？我早已不姓慕容啦，「慕容宗」立不立得成功，跟我有什麼相干？」玉燕道：「我知道的，你恨自己不是男子，否則早把「慕容宗」建了起來啦，你怪舅舅和表哥一心一意想「規復燕國」，沒將武功放在心上。」王夫人道：「這是誰跟你說的？」玉燕道：「不用有誰跟我說，我自己也猜得到。」王夫人道：「多半是你表哥說的了，是不是？」玉燕不對母親說謊，却也不承諾，只是默然不語。王夫人道：「你表哥一個大男人，年紀比你大着十歲，成天不學好，不長進，瘋瘋癲癲的不知幹些什麼，身上的功夫連你也及不上，慕容家的臉也給他丢光了。「姑蘇慕容」這四個字，百年來是多大的威風，可是你表哥的功夫呢？配不配啊？」玉燕聽着母親的說話，臉上一陣紅，一陣白，覺得母親的話倒也沒有說錯了，一時無言可答。王夫人又道：「他這會兒上少林寺去啦，那些多嘴丫頭們自然巴巴的趕着來跟你說。哼，他上少林寺去，不讓人牙也笑掉了麼？謝天謝地，人家決不能相信，這樣的膿包會是姑蘇慕容家的子弟，說不定幾招送了性命，查也無從查起，那是更加妙了。」玉燕走上幾步，柔聲道：「媽，你去救他一救。他……他是慕容家的一線單傳。

—553—

鄺拾記舊版《天龍八部》王語嫣本名王玉燕，武功更在慕容復之上的原文。

遭此大難。」他心中好生看重慕容復，愛屋及烏，對他的侍婢不免也是青眼有加。

喬峯心想：「她所以受此重傷，全係因我之故。義不容辭，非將她治好不可。須得到市鎮上，請大夫醫治。」說道：「阿朱姑娘，我抱你到鎮上去治傷，冒犯勿怪。」說着伸手抄起她的身子，快步向北而行。不久天便大亮，他將阿朱僧袍的衣袖拉將過來，遮住她臉，以免行人見到他懷抱少女而行，大驚小怪。

又行出三十餘里，到了一處人烟稠密的大鎮，早市買賣，甚是熱鬧。喬峯一問途人，知道這鎮叫做許家集，是附近粮食、棉麻、牛皮等物的集收之地。他找到當地最大的一家客店，要了兩間上房，將阿朱安頓好了。客店的店伴見他二人夫妻不像夫妻，兄妹不似兄妹，形跡頗爲可疑，但見喬峯凛然生威，却又不敢多問。喬峯身邊並無銀兩，皺起了眉頭發愁，阿朱有氣沒力的道：「我懷裏有金釧金鎖片……」喬峯道：「很好，你取出來，我去兌換。」阿朱右手動了一動，却無力氣。喬峯以事在緊急，便伸手在她懷中取了出來。只見那金釧和金鎖片打造得都是十分精緻。鎖片上還鐫着十個字道：「詩兒滿十歲，越來越頑皮。」喬峯微微一笑，心想：「這多半是她十周歲時父母或者伯叔給她的飾物，兌掉了可惜。」於是將那鎖片放在她枕頭之下，拿了那金釧上街去兌了十八兩五錢銀子，請了位醫生來看她傷勢。

—877—

鄺拾記舊版《天龍八部》阿朱的金鎖片上寫：「詩兒滿十歲，越來越頑皮。」的原文。

別學上我這毛病才好。你這張畫中的天山童姥最不喜歡人家囉唆嘮叨，當年太師父……吱唷，這件事說不得，我一時口鬆，險些走漏了消息。幸虧你是本門掌門人，倒還不要緊，倘若是外人，那便糟了。」虛竹道：「什麼天山童姥？畫中這個美女，不是那位王姑娘麼？」康廣陵道：「掌門人問到，師侄不敢隱瞞，畫中這位美女，她是姓童，當然不是王故娘。這位童姥姥，見了我也叫小娃娃哩。其餘的事，求求你不要問了，因爲你一問，我是非答不可，但答將起來，却是十分尷尬，非常的不好意思。」

虛竹道：「好，我不問便是，你還有什麼話說？」康廣陵道：「糟糕，糟糕，說到現下，還是沒有正題，眞是該死。掌門師叔，我是要求你兩件事，請你恩准。」虛竹道：「什麼事要我准許，那可不敢當了。」康廣陵道：「唉！本門中的大事，若不求掌門准許，却又求誰去？第一件事，咱們師兄弟八人，當年被師父逐出門牆，那也不是咱們犯了什麼過失，而是師父怕丁老賊對咱們加害，又不忍將咱們八人刺聾耳朵，割斷舌頭，這才出此下策。師父今日是收回成命了，又叫咱們重入師門，只是沒稟明掌門人，沒行過大禮，還算不得是本門的正式弟子，所以要掌門人金言許諾。否則咱們八人到死還是無門無派的孤魂野鬼，在武林中抬不起頭來，這滋味可不好受。」虛竹心想：「若是自己不承是掌門人，這老兒纏夾不清，不知要糾纏到幾時，只有先答應了再說。」便

—1562—

鄺拾記舊版《天龍八部》無崖子畫中美女是天山童姥（即王語嫣外祖母）的原文。

能暴露身份，索性亂吹一氣，道：「那是天山絕頂的一塊天外來金所鑄，刀劍難入，百邪不侵。」阿紫面上露出了欣羨之色，道：「你究竟叫什麼名字啊？」

游坦之順口道：「我姓王，叫星天。」他胡亂謅了一個名字，阿紫也深信不疑，追：「你的武功是哪一門的？」游坦之大吹特吹，道：「我的武功來歷非凡，乃是達摩老祖親自傳下的，叫做……」他心想：自己若能從此和阿紫在一起，那眞是快樂之極，因道：「叫做極樂派，我……便是極樂派的掌門人。」阿紫更是欣羨，道：「你年紀輕輕，原來已是一派掌門，怪不得能够輕而易舉地將我從丁春秋手中救了出來。」

游坦之打救阿紫，乃是絕對未曾經過考慮的行動，若是叫他想上一想，那他是萬萬不敢動手的。他心中苦笑，口中却道：「當然，丁春秋算得什麼，人人怕他，我却不怕他。」阿紫向前走出了一步，仰頭站在游坦之的面前。游坦之只覺得一陣陣幽香沁人心脾，不覺心跳神蕩。阿紫又緩緩地伸出手來，摸到了游坦之的手臂，順臂而下，將手掌按在游坦之的手背上。游坦之屏住了氣息，向阿紫的手看去，只見雪白晶瑩，當眞是如玉之潤，如緞之柔，不覺看得呆了。阿紫道：「你不問我叫什麼名字麼？」游坦之木然道：「你叫什麼名字？」阿紫道：「我姓段，叫阿紫。」游坦之口唇哆嗦了好一會，才發出了極低的聲音，道：「阿紫！」阿紫面上泛起了笑容，道：「我……喜歡你叫我，

—1613—

鄺拾記舊版《天龍八部》倪匡代寫情節，阿紫心儀「王星天」（游坦之化名）的原文。

住。若是死了，又何能回來和阿紫相會？他呆住了難以回答；阿紫却想到了別處：必是他舊歡甚多，一一訣別十分費時，即道：「不要緊的，隨便你去多少時候，我在這裏等你，只要你回來就好了。」游坦之道：「我一定回來。」

阿紫輕輕嘆了一口氣，道：「你去罷！」游坦之倒退着走開了兩步，道：「阿紫，你一個人……」阿紫道：「我在這裏不走，諒來也不妨事，你快去快回就是了。」游坦之心想：自己頭上的鐵面具除去之後，阿紫雙目已盲，再也不會認出自己，從此可以和她長相厮守，世上還有什麼比這更快樂的事？他轉身向前飛奔而出，準備找一個鎮市，尋鐵匠鑿開了鐵面具，再硬生生地撕了下來。當他想及「硬生生撕下鐵面具」之際，不禁身上發涼。然而為了能和阿紫長在一起，使她以為他眞是「極樂派」的掌門人，再大的痛苦也願抵受，便不再作退縮之念。他奔出了數里，觸目荒涼，不知何處方有鎮甸，心中大是着急，奔上了一個土崗，四下張望，見東北角上似乎有炊烟昇起，便循着方向奔了下去。奔出里許，忽聽得前面一個女子聲音叫道：「春秋哥哥啊！老大得罪了你，你連我也不理睬了麼？」這聲音幽幽忽忽，聽來十分清晰。游坦之心中一凜，連忙伏進了路邊的草叢之中，心中叫苦不迭。接着，又聽得丁春秋怒喝道：「走開！」那一聲怒喝，已來得極近。游坦之心中更驚，連大氣兒也不敢出，向外看去，只見丁春秋斷袖飄

—1618—

鄺拾記舊版《天龍八部》倪匡代寫情節，葉二娘愛戀丁春秋的原文。

泣，又悲又喜，一個情深舐犢，一個至誠孺慕，羣豪心腸雖硬，却也不禁爲之鼻酸。只聽葉二娘道：「孩子，你今年二十四歲，這二十四歲年來，我白天也想你，黑夜也想念你，我氣不過人家有兒子，我自己的兒子却給天殺的賊子偸去了。我……我只好去偸人家的兒子。可是……可是……別人的兒子，那有自己親生的好？」南海鱷神哈哈大笑，道：「三妹！你老是去偸人家白白胖胖的娃兒來玩，玩够了便喝他的血，原來爲了自己的兒子給人家偸去啦。我岳老二問你什麼緣故，你却又不肯說？很好，妙極！虛竹小子，你媽媽是我義妹，你快叫我一聲『岳老伯！』」他想到自己的輩份還在這武功奇高的靈鷲宮主人之上，這份樂子，可眞不用說了。

雲中鶴搖搖頭道：「不對，不對！虛竹子是你師父的把兄，你得叫一聲師伯。我是他媽的義弟，輩份比你高了兩輩，你快叫我『師叔祖』！」南海鱷神一怔，吐了一口濃痰，罵道：「你奶奶的，老子不叫！」葉二娘放開了虛竹的頭頸，抓住他的肩頭，左看右瞧，喜不自勝，轉頭向玄寂道：「他是我的兒子，你這臭賊禿，可不許打他！」虛竹驀地想起，那日拆解玲瓏棋局之時，見到葉二娘和丁春秋神態親熱，葉二娘口口聲聲叫他什麼「春秋哥哥」，顯然二人之間頗有曖昧，，莫非自己竟是丁春秋的兒子？這一下可不得了，母親是聲名狼藉的葉二娘，居位四大惡人的第二位，父親倘若眞是丁春秋，那

—2138—

鄺拾記舊版《天龍八部》虛竹心中懷疑丁春秋是自己生父的原文。

目錄

迷人又好玩的金庸版本學（總序一）

打從中學時開始閱讀金庸小說，我就聽聞金庸小說還有修訂前的「舊版」，也非常渴望親睹「舊版」的廬山真面目，卻始終無緣得見。

就在二〇〇一年時，有位武俠小說藏書名家慨讓給我《射鵰》、《神鵰》、《倚天》與《天龍》等幾部一版金庸小說，從此激發出我蒐羅一版金庸小說的決心。在那一年中，只要有時間，我就走訪台灣的舊書肆與租書店，或是逛網路拍賣，慢慢地收集了近乎一整套的一版金庸小說。

二〇〇二年間，我在台灣金庸茶館發表了「台灣金庸小說版本考」一文，完整呈現台灣各式各樣一版金庸小說的版式與封面圖案，這也是我的第一篇金庸版本研究文章。

不過，比起版式與封面圖案，我更希望與金庸讀者們分享的，是不同版本的金庸小說，究竟有哪些差異，於是，在二〇〇六年遠流出版社出齊新三版金庸小說後，我一口氣將三種版本金庸小說讀完，並於二〇〇七年發表了「大俠的新袍舊衫——試論金庸小說的改版技巧」一文，粗略討論金庸小說三種版本的差異，此文獲得了金迷們的廣大迴響。

發表「大俠的新袍舊衫」一文後，我仍感覺意猶未盡，因為金庸改版的精彩之處實在太多，這篇文章實在無法包羅所有改版的妙趣，於是，從二〇〇七年八月起，我在遠流出版社官網「遠流博識網」架設了「金庸版本的奇妙世界」部落格。在這個部落格中，我以逐回逐字比對的方式，與金迷朋友們分享金庸小說的版本差異，並分析金庸的改版技巧。

這個部落格從二〇〇七年八月開張，直到二〇一〇年八月，我陸續完成了《射鵰》、《神鵰》、《倚天》、《天龍》、《笑傲》與《鹿鼎》六部金庸長篇小說的版本回較，部落格格友們始終熱情支持。二〇一〇年八月完成《鹿鼎》版本比較後，我就鮮少貼文，但一直到多年後的今天，這個部落格每天仍都有數百點閱率，可知喜好金庸版本學的同好著實不少。

二〇一三年在潘國森老師鼓勵下，我將「金庸版本的奇妙世界」的《射鵰》、《神鵰》版本回較文章整理後付梓，出版了《彩筆金庸改射鵰》、《金庸妙手改神鵰》兩書。出版後讀者的反應極好，但而後因瑣事繁忙，另幾部金庸小說的版本回較並未出版。

一眨眼過了四年，在二〇一七年時，潘老師向我提起出齊六部小說版本回較的計劃。幾經思慮後，我決定將部落格文章再一次細心整理修改，成為好看的金庸版本專著，於是，經過一段時日的重新整編、校定、改寫之後，《射鵰》、《神鵰》、《倚天》、《天龍》、《笑傲》與《鹿鼎》六部金庸長篇小說版本回較的「書本版」陸續完成，並將逐部出版。

我相信這套書一定會是好看又好讀的「金庸版本學」著作，也相信經過我的穿針引線，讀者們都將全面認識不同版本的金庸小說，也能品味金庸改版時所用的技巧，並體會金庸修訂著作時的用心。

於我而言，閱讀金庸小說真的是很快樂的事，然而，比之閱讀金庸小說，更深的快樂是投入金庸版本的比較，因此，即使這些版本回較文章已經完成，我依然喜歡一再品味同一段故事，不同版本的不同說法。徜徉在版本變革的妙趣中，常常讓我對金庸的巧思會心一笑。

經由改版修改作品的作家很多，但像金庸這樣，大刀闊斧修訂自己成名數十年經典名著的作家則是絕無僅有。我相信「金庸版本學」一定會成為金庸研究中的一門有趣學問，這門學問不只不枯燥，還迷人又好玩。

經由這套書的出版，希望吸引更多朋友們都來閱讀不同版本的金庸小說，大家一起來「玩」金庸版本學，發現更多金庸改版時的巧思！

王怡仁

二零一八年五月

喜見金庸學考證派發揚光大（總序二）

金庸小說毫無疑問是二十世紀最偉大的中文小說，金庸也毫無疑問是二十世紀最偉大的中國文學作家，這裡沒有所謂「之一」而是「唯一」、「獨一」。而且二十世紀已經完滿落幕近二十年，這兩個「最偉大」可以作為定論。

金庸武俠小說自上世紀五十年代在香港面世不久已經甚受讀者重視，最早較具規模的論述始自八十年代初的「金學研究」。在此之前，倒不是未出現過有份量的評論文字，但是以數萬字長文刊行的單行本，則始由曾為金庸代筆的作家倪匡開先河。

後來因為金庸本人謙光，認為「金學研究」的提法不好，於是大家就改稱為「金庸小說研究」。這個叫法還是不夠全面，此所以我們決定用涵蓋面更廣的「金庸學研究」，為在二十一世紀重新推廣研究金庸其人及其小說這樣的學術活動給一個新的定義。

文學研究可以分為內部研究和外部研究。

內部研究以作品本身為主，作者本人為輕。在於金庸學當然以武俠小說為主，至於研究金庸寫武俠小說時的同期作品，如政論、劇本、雜文等都可以作為點綴。

外部研究則可以旁及作者的生平，他所處時空的歷史背景和社會面貌，以及他交遊的人物等等。雖然與作品本身未必有實質的因果關係，但是也不失為全面了解金庸武俠小說的助談資料。

金庸兩番增刪潤飾全套武俠小說作品的原意，其實可以概括為貪新厭舊四字。早在七十年代重刊修訂二版之前，金庸就靜悄悄地在香港市面上搜購所有流通在外的初版單行本，然後拿去銷毀。可是事與願違，金庸無法回收香港所有舊版，而海外讀者見到二版的改動之後，更把手上的舊版視如珍寶。

到了二十一世紀新三版面世時，金庸曾經公開聲稱原來風行多時的二版全面作廢！但是許多老讀者對新三版頗有微詞，後來金庸見群情洶湧，便改口說讓二版、三版並行，隨讀者喜好自便。不過，可以預期三版出而後二版不重印，在金庸的心目中，還是以三版為優。按照現時的情況，我們可以肯定不會再有第四版的金庸小說問世了。

著名學者、教育家吳宏一教授總結過去數十年讀者對金庸小說的討論，將眾多研究者粗略分為「點評派」、「詳析派」和「考證派」三大流派。[1]並分別以倪匡、陳墨和潘國森等人，作為三

---

① 「隨着金庸小說研討會在港台、美國以及中國南北各地的陸續召開，讀者的熱情仍然不減，討論的風氣似乎更盛。從早期倪匡的點評，中期陳墨的詳析，到最近潘國森等人的考證，在在顯示出金庸小說的魅力。金庸的武俠小說，真的如世所稱，已成一種中國文化的特殊現象。」見吳宏一，〈金庸印象記〉，《明月》（《明報月刊》附刊），二零一五年一月號，頁 42-47。

派的代表人物。

從字面理解，點評派的特色是見點而隨緣說法。代表人物倪匡打從金庸小說初刊就亦步亦趨，據說他是金庸四大好友之一，並且曾經代筆《天龍八部》連載數萬字。因為倪匡非常接近金庸本人，所以同時是金庸學外部研究的一部活字典。

詳析派則是將一部小說從頭到尾細加分析討論，代表人物陳墨也是截止今天，刊行金庸小說評論專注最多的論者。

至於考證派，可以說是比較貼近傳統中國文哲研究的舊規矩、老辦法。研究《紅樓夢》的紅學，當中亦有考證一派。因為金庸不願意與紅學爭勝，所以我們今天也沒有金學而只有金庸學。

我們金庸學考證派，較多用上中國文史哲研究的利器——「普查法」。潘國森在上世紀八十年代就是先從查找《金庸作品集》（二版）所有個人能夠看得見的錯誤入手，不過那是一個小讀者希望心愛的小說免除所有可以避免的小瑕疵，而不是打算要拿小說的疏漏去江湖上四處炫耀。

吳教授說「潘國森等人的考證」，這「等人」二字落得真是精確。我們或可以說倪匡的點評派和陳墨的詳析派都要後繼無人。

金庸學考證派，至少還有專注金庸版本學研究的王怡仁大夫和開展金庸商管學（Jingyong

Business Administration, JBA）的歐懷琳等人在二十一世紀之後加入研究的行列。

王大夫既屬考證派，亦帶有詳析派的研究心法。他既用普查法同時地氈式的搜索遍了三版小說；也有跨部排比，即是將不止一部小說串連在一起評論。現在王大夫只願意整理修訂金庸武俠六大部超過百萬字的回較，即《射鵰英雄傳》（約九萬字）、《神鵰俠侶》（約十七萬字）、《倚天屠龍記》（約二十萬字）、《天龍八部》（約三十三萬字）、《笑傲江湖》（約二十二萬字）和《鹿鼎記》（約四萬餘字）。餘下八部中短篇（《書劍恩仇錄》、《碧血劍》、《雪山飛狐》、《飛狐外傳》、《鴛鴦刀》、《白馬嘯西風》和《俠客行》）和不重要的《越女劍》的回較就不打算再最後定稿和發表了。這樣就為考證派的後來者，留下了可持續發展的空間。其實金庸小說其他領域需要好好考證的地方還多著呢！

這鉅細無遺的六大部三版回較，等同於其他學術領域入面最扎實的基礎研究，為金庸學更細緻的進階考證準備好最詳盡的三版演變紀錄。筆者認為是今後所有立志於金庸學研究的後來者必備的參考工具書，那怕是學院入面嚴肅的博士論文、碩士論文，還是一般讀者輕輕鬆鬆的看書消閒，都宜以小說原著與王怡仁回較並讀。

願金庸學考證派從此發揚光大！
是為序。

潘國森
序於香港心一堂
二零一八年戊戌歲仲夏

文學史上空前絕後的改版傳奇

《天龍八部》是一部奇書，《天龍八部》的改版則是一則奇書的傳奇。

在我花了許多心血，比對及鑽研《天龍八部》的改版情節與技巧後，可以下個結論，那就是：

「《天龍八部》絕對是文學史上改版幅度最大，情節變動最多的作品，其版本變革之大，堪稱空前絕後。」

在金庸的六部長篇，即《射鵰》、《神鵰》、《倚天》、《天龍》、《笑傲》、及《鹿鼎》六部小說中，《天龍》是最長的一部，也是改版幅度最大的一部。《天龍》大約有一百萬字，兩次改版增刪的數字都超過十萬字。因情節變動極大，三種版本的《天龍》幾乎可說是三種故事架構雷同，情節卻各自不同的作品。

而之所以會有這麼大的版本差異，乃是起因於此書的一版創作。金庸在一版連載《天龍時，於「釋名」中說「這部小說將包括八個故事，每個故事為一部。但八個故事互相有聯繫，組成一個大故事。」第一部故事是以段譽為核心的大理段家故事，在這段故事中出現的段正明、金大鵬、秦元尊、史安等人，全都是大理的高手。

然而，故事繼續往前推展，金庸原本預想的大架構竟改變了，小說不再是起初設定的八個故事的組合，而是一個完整的大故事。隨著段譽前來中原，故事也連結上姑蘇慕容及喬峰，並展開喬峰追查帶頭大哥，及姑蘇慕蓉謀求復國的情節，再接著，從丁春秋開始，逍遙派的蘇星河、無崖子、天山童姥與李秋水陸續出場。

一版故事中的人物一個又一個登場，金庸似乎筆隨意走，出現甚麼靈感，就寫甚麼人物與情節，因此在一版故事中，除了慕容復還有前後並不完全呼應的伏筆外，其他人物幾乎都沒有伏筆，就直接出場了，這樣的情節使得整體故事結構略顯鬆散。

此外，《天龍》還穿插了一段金庸創作史上絕無僅有的「倪匡代寫」，代寫的字數多達四萬多字。倪匡的思路顯然與金庸並不相同，因而造成了金庸的小說走向被倪匡打亂，卻需接續倪匡的筆路發展故事的狀況。

金庸將一版改版為二版時，致力於將整部《天龍》變成結構嚴密的作品。他將二版第一回神農幫的故事，改為與天山童姥及靈鷲宮相關，第二回無量玉洞的情節，則改成是無崖子與李秋水的故事。

至於倪匡代寫的一段，金庸在二版將之悉數刪除，然而，這段故事並不是獨立情節，刪除了這段，導致後續情節也須大幅連鎖更動。這一整大段故事以游坦之為主，大幅刪除後，游坦之的故事即大量減少，游坦之也就從主角變成了配角。

經過大幅增刪，二版《天龍》的結構明顯比一版緊密，但整個故事已經有了極大的不同。二版通行有年後，金庸似乎仍覺得二版的瑕疵極大，因此在修訂二版為新三版時，又進行了大幅度的增刪。

金庸認為二版的有幾處破綻，比如蕭峰追查「帶頭大哥」，是《天龍》中極重要的情節，但最後揭破「帶頭大哥」是少林方丈玄慈，二版卻無任何伏筆；此外，「小無相功」是逍遙派功夫，二版鳩摩智學得此功，並未解釋來龍去脈。

新三版針對這些破綻進行增寫或修改，增寫了玄慈假扮遲姓老人來會蕭峰，期盼蕭峰將他打死，以贖雁門關之過；而為解釋鳩摩智為何學得「小無相功」，增寫了李秋水與丁春秋私奔，鳩摩智再由丁春秋處偷得「小無相功」秘笈。

增寫了新內容之後，新三版大幅刪除二版靈鷲宮三十六洞洞主、七十二島島主，以及函谷八友的相關故事。

從一版到新三版，整部《天龍》經過兩次脫胎換骨，變成了一部結構緊嚴、故事好看的武俠文學經典。

《天龍》因篇幅極長，改寫並不簡單，從兩次大規模的修訂，就可知金庸用心之深。

而我之所以會說，《天龍》的改版空前絕後，是因為《天龍》於一九六三年開始一版連載，新三版則於二〇〇五年出版，在長達四十多年的時光中，讀者始終喜歡，銷售長期熱賣，出版社也樂於出版不同的版本。就因為作者用心、讀者喜愛、出版社支持，才成就了《天龍》前無古人，後也難有來者的版本傳奇。

那麼，就請大家一齊來品閱三種版本不同的《天龍》故事，共同體驗這空前絕後的版本傳奇。

凡例

一、關於金庸小說的版本定義

一版：最初的報紙連載及結集的版本。

香港：三育版及鄺拾記版等授權版本，以及光榮版、宇光版等多種未授權版本。

台灣：時時版、吉明版、南琪版等多種版本，均為未授權版本。

二版：一九八〇年代十年修訂成書的版本。

中國：三聯版

香港：明河版

臺灣：遠景白皮版，遠流黃皮版、遠流花皮版

新三版：即一九九九至二〇〇六年的七年跨世紀新修版本。

中國：廣州花城版

香港：明河版

臺灣：遠流新修金皮版

二、一版，讀者通稱「舊版」。二版，讀者通稱「新版」。新三版，讀者通稱「新修版」。

三、本系列的回目，是以二版的劃分法為準，一版內容以對應二版分回作比較，一版回目則從略。

「天龍八部」是指八個短篇故事合成一部長篇小說
——《天龍八部》釋名回較

《天龍》是金庸書系中，唯一一部在故事開始之前，還向讀者詳細解釋書名的小說。有趣的是，從一版、二版到新三版，金庸對「天龍八部」這四個字竟然有三種完全不同的詮釋，且來看看三種版本的「天龍八部」書名解釋。

一版說：這部小說以「天龍八部」為名，它寫的是宋時雲南大理國的故事。

又說：天龍八部這八種神道鬼怪，都將成為小說中的主要角色。當然，他們是人而不是怪，只是用這些怪物作綽號，就像水滸傳中的母夜叉孫二娘、摩雲金翅歐鵬。

這部小說將包括八個故事，每個故事為一部。但八個故事互相有聯繫，組成一個大故事。

原來在金庸的原始構思中，《天龍八部》是「八個短篇故事」，其中的人物有天、龍、夜叉等綽號。然而，全書開始創作後，短篇變成了一氣呵成的長篇，主人公喬峰、段譽、虛竹等，也沒有「天」字、「龍」字等外號，於是，二版修訂時，金庸回頭將「天龍八部」的釋名大為修改。

二版改為：這部小說以「天龍八部」為名，寫的是北宋時雲南大理國的故事。天龍八部這八種神道精怪，各有奇特個性和神通，雖是人間之外的眾生，卻也有塵世的歡喜和悲苦。這部小說裡沒有神道精怪，只是借用這個佛經名詞，以象徵一些現世人物，就像「水滸」中有母夜叉孫二娘、摩雲金翅歐鵬。

同一個名詞，二版的「釋名」與一版完全不同，原來此書並不是如一版所說，要用天龍等怪物來作人物的綽號，而是要借用這個佛經名詞，來象徵一些現世人物。

當讀者們都以為他們了解「天龍八部」四字所指為何後，修訂為新三版時，金庸又將「天龍八部」四字的釋名大為增寫。

新三版先修正：這部小說以「天龍八部」為名，寫的是北宋時宋、遼、大理等國的故事。

新三版再較二版增說：佛教認為：世間一切無常，眾生除非修成「阿羅漢」，否則心中都有「貪、嗔、痴」三毒，難免無常之苦。本書所敘的人物都是常人，書中所敘史事大致正確，人物有真有假，故事則為虛構，人物的感情力求真實。但書中人物很多身具特異武功或內功（有許多是超現實的，實際人生中所不可能的），又頗有超現實的遭遇，因此以「天龍八部」為書名，強調這不是現實主義的，而是帶有魔幻性質、放縱想像力的作品。

金庸的解釋名詞果然變化多端。「天龍八部」這四個字的意思，到了新三版，又搖身一變，變成是以「天龍八部」四字來強調這是帶有魔幻性質、放縱想像力的作品。

【王二指閒話】

《天龍》是金庸小說「漢胡爭霸四部曲」的最後一部，也是從《射鵰》故事延伸出來的的「射鵰英雄前傳」，或者也可以說是「降龍十八掌前傳」、「一陽指前傳」、「丐幫前傳」或「大理段家前傳」。

前傳性的作品，為了配合「正傳」，通常創造上都會略顯綁手綁腳，但金庸的高明之處是，把「前傳」與「正傳」的年代拉得非常開，從北宋哲宗年間的《天龍》到南宋理宗年間的《射鵰》，相距大於一百年，兩書除了武功上的傳承，並不致於造成人物上的干擾。而以「降龍十八掌」、「一陽指」為書中主要武功，當然就是要以「射鵰前傳」之名，將「射鵰系列」（含《射鵰》、《神鵰》、《倚天》）的舊讀者完全接收過來。

以此推論，一版說《天龍》「將包括八個故事，每個故事為一部」，亦有可能是「五絕」往上延伸的八種故事，或許金庸一開始構想的不只是南帝的前人段譽與北丐的前人喬峰，亦有可能在他腹稿中也有桃花島、白駝山或全真教的前人故事，但畢竟整部書並沒有朝初下筆時構思的「八個短篇」著手，而是在故事連載後，仍然鋪陳成金庸擅長的大長篇故事，因此，金庸原本是否曾在腦中構思過「五絕」的前人事蹟，已無從得知。

而新三版《天龍》的特色之一，就是金庸在「後記」中對於學者質疑書中許多情節太誇張或不可能，提出捍衛性的辯駁。

在「後記」中，金庸自承「六脈神劍」、「火燄刀」、「北冥神功」、無崖子傳功、童姥返老還童等等事實上不可能。因而要請讀者想一下現代派繪畫中超現實主義、象徵主義的畫風，接著又舉例說，《莊子》說大鵬「搏扶搖而上者九萬里」、「上古大椿以八千歲為春、八千歲為秋」，從科學上來說也不合理，又說中國有自然科學家們硬要研究「六脈神劍」是否可能，不知道外國的昆蟲學家有沒有研究卡夫卡小說中有人忽然變成了六隻腳大甲蟲是否可能。

金庸在整篇「後記」中講的，其實就是要為《天龍》的合理性開脫。然而，《天龍》一書，本就是金庸書系中，唯一一部「奇幻武俠」或「魔幻武俠」，這與「射鵰三部曲」的風格是大異其趣的。硬要以《射鵰》系列或《笑傲》、《鹿鼎》等書來對照《天龍》的合理性，就像以《三國演義》來評論《封神榜》中騰雲駕霧、飛天遁地、火輪法寶等戰技究竟合不合理，那豈不是風馬牛不相及？

要合理化《天龍》一書，其實重點並不在辯駁《天龍》中的武功是否過度神化，較簡單的辦法是，將「後記」與「釋名」相對應，再次強調《天龍》的「魔幻性質」，也就是，乾脆直接定位，《天龍》就是一部「奇幻武俠小說」或「魔幻武俠小說」。

文學的屬性定位是重要的，只要金庸宣告，《天龍》根本是一部「奇幻小說」或「魔幻小說」，就不必再為《天龍》的情節是否寫實及合於常理而自辯，金庸捨此道而求繞路，導致大費周章。事實上，只要定位明確，誰會質問吳承恩，為什麼《西遊記》中孫悟空的「如意金箍棒」可以任意長短？誰又會質疑JK羅琳，為什麼哈利波特可以駕著長棍，在天空飛來飛去？

金靈子與青靈子兩蛇合成了閃電貂

——第一回〈青衫磊落險峯行〉版本回較

金庸的武俠世界中，常常會出現奇禽異獸，使得武林更繽紛多彩。《天龍》第一回即是由鍾靈帶著她異獸開場。且來看看一版與二版，鍾靈豢養的兩種完全不同的神蛇異獸。

話說左子穆因段譽在龔光傑比劍時一笑譏刺而憤怒，令龔光傑重懲段譽，此時，坐在樑上的鍾靈丟下毒蛇來救段譽。

一版說鍾靈約莫十六七歲年紀，手中握著十來條蛇兒。蛇身並不甚大，但或青或花，均是身具劇毒的毒蛇，鍾靈拿在手中，便如是玩物一般，毫不懼怕，有些毒蛇更在她臉頰上挨挨擦擦，極是親熱。

二版刪掉了「有些毒蛇更在她臉頰上挨挨擦擦，極是親熱。」兩句。蛇是冷血動物，又不是小狗小貓，怎能親熱地挨挨擦擦呢？

後來左子穆殺了鍾靈丟往龔光傑身上的毒蛇，一版鍾靈又掏出一條金鍊般的物事擲向龔光傑，原來是一條金色小蛇，哀牢山玉真觀道人凌霄子發現這條小蛇是「禹穴四靈」的金靈子，嚇得馬上起身告辭。

二版這段改為鍾靈從左腰皮囊裡掏出一團毛茸茸的物事，向龔光傑擲了過去，原來是只灰白色的小貂兒。這隻小貂身長不滿一尺，眼射紅光，四腳爪子甚是銳利，這隻貂就是「閃電貂」，閃電貂以蛇為食。

二版鍾靈不跟蛇親親熱熱，另一個原因是鍾靈身上的蛇只不過是閃電貂的食料罷了。

而後，鍾靈要將段譽也拉到樑上，一版鍾靈由腰間解下一條青綠長帶，垂了下來，段譽伸手便握，不料著手冰冷，定睛一看，竟是條活蛇。鍾靈說此蛇叫「青靈子」，用利劍也斬不斷。將段譽拉上樑後，鍾靈收起青靈子，圍在腰間，繞了三圈，活脫是條腰帶。

二版沒有青靈子，鍾靈用來拉段譽的，是一條衣帶。

故事接著說到神農幫要將無量劍滅派之事，一版兩派的衝突，是因神農幫要採無量山後山中的「百草剋星都拉草」，並要將都拉草斬草除根，一株不留。

二版改為神農幫要採的是「通天草」，至於為什麼要採「通天草」呢？二版神農幫主司空玄道說他身上的「生死符」只有天山童姥能解，通天草則能讓他在「生死符」發作時減輕痛苦。

一版此回並未提到天山童姥，改寫為二版時，金庸為求全書一氣呵成，環環相扣，從第一回就開始說及「天山童姥」與「生死符」之事，以與第三十四回天山童姥的情節相呼應。

鍾靈說了道上所聞的神農幫事跡，便要離去，左子穆挺劍來攔，一版鍾靈又放出腰間的青靈子，青靈子將左子穆右腕咬了一口，再將左子穆長劍纏住，咬成數截。鍾靈離去前，騙左子穆說青靈子有劇毒，再告訴段譽，青靈子其實無毒，還說那條青靈子是她叔叔的。

若照一版鍾靈的說法，再對照凌霄子對金靈子的反應，可知此段暗伏鍾靈父親鍾萬仇有個頗具來頭的兄弟，但在後來的故事中，鍾萬仇不只沒有兄弟，自己也是不入流的角色，因此這些為鍾萬仇及其兄弟出場預做的伏筆，二版全數刪除。

二版改為鍾靈離去時，咬傷左子穆的是閃電貂，鍾靈告訴左子穆閃電貂有毒。

離開無量劍後，段譽跟鍾靈聊起了不願學武功之事，鍾靈遂得悉段譽的家傳武功是「一陽指」。一版段譽說：「你將一陽指說得這麼神妙，真能當飯吃麼？我看你的金靈子、青靈子，那就好得多。」鍾靈嘆道：「但願我能將幾條蛇兒，跟你換換這手武功，可惜你既不會一陽指，這幾條蛇兒也不是我的。」

二版將這段改為：段譽道：「你將一陽指得這麼神妙，真能當飯吃麼？我看你的閃電貂就厲害得多，只不過它一下子便咬死人，我可不喜歡了。」鍾靈歎道：「閃電貂要是不能一下子便咬死人，還有什麼用？」

後來段譽為了勸神農幫不要殺人，與鍾靈齊赴神農幫。段譽勸司空玄不要向無量劍尋仇，司空玄憤而要將段鍾二人拿下，一版鍾靈又放出金靈子狂咬神農幫眾，二版改為放閃電貂。一版鍾靈又抽出腰間的青靈子擋住撲近的神農幫眾，二版自無此事。而後，神農幫眾將段鍾二人活埋到土中，只露出頭臉。

一版說，司空玄見到鍾靈的金靈子，心中將「禹穴四靈」和一個人的名字聯了起來。鍾靈見司空玄臉上閃過一陣恐懼神色，遂威脅他快放了她跟段譽，免得她父親來找麻煩。司空玄於是決定殺了鍾靈滅口。

從一版的前幾回推測，凌霄子與司空玄都非常害怕鍾萬仇。不過，鍾萬仇在整部《天龍》中，武功水平根本排不上高手之列，可知雷聲雖大，雨點卻小，因此這段二版全刪了。

緊接著，司空玄自己也為金靈子（閃電貂）咬傷而重毒。金靈子（閃電貂）咬過司空玄後，就逃入草叢，不見了。

司空玄問鍾靈金靈子（閃電貂）的毒性，鍾靈說七天後將毒發身亡，二版較一版增寫，司空玄心想：「我身上給種下了『生死符』，發作之時苦楚難熬，不如就此死了，一乾二淨。」此處增寫亦是在為天山童姥預埋伏筆。

而後，司空玄命段譽服下「斷腸散」，在毒發前的七日內，以鍾靈為人質，令段譽前去向鍾靈父親鍾萬仇求解藥。段譽向鍾靈索取信物，以徵鍾萬仇之信。一版鍾靈給了段譽一個小玉匣，以為見到她父親時的信物，鍾靈說玉匣中所藏即是金靈子和青靈子的剋星。

一版玉匣中的寶貝，就是「莽牯朱蛤」，段譽後來以之練成了「朱蛤神功」。

二版將鍾靈託給段譽的信物改為鞋子，二版還說段譽俯身去除她鞋子，左手拿住她足踝，只覺入手纖細，不盈一握，心中微微一蕩，抬起頭來，和鍾靈相對一笑。

司空玄對段譽喝道：「你趕快請了人回來，我自然放這小姑娘給你做老婆。你要摸她的腳，將來日子長著呢。」段譽和鍾靈聞言都滿臉飛紅。

第一回一版金靈子改寫為二版閃電貂的情節就到此處，冷血動物金靈子被抽換成了哺乳動物閃電貂。

新三版增寫了一段段譽向鍾靈調情之事。這段從兩人被神農幫活埋，只露出頭臉說起。活埋後，新三版段譽對鍾靈說：「跟你這樣美麗的小姑娘一起死了，倒也挺快活。」鍾靈嘻嘻一笑，低聲道：「你是真的心裡說我美麗呢，還是騙我開心說的？」兩人臉頰相距不過寸許，段譽見她粉臉紅潤，小嘴微張，甚是可愛，伸過嘴去，在她臉上輕輕一吻。鍾靈登時羞得滿臉通紅。

二版段譽對王語嫣情有獨鍾，新三版大理憲宗宣仁帝段譽則納鍾靈為正宮或側宮娘娘，既然日後要鸞鳳和鳴，段譽從邂逅鍾靈之時，就毋須謹守男女距離，那雙嘴唇自然也就不安份了。

從一版到二版，鍾靈的寵物由金靈子變成閃電貂，這究竟有什麼不同呢？其間的差別就是，若鍾靈跟段譽百年好合，一版的段譽接收了金靈子，那麼段譽就可以擁有「金蛇郎君」的外號。而若鍾靈跟段譽大功告成後，鍾段二人一起出門遛二版的閃電貂，那麼，鍾段二人就是不折不扣的「神貂俠侶」了！

【王二指閒話】

俗話說：「什麼人玩什麼鳥」，反過來說就是「什麼鳥給什麼人玩」，這句話用在金庸的創作技法中，也頗適宜。

對於筆下的俠士，金庸除了會創作與之性格相符的武功及兵器外，有時也會配備給俠士相襯的「寵物」，以突顯俠士的性格。如《射鵰》郭靖擁有名駒「小紅馬」。郭靖是金庸筆下唯一的

「大俠將軍」，堅守襄陽危城。小紅馬配郭靖，正是駿馬配良將，宛似赤兔配關公、黃驃配秦瓊，相得益彰。

金庸配給《神鵰》楊過的，是桀驁不馴的神鵰，神鵰與狂狷的楊過搭配，正是睥睨天下的組合。

而對於筆下的「邪男怪女」，金庸幾乎都配與「蛇」，以營造神秘及邪惡的感覺。在金庸書系中，養蛇的男子有《射鵰》白駝山歐陽鋒、歐陽克父子、一版《射鵰》為了反制歐陽鋒而養蛇練功的裘千仞、《神鵰》因母親家傳而養蛇的楊過，一版《天龍》捕蛇高手游坦之、善於御蛇的天竺高手哲羅星、以及《鹿鼎》神龍教主洪安通；養蛇的女子則有一版《射鵰》捕蛇為生的秦南琴，以及一版《天龍》以「禹穴四靈」金靈子與青靈子為武器的鍾靈。

金庸修訂一版為二版時，將整個書系中的「蛇」故事大幅刪除，原因有二：

一、文學上的原因：以文學而言，因為金庸多次以「蛇」來對應「邪男怪女」，圖騰式的標籤效果太明顯，也就是說，只要身邊有蛇，幾乎就可以判斷該角色絕非正派之人。而對於標榜以「不要重複已經寫過的人物、情節、感情，甚至是細節」為修訂總則的金庸，這般近乎「公式化」，一個蘿蔔一個坑的暗喻，實在太過制式。因此金庸在修訂一版為二版時，將裘千仞、楊過、游坦之、哲羅星、秦南琴及鍾靈的相關蛇類情節，或刪或改，一個不留。

二、科學上的原因：金庸非常講究自己的作品符合科學，並盡量做到無怪力亂神之虞。然而，江湖中人養蛇的故事，為求活潑趣味，自然會有御蛇令蛇，與蛇互動情節，如《神鵰》楊過抓了幾條青蛇來玩弄馴養，竟也無師自通，摸出蛇兒習性，口哨一吹，群蛇就可依令排隊。《天龍》鍾靈指揮金靈子與青靈子，也是使用噓聲口哨。然而，在科學研究中，蛇的聽覺器官沒有外耳和鼓膜，聽不到空氣中傳播的聲音，內耳則對人或動物接近的腳步聲極為敏感。蛇的聽覺是經由下顎骨表面接收外界聲音的振動，再透過內耳的桿狀鐙骨傳遞至大腦，因此蛇在行走時下顎骨大都緊貼著地面，故而能夠很敏感地偵測到地面上的振動。由此可知，蛇既聽不到楊過的口哨，也聞不著鍾靈的噓聲。小說中違反科學邏輯的敘述，信服科學的金庸當然會予以改寫。

金庸對於筆下的神異動物，修訂原則幾乎都是「刪」，只有鍾靈養蛇的情節是少數的例外，或許是金庸考慮鍾靈年少功弱，非得借助動物為武器不可，因而金靈子與青靈子的情節並非全刪，而是改成閃電貂，這確實是金庸極少使用的改寫方法。

第一回還有一些修改：

一．關於「無量劍」，二版說「無量劍」於五代後唐年間在南詔無量山創派，新三版將「五代後唐年間」改為「五代後漢年間」。

二．二版說鍾靈約莫十六七歲年紀，一身青衫，笑靨如花。新三版再加說鍾靈的外貌為「圓臉大眼」。

三．左子穆抽出長劍，威脅鍾靈將神農幫之事說清楚，二版鍾靈跨步便往門外走去，對左子穆手中青光閃爍的長劍恍如不見。新三版改為鍾靈拉著段譽的手，跨步便往門外走去。新三版增加了兩人的親暱感。

四．鍾靈走出練武廳時，新三版增寫：無量劍一名中年弟子搶上前來，抓住鍾靈手臂。而後，鍾靈的閃電貂躍出皮囊，二版是咬中左子穆左臂，新三版改為咬了中年弟子手臂。這是要為二版的「左子穆中閃電貂毒而無礙」的矛盾開說，想來善於使毒治毒的神農幫主司空玄，中閃電貂之毒後，尚且自斷右腕，而二版的左子穆中毒卻無性命之憂，豈非怪事？（二版的矛盾是源自二版將一版咬傷左子穆的青靈子改為閃電貂，然而，青靈子是無毒的，閃電貂卻有劇毒。）

五．離開演武廳時，二版鍾靈從皮囊中摸出閃電貂來，捧在右手，左臂挽了段譽向外便走。新三版左右手互換，改為鍾靈從皮囊中摸出閃電貂來，捧在左手，右臂挽了段譽向外便走。如此鍾靈就從左撇子改為右撇子了。

六．司空玄被閃電貂咬了兩口，新三版較二版多解釋說：司空玄曾在掌心及手臂搽了蛇藥，但後頸和手背卻沒搽上。此處補寫是要與前面提到閃電貂抵受不住司空玄秘製蛇藥的情節相呼應。

七．一版段譽出場時是「白衣男子」，二版改為「身穿青衫的年輕男子」，這是為了配合回目「青衫磊落險峰行」而做的更改。

八．一版左子穆外號「一劍振天南」，辛雙清外號「分光捉影」，兩人因非重要人物，二版將其外號都刪掉了。此外，一版說「無量劍」原分東、南、西三宗，南宗早已式微寥落。二版將「南宗」改為「北宗」。

九．一版至無量劍當公證的，有點蒼派大弟子柳之虛、哀牢山玉真觀道人凌霄子、大覺寺迦葉禪師、馬五德等等。一版的大理故事原本在金庸初構想中是八段獨立故事中的一段，因而角色較多，不過，金庸後來仍把《天龍》寫成一部完整的大長篇。二版因整部《天龍》已鋪陳成一個大故事，故而必須進行「冗員大掃除」，以免書中角色多而蕪雜，二版將「無量劍」的公證人名號刪了。

十・左子穆向馬五德問起段譽，一版馬五德說：「這位段兄來到普洱舍下，聽說貴宗兩派比劍，知道這是大開眼界的機會，是以要跟著老哥哥同來。」但想要看人打殺，似乎有違段譽性格，二版改為馬五德道：「這位段兄弟來到普洱舍下，聽說我正要到無量山來，便跟著同來，說道無量山山水清幽，要來賞玩風景。」

十一・一版無量劍派的龔人傑，二版改為龔光傑，「人傑」二字為《笑傲》「青城四秀」羅人傑所專用。此外，一版無量劍派的甘人豪，二版亦改為干光豪，「人豪」二字為《笑傲》「青城四秀」于人豪所專用。

十二・一版左子穆的師弟叫「容元規」，二版改為「容子矩」，以符合依「子」字敘輩。金庸在改版時，非常注意同派門人的輩份問題，如一版《神鵰》「淨光」，二版改為「鹿清篤」，也是要符合全真教「清」字敘輩。

十三・神農幫來訊要滅無量劍後，一版說先前見金蛇而遠避的玉真子緩步進門，只見他垂頭喪氣，臉上長長一條血痕，頭上道冠也跌去了，頭髮散亂，顯是曾跟人惡鬥一場而落敗。二版已無「玉真子」，自然刪了此段。

十四·一版左子穆說「無量玉璧」就是無量山妙高峰上的鏡面石。二版將「妙高峰上」改為「白龍峰畔」。

十五·左子穆說起與神農幫結仇的經過，一版說容元規在無量山殺了神農幫二人，當時也沒知道，其中一個少年原來竟是神農幫司空幫主的獨生兒子。二版將「當時也沒知道，其中一個少年原來竟是神農幫司空幫主的獨生兒子」刪去了，因為如此情節跟《笑傲》林平之誤殺余滄海之子過於雷同。

十六·一版要教段譽一陽指的，是段正明，而非段正淳，因此，一版段譽逃家，告訴鍾靈的是：「我想來想去想不通，又跟我伯父爭了一場。爹爹要我向伯父磕頭賠禮，我自己總覺我沒錯，不肯賠禮，爹爹和媽媽因此又吵了起來……」二版改為段譽道：「我只是想來想去想不通，不聽爹爹的話。爹爹生氣了，他和媽媽又吵了起來……」。此外，一版段譽說他不學武，「爹爹說了我不聽，伯父跟我辯了一天一夜，我仍是不服」，二版改為「爹爹跟我接連辯了三天，我始終不服。」另外，鍾靈說武林人士說不定會綁架段譽來換「一陽指」穴道譜訣，一版段譽說：「有這等事?我伯父性烈如火，惱起上來，一定跟那人好好的打上一架。」二版改為段譽道：

「有這等事？我爹爹惱起上來，就得跟那人好好打上一架。」總之，二版段正明已改為寬慈疼姪到好伯父，也沒有「性烈如火」的性格了。

十七・一版段譽對神農幫老漢說，他師父姓孟，諱述聖，字繼儒，專研古文尚書、於公羊之學，也有頗深的造詣。二版改為他師父姓孟，名諱上述下聖，字繼儒。師父專研易理，於說卦、繫辭之學有頗深的造詣。這是要與後來段譽學得「凌波微步」，深諳易經方位相扣合。因為一版與二版做了修改，一版鍾靈問段譽：「你騙他公羊，母羊的，那是什麼功夫？」二版也改為：「你騙他易理，難理的，那是什麼功夫？」

段譽的親生老爸原來是大理皇帝段正明

——第二回〈玉壁月華明〉版本回較

《射鵰》、《神鵰》、《倚天》與《天龍》四部金庸長篇小說，都出現了類似的狀況，即一版故事開始連載後，整部小說的走向，漸漸與最前面幾回的破題有了分歧，於是，在改寫為二版時，金庸將四部小說的前幾回大加修改，以期首尾相應。

在創作一版《天龍》時，金庸原本構思這部小說是由八篇故事組成的，在第一篇「大理段家故事」中，並沒有逍遙派及天山童姥等相關情節，但這部小說後來創造成一部大長篇，於是，修訂為二版時，為了讓《天龍》的人物結構密如蛛網，金庸就把「逍遙派」故事提前到前數回，以為伏筆。

且來看第二回的故事：話說神農幫司空玄以鍾靈為人質，命段譽向鍾萬仇索要閃電貂（金靈子）解藥，段譽走到無量山後的溪旁。而後，一版無量劍的甘人豪持劍逼段譽回劍湖宮，段譽腰間的青靈子遂向甘人豪臉上撲去，甘人豪大吃一驚，段譽乘機奔逃，逃入無量劍禁地，墜落山崖。

二版改為段譽在溪邊，聽到干光豪與葛光珮的情話，兩人除了說要終身廝守外，干光豪還說許多年前他太師父曾在月明之夜，見到無量玉壁上舞劍的人影，時男時女，時而男女對使，劍法精奇。葛光珮說她太師父也見到玉壁上的人影，後來只見到一個女子使劍，那男劍仙不見了，過了兩年，女劍仙也不見了。而後，干葛二人提劍要殺段譽，段譽奔逃而墜崖。

這段改寫並不是要寫干光豪與葛光珮的戀情，改寫真正的目的有二，一是把一版沒解釋清楚的「無量玉壁」地理位置說清楚，二是為逍遙子、李秋水與逍遙派埋下伏筆，若再加上第一回已補埋的天山童姥與生死符伏筆，二版從前兩回就已經完整預告了後來將登場的逍遙派。

一版段譽跌落山崖後，見到了瀑布旁有著如銅鏡般的石壁，他想起這就是無量山眾人所說的「玉壁」，夜半之時，段譽見到玉壁上映著一把劍的劍影，劍尖指著一個彎物，彎物發出斑斕七色，一條一條，層次分明，和彩虹一樣。

段譽看向玉壁對面的峭壁，峭壁上隱隱有光影流動，他登時省悟峭壁之中嵌有一劍，也有一件彩虹般的七色寶石。

這就是一版「無量玉壁」的秘密，想來一版無量劍東西宗每五年拼全力較武，竟是為了入住劍湖宮，欣賞寶劍虹玉的投影，這未免也太無稽。

二版這段大幅修改，改為段譽見到谷底瀑布旁的玉壁後，又見到谷底的樹叢之後也有一大片石壁，這才明白當年無量玉壁上的人影，是從此壁映到彼壁，一面鏡子再映到另一面鏡子。

而後，段譽又見到身畔石壁上一把長劍的影子，劍影發出彩虹般暈光，段譽登時省悟，峭壁中定懸有一把鑲嵌諸色寶石的劍。

經過二版一改寫，「無量玉壁」就不再像一版那般單調乏味了，二版將一版「無量玉壁」單純的寶劍虹石投影，改為「鏡子再投影到鏡子」，不只「無量玉壁」的精彩度大幅升級，逍遙派逍遙子與李秋水練功而投影到「無量玉壁」之事，也得到了無懈可擊的周延解釋。

接著，段譽順著劍尖所指，來到一個洞穴，洞穴內是個石室。段譽在石室中，見到神仙姊姊玉像。

一版神仙姊姊玉像旁有八個大字：「無量秘奧，解衣乃見。」段譽心想解去神仙姊姊衣衫，豈非褻瀆?於是以銅鏡將八個字都鏟了下來。

一版的「無量秘奧，解衣乃見」八字應是暗伏玉像上另有秘密，但後來此伏筆被捨棄了，二版因此刪了此話，二版還藉玉像將逍遙子與李秋水之事大為加料。

二版改為，段譽見玉像旁刻著許多「莊子」的句子，文末題著一行字云：「逍遙子為秋水妹書。」段譽心想，玉像理當就是那「秋水妹」了。

二版此處的逍遙子，與第三十一回出場的無崖子是同一個人，但名字（或外號）前後不一，造成讀者的疑惑，新三版改為逍遙子是無崖子的師父，與李秋水有戀情的是無崖子。此回凡二版述及「逍遙子」之處，新三版一律改為「無崖子」，比如二版「逍遙子為秋水妹書」。新三版即改為「無崖子為秋水妹書」。

而後，段譽在玉像前的蒲團拜倒，開始磕頭。一版段譽見到神仙姊姊左足鞋上繡有「叩首千遍，供我驅策」八字，右足鞋上繡有「必遭奇禍，身敗名裂」八個字。他馬上向玉像叩頭起來。磕完一千個頭，發現蒲團下有一銅綠斑斕的銅片，上面寫道：「汝既磕足千頭，便已為我弟子，此後遭遇，慘不堪言，汝其無悔。本門蓋世武功，盡在各處石室之中，望靜心參悟。」

但段譽不想學武，因此隨後即離開石室。

這段在二版大為修改，一版段譽的武功不勞而獲，吃下莽牯朱蛤即練成「朱蛤神功」，二版改為段譽練成了逍遙派功夫，也就是從神仙姊姊玉像前的秘笈學會了功夫。

二版段譽對神仙姊姊玉像磕頭，見到玉像右足鞋上繡的是「磕首千遍，供我驅策」八字，左足鞋上繡的是「遵行我命，百死無悔」八個字。

磕畢千頭，段譽拿出蒲團中的白綢，白綢上寫著逍遙派武功，還說「學成下山，為余殺盡逍遙派弟子，有一遺漏，余於天上地下耿耿長恨也。」段譽因此學會了逍遙派的「北冥神功」與「凌波微步」。

接下來，段譽到了「萬劫谷」要尋鍾萬仇。一版「萬劫谷」入口處乃是一座墳墓，段譽依鍾靈指點，從左數起，數到第七座大墳，只見墳前墓碑上寫「萬仇段之墓」五個大字，段譽心中一怔，尋思：「這名好生奇怪，怎麼叫做『仇段』？」而後從墳旁洞口走進去，地底有具棺材，棺材蓋打開後，鍾家丫鬟出來迎接段譽。

這段二版全改寫了，倘使鍾萬仇也住古墓，那麼，「無量山後，活死人墓，萬仇夫妻，絕跡江湖」，鍾萬仇太也對小龍女東施效顰了。

二版改為：段譽到了「萬劫谷」谷口，左首有一排九株大松樹，「萬劫谷」的入口就在右數第四株大松樹中，段譽進入樹洞，一路走到一片草地，只見一株大松上漆上白漆，寫著九個大字：「姓段者入此谷殺無赦」，八字黑色，那「殺」字卻作殷紅之色。段譽在「段」字上敲擊三下，鍾家丫鬟即出來迎接。

進鍾家後，段譽先是見了鍾夫人，一版鍾夫人一抬頭見到段譽的容貌，不禁臉上變色，身子一晃，踉蹌著退了兩步，喘息道：「你……你……」

這段二版自然刪了，但可知在金庸的初構想中，段譽不只不是段延慶的兒子，還與他親生父親像了個十足十。然而，一版段譽的父親是段正淳嗎？那倒是非也非也，且待繼續分曉。

而後，鍾萬仇出現了，鍾夫人將段譽藏入東邊廂房中。一版接下來的故事是，陝西華山派門下女弟子范霞抱著師姊施雲至萬仇谷來求鍾萬仇，因為施雲被金靈子咬傷而中毒。

范霞跪求鍾萬仇為施雲治蛇毒，鍾萬仇道：「你師父是傅伯岐傅大麻子吧？他是晚輩，我要他感我什麼情？當年我死的時候，他幹嘛不來弔喪？我在棺材中可知道得明明白白。」他這幾句話聽得范霞莫名其妙，鍾萬仇又問范霞，是誰指點她來找他？范霞說一位黑衣姑娘。

鍾萬仇不願治毒，告訴范霞：「兩條路你任擇一條，第一條路，你和你師姊終身在我谷中服侍我娘子。第二條路，你二人斬斷雙手，割了舌頭，以免出去洩露了我這谷中秘密。」

范霞不願留在谷中，鍾萬仇於是將范霞與施雲雙手割斷，又將兩人舌頭割了。段譽見狀，憤而挺身而出。

二版這段故事完全刪改了，刪改的原因有三，一是《天龍》後來已寫成完整的長篇故事，起頭的「大理故事」不再是獨立的短篇，因而必須進行「冗員大掃除」，范霞、施雲、傅伯岐都在

「大掃除」名單中；二是假死後仍活，這在《天龍》中是慕容博的專屬故事，不能再為鍾萬仇所用；三是四大惡人旋即要登場，金庸的創作模式一向是突顯角色性格，壞人就要是天下壞事都歸他的桀紂，好人就是好事一把抓的堯舜，既有四大惡人，鍾萬仇也就不必再濫傷無辜，惡事由四大惡人一肩挑即可。

二版改為鍾家家人來福兒向鍾萬仇與鍾夫人說進喜兒已死之事，進喜兒因稱南海鱷神為「三老爺」，惹得南海鱷神暴怒，南海鱷神說他是岳老二，不是三老爺，因此扭斷了進喜兒的脖子。一版暴力殘忍的鍾萬仇情節就轉嫁到更慘無人道的南海鱷神身上了。

二版段譽是因鍾萬仇夫婦勃谿，鍾萬仇自己掌嘴，段譽見狀而笑，才被鍾萬仇抓出來。鍾萬仇受到段譽的譏刺，向外奔出，段譽向鍾夫人說救鍾靈之事，鍾夫人準備隨段譽去救鍾靈，鍾萬仇追阻，並受了鍾夫人一劍，一版鍾萬仇道：「婉清，你……終於要離我而去了？」，二版改為鍾萬仇道：「阿寶，你……終於要離我而去了？」可知一版與二版鍾夫人的名字是不一樣的。

一版此回的鍾夫人自稱名號是「香藥叉木婉清」，二版改為「俏藥叉甘寶寶」，而關於鍾夫人的芳齡，一版說鍾夫人約莫四十歲，二版減為三十六七歲，新三版的甘寶寶更年輕，再改為約莫三十三四歲。至於鍾萬仇，一版鍾萬仇外號「見人就殺」，二版改為「馬王神」，然而，「馬王神」理當是《射鵰》韓寶駒的獨門外號，新三版鍾萬仇的外號因此又改回一版的「見人就殺」。

「木婉清」這名字在一版原來是鍾夫人的名字，但這好名字用在二線配角未免太浪費，因此在一版第三回中，又說鍾夫人是向真正的木婉清「借名字」來壯聲勢，因此才對段譽自稱是「香藥叉木婉清」。一版的說法是自相矛盾的，因為鍾萬仇叫鍾夫人，叫的就是「婉清」，若鍾夫人只是借「木婉清」之名來騙段譽，鍾萬仇怎能知道？

最後，鍾夫人決意與鍾萬仇留在萬仇谷，段譽只得自行前往救鍾靈。一版段譽謹遵鍾靈叮囑，在萬仇谷從未透露自己的家世，但臨去前，鍾夫人將裝有鍾靈生辰八字的黃金鈿盒塞在段譽手中，低聲道：「你將這東西趕去交給段正明……」，段譽聽到「段正明」三字，臉上忍不住變色。鍾夫人又道：「你還想瞞我嗎？」原來一版段譽跟伯父段正明簡直就是一個模子所印，容貌極為相像。

二版段譽既不像段正淳，更不可能像段正明，因為他是段延慶的親兒子，因此鍾夫人自然不可能由段譽的外貌推想出他的親生父親，二版改為段譽自行招認他叫段譽，父親叫段正淳。鍾夫人於是將裝有鍾靈生辰八字的黃金鈿盒塞在段譽手中，並對段譽說：「你將這東西趕去交給你爹爹，請他出手救我們的女兒。」

原來在金庸的初構想中，段譽的親生父親竟是大理皇帝段正明，難怪一版第一回的段正明非要逼著段譽學家傳武功「一陽指」不可。想來大理皇室跟白駝山有異曲同工之妙，白駝山是歐陽鋒叔嫂通姦，生下了歐陽克，大理皇室卻是皇帝大伯段正明與弟媳婦舒白鳳(二版刀白鳳，一版原名舒白鳳)生下了兒子段譽。這段正明不愛後宮佳麗，偏要染指弟媳，風流真可比戀上兒媳的唐明皇！

【王二指閒話】

金庸自一九五五年於《新晚報》著手連載《書劍恩仇錄》，至一九七一年於〈明報〉連載完畢《鹿鼎記》，此即「一版」。一版完成後。金庸自一九七〇年至一九八〇年間，又將全部小說改寫了一次，即是「二版」。二版流通有年後，金庸自一九九九年至二〇〇六年再將整套小說大加修改，此即「新三版」。

若要呈現金庸版本的差異，研究金庸改版的方向，可以有三種方式：

一、對勘本：將金庸小說由上到下分三個欄位，三個版本的故事並陳，同一段故事上下並排。「對勘本」的優點是金庸著作原汁原味呈現，不會被斷章取義，讀者可以自行進行版本的比較。缺點則是因金庸小說的版本變革太大，如《倚天》二版第二十七回滅絕師太於萬安寺將峨嵋掌門傳諸周芷若，並告訴她倚天劍、屠龍刀中所藏兵書秘笈的大秘密，新三版將之整段「乾坤大挪移」到第三十八回。因這段的字數甚為龐大，因此，若以「對堪本」呈現，必然在第二十七回與第三十八回都會出現大片空白。

而若將「對勘本」付梓，可以想見整套書為數必然非常龐大，以通用的二十五開本書而言，因為對勘而分三欄位，冊數必須為三倍，再加上前後的刪改增修，還得有一冊的差量。因此，一套二十五開本《倚天》有可能多達十三冊，一套《天龍》更有可能高達十六冊，如此一來，不管對出版社還是讀者，顯然都會面臨消費上的壓力，印製與流通上也都必須大費周章。

二、夾註本：所謂「夾註」，就是一種版本（也就是二版）為基準，再將一版與新三版有增刪修改處，以不同字體、顏色或大小的文字夾註於字裡行間以及上下天地的空白之處。「夾註本」的優點是讀者不需自己比對三種版本的差異，也就不必承受閱讀上必須高度集中精神的壓力，缺點則還是因為金庸版本修改幅度太大，如一版《射鵰》秦南琴的故事、一版《倚天》少林寺授張無忌「少林九陽功」，並與張三丰交換武功之事，及一版《天龍》哲羅星騎蛇前來中原救波羅星之事，二版都悉數刪除，刪除字數高達數萬，若將之完全補充進書間，則夾註之數字有可能「喧賓奪主」，致使多頁徒有夾註，正文則一片空白。

三、匯整本：所謂「匯整」，就是由整理者將金庸三種版本中的差異之處挑選出來，將之整理成文章，如「金庸版本的奇妙世界」部落格就是用匯整的方式。「匯整本」與「對勘本」或「夾註本」最大的不同是，「匯整本」看不到完整的金庸小說故事，只能見到差異之處。優點是讀者可以直入金庸修改的核心主題，品味金庸的修改技巧。缺點則有三，一是將差異之處直接擷取出來，於還不熟悉金庸小說的讀者而言，閱讀壓力會較大，二是摘取字句無前後故事相銜接，難免流於斷章取義，三是整理者導向式的金庸版本分析，容易落入個人觀點，讀者閱讀後，較可能變成與整理導讀者大同小異的「刻版化」觀點。

「對勘本」、「夾註本」與「匯整本」各有其優缺點，這完全是因為金庸的版本增刪度實在太大，遠勝於張愛玲等也修訂過舊作，另出新版的作家作品。然而，也就因為金庸改版的幅度實在太大，用的技巧實在太多，因此，以金庸版本來學習改版的文學技巧，深度廣度都很足夠。

第二回還有一些修改：

一・干光豪向葛光珮說起無量玉璧上的舞劍人影，二版干光豪說：「我太師父別說生平從所未見，連做夢也想像不到，那自是仙人使劍。」新三版干光豪加說為：「我太師父別說生平從所未見，連做夢也想像不到。劍光有時又紅又綠，現出彩色，那自是仙人使劍。」新三版再次強調了「寶石劍」的炫麗。

二・段譽原本想在石壁上刻下「大理段譽畢命於斯」八字，二版說：石壁堅硬異常，累了半天，一個「段」字刻得既淺且斜。這裡應是誤寫，「大理段譽畢命於斯」八字，先刻的怎會是「段」字？新三版改為「大理」兩個字刻得既淺且斜。

三・二版說神仙姊姊玉像眼光中的神色難以捉摸，似喜似愛，似是情意深摯，又似黯然神傷。新三版改為眼光中的神色難以捉摸，似怨似愁，似是喜悅無限，又似有所盼望期待。瞧他容貌約莫十八九歲，眉梢眼角，頗有天真稚氣，嘴角邊微露笑容，說不盡的嫵媚可親，上唇處有一點細細黑痣，更增淡雅。新三版此處要把伏筆補全，此玉像就是李秋水的小妹子，而非李秋水。

四・段譽見到帛卷上的「凌波微步」，二版最後寫著一行字道：「猝遇強敵，以此保身，更積內力，再取敵命。」新三版將這行字改為：「步法神妙，保身避敵，待積內力，再取敵命。」

五．「瑯嬛福地」的書架上，二版「丐幫」的籤條下注「缺降龍十八掌」。新三版改為「缺降龍廿八掌」。這是新三版改版重點之一「降龍廿八掌」首度出現在書中。

六．誤刺鍾萬仇一劍後，二版甘寶寶對鍾萬仇道說道：「我不去救靈兒啦，她自己闖的禍，讓她聽天由命罷。」但母女連心，甘寶寶怎能說此無情之話，鍾萬仇又怎能不心疼愛女？新三版將甘寶寶這段話刪了。

七．甘寶寶請段譽去求段正淳出手救鍾靈，二版甘寶寶交代段譽，告訴他，「別忘了跟你爹爹說：『請他出手救我們的女兒』這十個字。」然而，鍾萬仇就在甘寶寶身邊，她真能如此口無遮攔？新三版改為甘寶寶是湊近段譽之臉，壓低聲音說道：「別忘了跟你爹爹說：『請他出手救我們的女兒』這十個字。」

八．甘寶寶交給段譽的黃金鈿盒，一版版說盒中有塊紙片，色變淡黃，顯是時日已久，紙上隱隱還濺著幾滴血跡，上寫「癸亥年二月初五丑時」十字。二版改為「庚申年二月初五丑時女」十一字。新三版將「盒中有塊紙片，色變淡黃」改為「盒中有塊紅色紙片，色轉殘舊」。鍾靈的生辰也改為「乙卯年十二月初五丑時女」。金庸在「釋名」處說過，《天龍》的故事發生在北宋哲宗天祐、紹聖年間，公元一零九四年前後。一版鍾靈的生辰是大宋元豐六年（西元一〇八三年），公元一〇九四年鍾靈十一歲，二版鍾靈的生辰是大宋元豐三年（西元一〇八〇年），公元一〇九四年鍾靈十四歲，新三版提早到大宋熙寧八年（西元一〇七五年），公元一〇九四年鍾靈十九歲，如此才能符合鍾靈在書中的年齡。

九．段譽在無量山谷底飢餓時，一版是摘些茶花的花瓣放入口中咀嚼。一版還說，這些花瓣顏色極豔，滋味卻甚苦澀，段譽直吃了八九十朵大茶花。二版段譽不再如此庸俗，吃花止飢了，改為是吃青紅色的野果。

十．段譽見到神仙姊姊玉像，一版說神仙姊姊玉像著絲質白衫，二版改為淡黃色綢衫。

十一．一版段譽給鍾夫人看的鍾靈信物是「青靈子」，鍾夫人見到青靈子，雙眉微蹙，臉有厭憎之色，上身向後讓了開去，道：「公子居然也不怕這等毒物，請你放在這邊角落裡吧！」。二版則將鍾靈的信物改為「花鞋」。

木婉清是橫行雲南的女魔頭——第三回〈馬疾香幽〉版本回較

在二版第一回與第二回，金庸將一版前幾回隻字未提的「逍遙派」逍遙子（新三版改為無崖子）、李秋水與天山童姥，補植進故事中當伏筆。第三回金庸仍在玩「補植伏筆」的遊戲。這一回改版的重點，是將段正淳的花心事蹟揉進一版原本完全與段正淳無關的木婉清耍潑故事中。這一改寫，木婉清即從一版雲南武林中人人聞之色變的「李莫愁」型無端殺人的女魔頭，一變而為母親愛情失意的「殷離」型兇悍女兒，且來看看這段近乎完全變成另一部書的大幅度改寫。

故事從段譽向木婉清借得黑玫瑰，卻遭兩大漢攔路，段譽又回頭向木婉清報訊說起。一版段譽進到木婉清屋內，見到廳上十七八人圍著木婉清，其中有男有女，還有兩個僧人，三名道士。其中之一乃是雲南武林大名鼎鼎的三掌絕命秦元尊，然而，段譽因從未涉足江湖，不只從未聽過秦元尊，即使是武林中被尊為泰山北斗的「三善四惡」，他也是聞所未聞。

二版刪掉了秦元尊，來到木婉清家裡的，改為是王夫人手下的平婆婆、瑞婆婆等人。

一版木婉清是被名門正派圍攻的女魔頭，二版改成木婉清與平婆婆等人的仇殺，是肇因於她母親秦紅棉與王夫人爭風吃醋。

此外，一版還說到「三善四惡」，「三善四惡」理當與《射鵰》「五絕」及《連城》「南四奇北四怪」一樣，都是武林中成名的英雄，但因後來的故事發展，「四惡」確實有，「三善」卻始終未出場，二版因此將「三善四惡」之名刪除了。

接下來，一版秦元尊等人準備對木婉清發難，木婉清問其中一位青松道人，是否曾先去求香藥叉相助？段譽見青松道人語氣之中，對木婉清怕得厲害，不由得心下暗暗稱奇。

二版刪掉了青松道人，也就沒有青松道人到萬劫谷求鍾萬仇夫妻參與圍勦木婉清之事。

一版女魔頭木婉清與殺人魔鍾萬仇似敵似友，二版則改為木鍾雙方頗有交情。

二版將這段改為木婉清向平婆婆與瑞婆婆叫陣，段譽聽瑞婆婆的口氣，對木婉清著實忌憚，不由得暗暗稱奇。

接著，準備動手與來人交戰前，一版木婉清說，她看在青松道人師妹鍾夫人的面子上，願意饒青松道人一命，青松道人於是掩面奔出，卻為秦元尊下首的老嫗飛刀所殺。

一版鍾夫人是青松道人的師妹，也就是說，鍾夫人是系出某門派的高手，二版沒了青松道人，鍾夫人也改成是木婉清母親秦紅棉的師妹。

二版這段改為木婉清叫祝姓老者滾出去，祝姓老者恐懼奔出，卻為平婆婆所殺。

而後，木婉清在圍剿中大射毒箭，並帶著段譽，逃出包圍，再將段譽以馬橫拖，頗加折磨，段譽怒而不與木婉清說話。

一版此時，十餘丈外有一個身材高大的漢子，倏忽之間走到木婉清跟前，段譽見這人淡金面皮，一身黃布短衣，一張四方國字臉，兩腿雙臂都較常人長得甚多，約莫三十左右年紀，雙目炯炯，雙手空空，腰間掛著一柄單刀，原來此人就是「一飛沖天金大鵬」。

金大鵬問木婉清為什麼殺了成都城中賣藥王老漢，木婉清說有人中了她的毒箭，王老漢竟治好了他，她因此對王老漢下了殺手。

突然間木婉清發毒箭射向金大鵬，金大鵬瞬間拔刀格箭。金大鵬讚木婉清道：「香藥叉木婉清名不虛傳。」段譽聞言道：「金兄，她不是香藥叉木婉清。」又說：「我認得木婉清，木婉清便是鍾夫人，這惡女子卻是個姑娘。」言甫畢，木婉清短箭射向段譽，要殺了他，幸而金大鵬射出一枚金錢，擋下了毒箭。

金大鵬說段譽弄錯了，段譽則說他確定鍾萬仇的妻子叫做木婉清，木婉清說鍾夫人冒用她姓名。

而後，木婉清說要跟金大鵬鬥五百招決勝負，金大鵬喝道，他金大鵬堂堂男子漢，豈能與小妖女鬥到五百招以外？但他請木婉清不要傷害段譽，木婉清道：「是你求我了？」金大鵬沉聲道：「是我求你了。」木婉清哈哈一笑，因為「一飛沖天金大鵬」竟然出口求她。

而後，她將段譽拉到馬上，絕塵而去，途中還告訴段譽：「江湖上都說一飛沖天金大鵬，乃是武林中後起之秀，除了上一輩的『三善四惡』之外，數他最為了得。可是他卻出言相求於我。」段譽心想，「一飛沖天金大鵬」雖然名滿天下，但顯然也不敢小覷木婉清。

一版金大鵬從外貌、武功到整體正義形象，都與稍後出現的喬峰頗有重疊，二版改版時，金大鵬也在「冗員大掃除」行列中，被金庸完全刪除了。

二版這段改為：木婉清見段譽倔強不說話，拿匕首要刺他耳朵，段譽嚇得開口說話，木婉清見他開口說話，算是服了自己，就不再折磨他了。

一版木婉清離開金大鵬後，與段譽來到萬劫谷，木婉清厲聲喝叫鍾夫人出來，見到鍾夫人後，木婉清質問鍾夫人，為什麼要冒名「香藥叉木婉清」，鍾夫人說她只是想以木婉清之名鎮住神農幫，以救鍾靈。

木婉清又問起青松道人是否來求助之事，並說鍾萬仇若參與圍攻她，只怕她性命不保，鍾夫人則說，她與鍾萬仇計議，想來即使和怒江王秦元尊、一飛沖天金大鵬、少林寺慧禪大師等人聯手，也未必鬥得過木婉清，因此沒答允青松道人。木婉清聞言，心下頗為得意。

這一大段二版全數刪除了，一版經由這一段，將「木婉清」這美麗的名字由鍾夫人轉到木婉清身上，二版木婉清沒了「香藥叉」外號，「香藥叉」改為甘寶寶的外號「俏藥叉」。此外，一版青松道人與鍾夫人是師兄妹，鍾夫人因而用計借走木婉清的黑玫瑰，要害木婉清無法逃生，二版改成木婉清之母秦紅棉與甘寶寶是師姊妹，自然也沒甘寶寶陷害師姊女兒之事。

後來段譽謊稱要解手，騎了黑玫瑰就逃，又被木婉清一嘯而回。而後木婉清放了段譽，叫他離去。段譽離開木婉清後，到飯鋪中吃飯，二版較一版添加了一大段內容，即段譽在飯鋪巧遇干光豪與葛光珮，兩人要殺段譽滅口，卻雙雙死於木婉清的短箭之下。

這段改寫是金庸「事事皆有交代」的創作原則，也就是要由此解決掉干光豪與葛光珮這兩個不重要的角色，另一目的則是要藉由木婉清來救段譽，將原本分開的兩人再次兜攏在一起。

而後，一版段譽記起鍾夫人說要冒充「香藥叉木婉清」去救女兒的事，於是自己剪裁了一塊黑布，包裹在身上，假冒是木婉清，前往神農幫駐紮之所。司空玄相信他就是木婉清，於是向他索要金靈子解藥，段譽以魚肉飯菜混充解藥唬弄司空玄，因而被拆穿。

神農幫黃司舵等人憤而持刀要殺段譽，但卻都為木婉清暗中射出的短箭所殺。神農幫隨後放了鍾靈，段譽將金盒中的金靈子解藥給司空玄，司空玄亦給段譽斷腸散解藥，但又告訴段譽，此藥只能延緩斷腸散七日不發，若七日後司空玄未死，才要給段譽真正的解藥。

二版這段徹底修改，改為木婉清殺了干光豪與葛光珮後，與段譽一同遇見四位靈鷲宮聖使，兩人合力殺了四聖使，並穿上靈鷲宮聖使的斗蓬，前往神農幫聚集處，因靈鷲宮是神農幫的頂頭上司，司空玄一見到靈鷲宮聖使，馬上釋放鍾靈，並獻上斷腸散解藥。司空玄又向段木二人乞要閃電貂解藥，木婉清倒了些綠色藥末給司空玄。

段譽、木婉清、鍾靈三人而後一齊離開了神農幫。

二版改寫後顯然比一版合理多了，想他司空玄是老江湖，怎能受段譽這毛頭小子愚弄？若說罩上一件亂七八糟的黑布，弄些魚肉飯菜混充解藥，就能唬倒司空玄，其誰能信？

接下來的情節是木婉清受圍剿之事。一版木婉清與段譽、鍾靈挾持司空玄離開之時，怒江王秦元尊、申四婆婆、少林寺慧禪大師、黑白劍史安四面圍住了木婉清。在這四人之中，秦元尊掌力渾厚，慧禪大師是少林寺八大護法之一，方便鏟的招數在佛門弟子中稱得第一，申四婆婆刀錐並施，武功另成一家，以狠辣陰毒取勝，黑白劍史安則是近年來在江南一帶揚威立萬，頗負俠義之名。

鍾靈見狀，叫段譽趕緊逃離，段譽決意留下相伴木婉清，木婉清怒而趕走了鍾靈，鍾靈遂離開了段木二人。

鍾靈離去後，一版木婉清繼續鬥秦元尊、慧禪與申四娘三人，史安自重身份，不願與秦元尊等聯手夾攻一女子。混戰中，申四娘的鋼錐刺中木婉清左肩，木婉清則反手擊斃申四娘。而後，木婉清乘機與段譽躍上黑玫瑰離去。數十人竄出擋在路中，黑玫瑰從一干人頭頂躍了過去，那干人紛紛罵道：「賊丫頭，伏牛寨群雄決不與你干休！」

二版這段改為：木婉清喝走鍾靈後，在平婆婆、瑞婆婆、白鬚老者與使劍漢子四人之間穿來插去。混戰中，白髮老者的鋼錐刺中木婉清左肩，木婉清則反手擊斃白髮老者。而後，木婉清乘機與段譽二人共騎黑玫瑰，向西急馳而去。忽然十餘人竄出擋在路中，黑玫瑰從一干人頭頂躍了過去，那干人紛紛罵道：「賊丫頭，又給她逃了！」

一版木婉清隨後與段譽馳馬上無量劍派劍湖宮，秦元尊、史安、以及伏牛寨等一干人隨後追到，黑玫瑰衝進劍湖宮，穿過大廳，直達無量山後山禁地。這段故事二版悉數刪除。

《天龍》修訂至此，一版秦元尊、史安、慧禪與申四娘等江湖俠客圍剿雲南女魔頭木婉清的故事，完全偷樑換柱，二版變成了平婆婆、瑞婆婆為其主王夫人來鬥情敵秦紅棉之女木婉清。

一版木婉清是雲南女魔頭，與段譽邂逅後，才受段譽感化，二版木婉清則被改成是因母親與其他女人爭風吃醋，才被迫殺人，所以也就不是女魔頭了。

【王二指閒話】

金庸創作《天龍》的初始構想是「這部小說將包括八個故事，每個故事為一部。但八個故事互相有聯繫，組成一個大故事。」雖然後來仍寫成一整部長篇大故事，但在一版故事中，許多情節仍都像各自獨立的一部故事，因而結構略顯鬆散。所以在修訂《天龍》時，不論一版改為二版，或二版改為新三版，金庸都在「增埋伏筆，強化前後連貫性」上大下功夫。

整部作品完成後，再回頭於前段故事中加入伏筆，即可營造一氣呵成的整體感。關於「增埋伏筆」，金庸小說常用的方法有三種：

一、增：即在原本的故事中，直接插入與後來的情節相互呼應的故事，這是較簡易的增埋伏筆技巧。如二版《射鵰》第一回加寫曲靈風遙想黃藥師，以為王處一提及的「五絕」預埋伏筆。新三版《天龍》亦增寫了玄慈等少林僧扮成遲姓等五老人，考較蕭峰的武功與人格，以為日後揭破玄慈為「帶頭大哥」預作伏筆。當然，添加伏筆是文學技巧，適度添加如美女上妝，可為故事達成「首尾相應」的加分，但若添加過度，使得讀者都已經比情節發展還早知道作者的創作走向，那就如女人上妝過濃而變醜，反而是減分了。不過，金庸於小說的創作技法上極為純熟，自然不可能有伏筆添加過度的狀況。

二、修：小說中的某些人物在金庸初版創作時，前段與後段明顯走向有所差異，因此，金庸在修訂時，勢必要將其前段修改，才能與後段相契。「修」是伏筆技巧「增」、「修」、「改」三種方式中，唯一不得不作的文學技巧。如在《倚天》一版的前段中，金花婆婆明明原本就是名震江湖的老英雌，但小說進行到後半段，金庸又決定拿金花婆婆來充明教「紫白金青」四大法王之數，於是在二版改寫時，就增寫胡青牛為金花婆婆把脈，說：「老年人而具如此壯年脈象，晚生實是生平第一次遇到。」也就是將金花婆婆改成是易容老妝的中年人，如此才能與「紫衫龍王」的身份前後相扣。

三、改：所謂的「改」是將完全風馬牛不相及的前後段落，完全扭轉成前後相應的故事，這是伏筆技巧的「增」、「修」、「改」三種方法中，困難度最高的一種。在《天龍》的伏筆修改中，金庸大幅採用「改」的技巧。如在第一回中，一版神農幫威逼無量劍的故事，二版改為是受靈鷲山天山童姥所迫；在第二回中，二版將一版的無量玉壁故事改說是逍遙子與李秋水練劍的投影，又將一版鍾萬仇無端傷害范霞、施雲師姊妹，改成是南海鱷神殺害進喜兒；第三回中，一版秦元尊、金大鵬等江湖俠士攻擊無端殺人的女魔頭木婉清，二版改為平婆婆、瑞婆婆等王夫人家婢，前來雲南圍剿王夫人情敵秦紅棉的女兒木婉清，以為段正淳的花心做伏筆。

為何金庸只在《天龍》書大幅採用「修」的技法？原因之一是，《天龍》前幾回出現的幫派與人物，幾乎都是全書中無足輕重的小幫派與小人物，因而大修特改，並不致引起情節的大幅振盪。反觀《射鵰》，若是要以《天龍》的方式增植伏筆，也可以將第一回出場的郭嘯天或楊鐵心寫成洪七公的弟子，由此預告天下「五絕」，但如此一來，因郭楊二人是男主角的父親，勢必牽定整部書都要更動，若這麼改，文學技法就不算高明了。

第三回還有一些修改：

一．木婉清叫祝姓老者滾出去，二版祝姓老者當真奔了出去，他剛伸手去推廳門，平婆婆右手一揮，一柄短刀疾飛出去，正中他後心。二版的說法稍嫌不合理，因平婆婆、瑞婆婆圍堵木婉清，廳門怎能任意進出？新三版改為祝姓老者「剛伸手去推廳上長窗」，即為平婆婆所殺。

二·引領段譽去借黑玫瑰的鍾靈家人，一版是叫「鍾福」的老人，二版改為是叫「來福兒」的漢子。此外一版的鍾福借馬，是躍牆而進，向木婉清借馬。二版改為來福兒上前執著門環，輕擊兩下，停了一停，再擊四下，然後又擊三下。以暗號自白身份，這才進門借馬。

三·一版段譽借得黑玫瑰後，心道：「這馬如此快法，明日午後，便能趕到大理。但爹爹未必肯理這種江湖上的閒事，難道又去求大伯不成？唉！事到如今，只好向大伯和爹爹低頭了」。二版刪成段譽想的是：「這馬如此快法，明日午後，準能趕到大理。」

木婉清是天下第五惡人——第四回〈崖高人遠〉版本回較

在《射鵰》中，金庸創作了天下「五絕」，「五絕」的情節貫穿了「射鵰三部曲」，結束「射鵰三部曲」後，金庸可能意猶未盡，在創造一版《天龍》時，曾說江湖中有「武林七尊，三善四惡」，然而，終《天龍》全書，「三善」始終未出場，二版遂刪了「三善四惡」之名，徒留「四大惡人」橫行江湖。這一回是「四大惡人出場」之卷，且來看看三個版本互有妙趣的四大惡人。

一版這一回開場時，仍是諸路好漢追擊木婉清的情節，木婉清縱馬躍上一個山崗，一版說追擊木婉清的是史安、秦元尊、慧禪、左子穆與門下弟子以及伏牛寨群雄。二版改為平婆婆、瑞婆婆等人追趕木婉清。

而後木婉清與段譽躍馬上山崖，暫時拋開追殺人眾，段譽伸手至木婉清懷中找金創藥，要為昏迷的木婉清治鋼錐之傷，一版段譽先是摸到金靈子，他怕金靈子咬他，但金靈子居然不傷他，原來段譽身上藏有鍾靈所贈的一隻玉匣，匣中所藏的物事，正是金靈子和青靈子的剋星。

一版降伏金靈子的寶物，就是「莽牯朱蛤」，二版則已將金靈子與青靈子合為閃電貂，因此一版這段金靈子之事刪去了。

後來南海鱷神也上了山崖，並質問木婉清是否殺了他的弟子，一版南海鱷神的徒兒名叫「孫霞客」。但「孫霞客」之名實在太飄逸，二版改為「小煞神孫三霸」。

木婉清承認後，一版的她對南海鱷神道：「你老名列武林七尊，威名蓋世，豈能和一個身受重傷的女子動手？」一版的「武林七尊」，就是「三善四惡」，但後來書中並未出現「三善」。二版改為木婉清道：「你位列『四大惡人』，這麼高的身份，這麼大的威名，豈能和一個身受重傷的女子動手？」

南海鱷神同意不殺木婉清，但為報殺徒之仇，他要摘去木婉清面幕，瞧她容貌，木婉清道：「你是武林中的成名高人，豈能作這等卑鄙下流之事？」一版南海鱷神冷笑道：「我是『三善四惡』的『四惡』之一，惡名素著，天下皆聞，還怕什麼？」二版因無「三善四惡」，南海鱷神的話也改為：「我是惡得不能再惡的大惡人，作事越惡越好。」。

一版南海鱷神又對木婉清怒道：「你再囉哩囉嗦，就不但要除你面幕，連你全身衣衫也剝個清光。老子去年在開封府，一夜之間姦殺九個官家小姐，你聽見過這事沒有？」一版南海鱷神姦殺取樂，角色形象未免與雲中鶴重疊過大，二版改為南海鱷神怒道：「你再囉哩囉嗦，就不但除你面幕，連你全身衣衫也剝你媽個清光。老子不扭斷你脖子，卻扭斷你兩隻手、兩只腳，這總可以吧？」

一版南海鱷神雖性喜殺人，卻不會如二版這般扭斷他人的脖子，二版為了突顯南海鱷神為惡的特別性，屢次讓他扭斷別人的脖子逞威，南海鱷神的殺人方式因此極具個人特色。此外，金庸在二版還為南海鱷神加了一句頗有個人風格的口頭禪：「這話倒也有理。」

而後，木婉清為了怕被南海鱷神見到容貌，遂對著段譽除下面幕，決意委身段譽，並對南海鱷神宣稱段譽就是她的丈夫。南海鱷神打量段譽全身上下，發現段譽後腦骨像自己，於是哈哈大笑，道：「跟我去罷。」一版段譽問：「老前輩叫我去哪裡？」南海鱷神道：「去南海萬鱷島鱷神宮啊，我收了你做弟子，你快快叩頭。」二版刪去了「南海萬鱷島鱷神宮」這個南海鱷神的門戶所在，改為南海鱷神回答：「跟著我去便是。快快叩頭！求我收你為弟子。你一求，我立即答允。」

表明想收段譽為徒後，南海鱷神忽然大喝：「你們鬼鬼祟祟的幹什麼？都給我滾過來！」。一版說，只見樹叢中鑽出了七個人來，即史安、慧禪、秦元尊、「無量劍」左子穆與辛雙清、及伏牛寨寨主。二版改說樹叢之中鑽出十幾個人來，即瑞婆婆、平婆婆、及使劍漢子等人。

而後，南海鱷神聽聞嘯聲（二版是鐵哨聲），要暫先離去。段譽對南海鱷神道：「你老人家一走，這些人便將咱們二人殺了。」一版南海鱷神聽聞此話，竟將右手插入伏牛寨二寨主楚天闊的胸膛，掏出楚天闊的心臟，吃了起來，邊吃還邊說要再吃其他人心臟，左子穆、辛雙清等嚇得各自攀援而下逃離。

黑白劍史安見狀，持劍要殺南海鱷神，卻被南海鱷神抓住，南海鱷神本要吃史安心臟，幸而段譽說，史安已中金靈子等各種毒，南海惡神若吃他的心臟也會中毒，南海鱷神才丟下史安，呼嘯而去。

南海鱷神離開後，史安向段譽致謝，並說：「這南海鱷神岳蒼龍，素在南海萬鱷島居住，此次忽然來到中原，決非獨自一人，蝦兵蟹將，想必帶得不少。」而後史安即離去了。

一版南海鱷神有名有姓，名喚「岳蒼龍」，他還有一群蝦兵蟹將，也就是門徒或手下，二版刪去「岳蒼龍」之名。不過，南海鱷神吃楚天闊心臟的故事，還真是金庸筆下難得的血腥情節，比之一版《射鵰》丘處機吃王道乾的心肝，南海鱷神現摘現吃，更加血淋淋。或許就是因為情節太過血腥，二版才刪改了這「兒童不宜」的描述。

此段二版改為南海鱷神左手抓住使劍漢子的胸口，右手五根手指揿住他頭蓋，左手右轉，右手左轉，雙手交叉一扭，喀喇一聲，將那漢子的脖子扭斷了。那人臉朝背心，一顆腦袋軟軟垂將下來。南海鱷神還大笑：「喀喇一響，扭斷了脖子，好玩，好玩。老子扭一個脖子不夠，還要扭第二個。那一個逃得慢的，老子便扭斷他的脖子。」瑞婆婆、平婆婆等嚇得魂飛魄散，紛紛奔到崖邊，攀援而下。

南海鱷神離開後，木婉清對段譽說起師父逼她立毒誓，誰見了她面容，便得嫁她，因而長年用面幕遮臉之事。一版木婉清說起與武林群雄結仇的經過，說：「其實死在我劍底箭下之人，都是他們自己不好，都是他們先來惹我，想除下我的面幕。」又說：「我是非殺不可的，否則的話，難道我去嫁這些可厭的傢伙嗎？」

這段二版全改了，一版的說法頗有瑕疵，比如金大鵬之友賣藥王老漢，是為了幫木婉清仇人治傷，就死在木婉清手下，可知木婉清所說並非實情。而若如木婉清所說，她殺的都是色狼淫蟲，那麼史安、秦元尊等人竟要為色狼淫蟲而找受害自衛的女子報仇，史安一流豈非黑白顛倒，是非亂套？

二版刪去史安等人，改為木婉清與平婆婆等結仇，是因她和師父秦紅棉到蘇州找王夫人尋仇，殺了王夫人好些手下，這才結下樑子。

而後段譽肚痛，木婉清說他可能餓太久，一版木婉清要去割楚天闊的肉給段譽吃，二版改為木婉清要去割那給南海鱷神扭斷了脖子的使劍漢子屍體上的肉。段譽則大聲道：「人肉吃不得的，我寧死也不吃。」

一版段譽因斷腸散之毒無從得解，肚痛非常，木婉清伸手在他腹部推拿，摸出一隻玉盒，她打開一看，盒中有一對通體血紅色的小蛤蟆。這對血紅色的小蛤一見陽光，忽然「江、江、江」的大叫起來，聲如牛鳴，震耳欲聾，這蛤蟆即是「莽牯朱蛤」，天下萬蛇的剋星。聽到「莽牯朱蛤」的聲音，不只金靈子乖乖不敢動，片時之後，竟群蛇紛至，且全都伏地不動。

此時段譽的肚子又劇痛起來，木婉清說不如試試以毒攻毒，於是割下三個毒蛇的蛇頭給段譽生吞，想不到段譽所中的斷腸散劇毒，竟真的被這三枚蛇頭治好了。

二版段譽從司空玄處索得解藥，斷腸散之毒早已治好，因此沒有這段「以蛇頭治斷腸散」的離奇情節。而關於一版的莽牯朱蛤，讓人覺得奇怪的是，鍾靈將莽牯朱蛤裝在玉盒中交給段譽，莽牯朱蛤竟然完全不須吃喝飲食，牛鳴之力仍如此有力。二版改為「莽牯朱蛤」並非鍾靈的盒中怪物，而是無量山中的野生異物，隻數也由一版的「一對」減為「一隻」。二版的「莽牯朱蛤」

是在第五回才登場，且留待下一回再介紹二版全新形象的「莽牯朱蛤」。

段譽的斷腸散之毒得解後，南海鱷神又回來了，並擄走木婉清為人質，逼段譽拜他為師。一版木婉清微笑問南海鱷神，道：「天下還有惡得過你，橫得過你的麼？」南海鱷神一拍大腿，氣淘淘的道：「天下四惡之中，老子排名第三。不公道，不公道！老子總須爭他個第一。」

這段二版全刪，但由此段可知，在一版最初始的構想中，四大惡人各有千秋，都在爭奪「第一惡人」之位，這就像是把「天下五絕」反過來，成了「惡人版華山論劍」。二版這段改為南海鱷神被段延慶的鐵哨聲召喚，隨後被段延慶打得左眼腫起烏青，嘴角邊也裂了一大塊，可知他武功明顯比段延慶遜了一大截。

繼南海鱷神之後，另一惡人登場了，「無惡不做」葉二娘隨後上山峰而來。南海鱷神叫葉二娘「三妹」，葉二娘道：「你再叫一聲三妹，做姊姊可不跟你客氣了。」。

南海鱷神怒道：「不客氣便不客氣，你是不是想打上一架？」一版葉二娘道：「你要打架，總有日子，還怕少了你的麼？木婉清，你說是不是？」木婉清被她一叫到自己名字，全身一顫，迷迷糊糊的似也魂不守舍。原來葉二娘使的是「攝魂大法」，這種邪術會使人不由主的聽她差譴。

葉二娘善使「攝魂大法」一段故事，二版刪去了。

而關於「攝魂大法」，也就是現稱的「催眠術」，在金庸書系中，可見於射鵰中的《九陰真經》功夫，《九陰真經》中有「移魂大法」，即「攝心術」，《射鵰》黃蓉曾以「移魂大法」催眠彭長老，《神鵰》楊過也曾以「移魂大法」催眠達爾巴。

一版葉二娘而後笑道：「木婉清，近年來你惡名播於天下，跟咱們一起結拜，做我的五妹，那可也不差啊！三弟，你說好不好？」南海鱷神大聲道：「不好！」葉二娘溫溫柔柔的問道：「幹麼不好啊？」南海鱷神道：「她是我徒兒的老婆，怎能再做我五妹？我有了你一個三妹，已經夠了！」

這段情節二版刪去了，但原來一版木婉清之惡，竟然能與「四大惡人」並列。

至於葉二娘是如何惡法呢？葉二娘哄著抱來的小孩唱兒歌：「搖搖搖，搖到外婆橋，外婆叫我好寶寶……」，一版南海鱷神道：「你哄什麼？要吸他血，乘早吸了吧。」可知一版葉二娘會吸小孩子的血。二版改為南海鱷神道：「你哄什麼？要弄死他，乘早弄死了吧。」二版葉二娘是以殺小孩為樂，但不會吸血。

二版南海鱷神還對葉二娘怒道：「你每天要害死一個嬰兒，卻這般裝腔作勢，真是不要臉之至！」這裡新三版做了修改，改為南海鱷神怒道：「你每天去搶一個嬰兒，玩上半天，弄得他死不死、活不活的，到晚上拿去送給了不相識的人家，累得孩子的父母牽腸掛肚，到處找尋不到，豈不囉唆。還是給我摔死了來得乾脆。」

新三版的改寫，理由有二，一是符合新三版的「慈悲原則」，金庸在新三版刻意要營造小說的祥和之感，因此，故事中若有暴力血腥之處，能刪改的就盡量刪改。二是因為葉二娘的兒子虛竹被蕭遠山抱走，葉二娘也要抱他人的孩子送人，以洩自己心中的悲苦，這裡的改寫可以預做伏筆。

而後，「窮兇極惡」雲中鶴也上山峰來了，一版對雲中鶴的笑聲頗加描述，說雲中鶴的笑聲「雖說是笑，其中卻無半分笑意，很像是一把利刀在鋼板上來來回刮動，一種金屬磨擦之聲，令人牙根也覺酸軟。」

莫非雲中鶴滿口金銀假牙，不然怎會有「金屬磨擦之聲」？二版改為雲中鶴的笑聲「雖說是笑，其中卻無半分笑意，聲音忽爾尖，忽爾粗，難聽已極。」

再說此回新三版的修改，新三版《天龍》改寫的主題之一，是段譽的正宮娘娘，由二版的王語嫣改為新三版的木婉清、鍾靈、曉蕾三女，因此，從卷首開始，只要有段譽與木婉清，或段譽與鍾靈共處的情節，必然就會加料。

南海鱷神上得山崖時，木婉清要段譽獨自逃命，並對段譽說：「你逃得性命，有時能想念我一刻，也就是了。」新三版加寫段譽道：「我不是有時會想念你一刻，我會時時刻刻想念你。」木婉清哼的一聲，道：「時時刻刻想念我，那不累麼？」段譽道：「不累，不累，想到你就會甜甜的。」

此外，段譽初見取下面幕的木婉清容貌時，二版說段譽所見木婉清容貌秀麗絕俗，那裡是一個殺人不眨眼的女魔頭？新三版將「那裡是一個殺人不眨眼的女魔頭？」改為「只想摟她在懷，細加撫慰，保護她平安喜樂。」

二版有一段內容是新三版全段刪去的，那就是在段譽腹痛時，木婉清本要割被南海鱷神扭斷脖子的使劍漢子屍體肉給段譽吃，段譽說他寧死也不吃人肉，木婉清好奇的問段譽，為什麼老虎豹子的肉能吃，人肉就不能吃？

二版的這一段新三版全刪了。想來新三版木婉清日後將進大理憲宗宣仁帝段譽的後宮，更有可能是母儀大理天下的皇后，若皇后還吃人肉，「御膳房」在打理「木后」的三餐時，還得來幾道「蒜泥人肉」、「蔥爆人肉」、「沙茶人肉」，大理國豈不真成了野獸之邦，蠻夷之域了？

【王二指閒話】

金庸的「射鵰三部曲」、《天龍》及《笑傲》等作品，開場的技巧都是「強大的惡人先登場，弱小的善人大挫敗」，而且，首回登場的惡人往往可以「惡貫全書」，率先上陣的正派英雄則非死則傷。待惡人為害江湖多年之後，才由武功高明的俠士擊倒惡人。如《射鵰》開場是完顏洪烈奪楊鐵心之妻，郭嘯天與楊鐵心則在完顏洪烈手下的攻擊下，一死一傷。完顏洪烈在《射鵰》書中，持續與大宋為敵，直至郭嘯天的兒子郭靖長大，才在西征花剌子模時，活捉了完顏洪烈。再如《神鵰》開場是李莫愁屠殺陸立鼎一家，陸氏夫妻雙雙死於李莫愁手下，直到楊過成長後練成武功，才能制衡李莫愁。再如《倚天》開場不久，即有謝遜為成崑所害的故事，成崑持續為害武林，直到張無忌當上明教教主，才破了成崑為害天下的陰謀。

「惡人」在武俠小說中的重要性，絕不亞於俠士，因此金庸創造的惡人也都饒富巧思。《天龍》一書可說是集惡人之大成，說來「射鵰三部曲」的「武林大惡人」統統加起來，也不過歐陽鋒、李莫愁、成崑寥寥三位，《天龍》則在一開場時，就有「四大惡人」。

「四大惡人」正是「惡人」的四大類型，經由改版，金庸將四種類型的「惡人」刻畫得更鮮明，四種類型分別為：

一、失權而惡：男性的生活重心大多在事業與權位，「惡貫滿盈」段延慶因失去原本可以承繼的大理皇帝之位，心有不甘，故而恣意為惡。

二、失愛而惡：女性的生命重心多在感情，包括愛情、夫妻之情、親子之情，「無惡不作」葉二娘因與愛人玄慈長年無法相認，親生兒子虛竹又為人擄走，才變成惡人。

三、無端為惡：做惡純粹是此類惡人的行為模式，「惡行」已與其人格及生活合而為一，「兇神惡煞」南海鱷神即是這樣的惡人。不論是一版掏人心來吃的南海鱷神，或是二版無端扭斷他人脖子的南海鱷神，都是為了作惡而作惡。

四、因慾而惡：為了達成自己的慾念而傷害他人，這類惡人在金書中較多，「窮兇極惡」雲中鶴是為了色慾而惡，《射鵰》完顏洪烈也是為了色慾而惡；《神鵰》金輪國師是為名慾而惡；《倚天》成崑則是為權慾而惡。

葉二娘請木婉清加入惡人行列，成為「第五惡人」。然而，木婉清之惡，乃是「受人所欺，自衛傷人」才為惡，並不在上述四類惡人的其中一類。既是受人所欺，自衛才行惡舉，那麼，若無人欺，也就不須為惡。如此說來，木婉清這「惡人」，並沒有多麼惡，也就不能與四大惡人並列了。

第四回還有一些修改：

一．南海鱷神的五官，二版說一對眼睛又圓又小，便如兩顆豆子。新三版再加寫：兩眼之下隔了好遠，才有個圓圓的朝天鼻子。

二．木婉清打了段譽一耳光，又即一跤摔在他懷中。二版段譽扶著木婉清坐倒，讓她仍是靠在巖壁之上。新三版增寫為：段譽一抱到木婉清柔軟的身子，心中柔情登生，說道：「別生氣，咱們慢慢商量。」扶著木婉清坐倒，讓她靠在巖壁之上。此外，段譽心想：「她性子本已乖張古怪，重傷之後，只怕更是糊里糊塗。眼下只有順著她些，她說什麼，我便答應什麼。」

三．段譽說甘寶寶是鍾靈的媽媽，木婉清對段譽說道：「但你不能老是想著鍾靈那小鬼。」新三版較二版加說，段譽心想這些時候竟全沒記掛鍾靈，不禁暗自歉仄。新三版木婉清與鍾靈後來都成了段譽的后妃，因此金庸修訂時，一有機會就為段、木、鍾三人的愛情加料。

四．段譽再度腹痛時，木婉清急問：「你到底願不願做我丈夫？」二版段譽點頭道：「我……我願娶你為妻。」新三版則增寫道，段譽心想：「娶了這樣一個美女為妻，當真是上上大吉，《易》歸妹卦：『歸妹愆期，遲歸有時。』嗯，她不能即時嫁我，要遲些時候，那也不打緊。」突然之間，想到了那神仙姊姊可以為師，可以膜拜，卻決不能為妻，兩事並不矛盾。

五．南海鱷神要手下的黃袍漢子將段譽揹來拜師，二版木婉清聞言，心想：「他對我似乎頗有俠義心腸，卻無夫妻情意，未必肯為了我而作此惡人門徒。」新三版改為木婉清心想：「他對我頗有俠義心腸，卻似乎沒很深的夫妻情意，未必肯為了我而作此惡人門徒。嗯，他如不愛我，怎地又這般緊緊抱住我親我？好似愛得不得了一般？」

六．葉二娘讚雲中鶴輕功之詞，二版是「逝如輕煙，鴻飛冥冥」，新三版改為「逝如輕煙，鶴翔九皋」，這詞較能與「雲中鶴」之名相和。

七．段延慶與其他三大惡人相約，卻延遲多日未到，葉二娘說她躭心段延慶已「惡貫滿盈」。二版南海鱷神聞言道：「老大橫行天下，怕過誰來？在這小小的大理國又怎會失手？」新三版南海鱷神又加說：「他自稱『惡貫滿盈』，是說要幹盡了千樁萬件大惡事，這才自行無疾而終，他已做了多少惡事？目前萬萬不夠！」這段解釋是要為段延慶自命「惡貫滿盈」這極觸楣頭，自咒早死的奇怪外號解套。

八．段譽告訴受傷後的木婉清：「姑娘休息幾天，待背上傷處好了，那時再衝殺出去，他們也未必攔得住你。」一版木婉清冷笑道：「你倒說得稀鬆平常，單是那黑白劍史安，我便最多跟他打個平手，何況我又受了傷……」二版沒了黑白劍史安，改成木婉清冷笑道：「你倒說得稀鬆平常，我這傷幾天之內怎好得了？對方好手著實不少……」

九．一版木婉清說秦紅棉的外號叫「無名客」，二版改為「幽谷客」。

十．南海鱷神為徒報仇，決意取下木婉清的面幕。一版木婉清在南海鱷神威嚇下，兩滴淚水沿著兩頰流下，心念一動：「我當年自己說過。這一生決不嫁人，除非我是為那一個男子哭了。」這段是明顯的矛盾，二版刪了。木婉清要嫁之人，究竟是第一個見她容貌之人？還是第一個讓她流淚之人？一版前後描述不一，而若是木婉清真要嫁她為之哭的男子，那也不是段譽，因為木婉清第一次因為男子而哭，是被南海鱷神嚇到哭，而不是為段譽而哭，難道木婉清想嫁南海鱷神？

十一．南海鱷神要收段譽為徒，段譽自稱早有師父，南海鱷神問他師父是誰？一版段譽道：「我師父的功夫，料想你半點也不會。這『公羊傳』的義理，你懂嗎？那鍾鼎甲骨之學，你會麼？」南海鱷神搔了搔頭皮，什麼公羊傳、什麼鐘鼎甲骨，果然是連聽也沒聽過。二版為配合段譽習得「凌波微步」，一再強調段譽的易學功力，此段二版也改為：段譽道：「我師父的功夫，料想你半點也不會。這周易中的『卦象』、『系辭』，你懂麼？這『明夷』、『未濟』的道理，你倒說給我聽聽。」南海鱷神搔了搔頭皮，什麼『卦象』、『系辭』，什麼『明夷』、『未濟』，果然連聽也沒聽見過，可不知是什麼神奇武功。一版所提「鐘鼎甲骨」的甲骨學，乃是到了清末在河南發現有文字的龜板才興起，宋代並沒有人知，此處改寫，也修正了這個錯誤。

十二・南海鱷神要收段譽為徒時，一版聽得聲若龍吟的嘯聲，這嘯聲正大平和，然中氣充沛，南海鱷神聞嘯聲，對段譽道：「啊喲，這傢伙來了，我沒空跟你多講。」在一版的初始構想中，以嘯聲約南海鱷神的，顯見並非段延慶，或有可能是「三善」其中一人，亦或是高昇泰等人。二版改為是段延慶以鐵哨聲召喚南海鱷神，二版還說初聽之時，也不過覺得哨聲淒厲，刺人耳鼓，但越聽越是驚異，相顧差愕。南海鱷神聞哨聲，對段譽道：「老大在叫我，我沒空跟你多說。」此外，一版在呼嘯之後，跟著一個圓潤的聲音說道：「兇神惡煞岳老三，你怕事麼？不敢來了麼？」此語此調，絕不可能是段延慶。二版改為鐵哨聲又做，南海鱷神叫道：「來啦，來啦！你奶奶的，催得這麼緊。」

十三・木婉清說起自己的年齡，一版段譽道：「那你今年是十八歲了？小我兩歲。」二版改為段譽道：「嗯，你十八歲，小我一歲。」。

十四・一版木婉清說她師父從小就以面幕給她遮臉，二版改為十四歲上，便給她遮臉。

十五・一版木婉清對段譽說起師父交代的事，道：「師父說她那兩件事非辦不可，不能再等了。」段譽道：「那是兩件什麼事，能說給我聽麼？」木婉清道：「你是我丈夫，自然能跟你說，別人可不能。師父叫我下山來殺兩個人。」這段二版全刪了，也無從得知秦紅棉要木婉清殺的兩個人是誰了。

十六・木婉清擔心段譽寧死不屈，不肯拜南海鱷神為師，一版木婉清還暗暗心驚：「何以我對他關注如斯，傾心如許？木婉清啊木婉清，你一生從來不是這個樣子。」這段浪漫之極的心語，不似木婉清慣有的思路，二版刪了。

十七・葉二娘說她怕段延慶被圍攻，已當真「惡貫滿盈」，一版南海鱷神道：「老大橫行天下，怕過誰來？他在中原稱王稱霸十餘年，豈能來到這小小的大理國，反而失手？」二版刪了「他在中原稱王稱霸十餘年」一句話，若段延慶真已稱霸十餘年，段正明、段正淳兄弟怎能一無所悉？

段譽由神仙姊姊的銅鏡學會了「凌波微步」

——第五回〈微步縠紋生〉版本回較

這一回的情節是段譽學會了絕世武功，且來瞧瞧一版與二版段譽大異其趣的學武經過。

故事從「四大惡人」說起，且說木婉清在山峰上，天明之時，一、二版木婉清忽聽得拍的一聲，數十丈外從空中落下一物，跌入了草叢。

一版木婉清爬到草叢邊，撥開長草一看，竟見到草叢中丟著六個嬰兒的屍身，其中也有葉二娘日前手中所抱的男嬰，木婉清見他頸邊兩排牙印，咬了一個小洞，正在頸邊的血管之上。原來葉二娘真的吸了他們的血，木婉清見狀，又怒又驚。

二版改為木婉清瞧見六個死嬰兒身上都無傷痕血漬，也不知那惡婆葉二娘是用什麼法子弄死的。也就是說，二版的葉二娘不再是吸血鬼了。

新三版再改為木婉清聽到雲中鶴問：「二姊，你要去那裡？」葉二娘遠遠的道：「我這孩兒玩得厭了，要去送給人家，另外換一個來玩玩。」

新三版的葉二娘既不是吸血鬼，也不是殺嬰魔，她只是惡搞別人家孩子罷了。

而後，雲中鶴企圖染指木婉清，一版木婉清聽到的是雲中鶴「金屬相擦般」的笑聲，二版改為是「忽尖忽粗」的笑聲。一版還說雲中鶴「笑起來時，一根血紅的舌頭一伸一縮，卻宛然便是一條蟒蛇」，二版刪了此說。

話頭再說回抱著男嬰、重回山峰的葉二娘，一版說葉二娘「第一是容不得天下有美過她的女子，而木婉清容貌之美，任何人一望而知」，因而葉二娘妒意大生，要挖木婉清雙眼。

二版葉二娘不再是「外貌協會」，專門跟人比美，並以將美女害成醜女為樂。她的為惡，完全是因為兒子被奪，內心有著無法宣洩的苦痛，才會做惡。

葉二娘搶得的男孩，原來是無量劍左子穆的兒子左山山，左子穆隨後追來，二版說左子穆曾聽說「四大惡人」中有個排名第二的女子葉二娘，每日清晨要搶一名嬰兒來玩弄，弄到傍晚便弄死了。

新三版改為左子穆曾聽說「四大惡人」中有個排名第二的女子葉二娘，每日清晨要搶一名嬰兒來玩弄，玩到傍晚便去送人，送得不知去向，第二天又另搶一個嬰兒來玩，嬰兒日後縱然找回，也已給折磨得半死不活。

新三版葉二娘沒有二版那麼可惡。而若要論惡，新三版葉二娘顯然是比不上岳老三和雲老四了。

但從一版的情節可知，金庸在創作一版葉二娘時，顯然還沒構思到虛竹與玄慈，也未設定葉二娘就是虛竹的母親，但因故事發展到後來，葉二娘成了虛竹母親，因此二版與新三版一再修改葉二娘的情節，以期前後呼應。

關於段譽跟木婉清的愛情，新三版這一回仍持續加料。

話說段譽練得「凌波微步」，上山峰與木婉清會合，二版段譽氣急敗壞的大叫：「南海鱷神，我來了，你千萬別害木姑娘！」新三版將段譽的話加為：「南海鱷神，我來了，你千萬別害木姑娘，她是我的媳婦兒！」

後來木婉清問段譽為何不早來尋她，二版段譽歎了口氣，道：「我一得脫身，立即趕來。」新三版增寫為段譽道：「我一得脫身，立即趕來。你是我媳婦兒，可不會賴罷？」

二版「媳婦兒」一詞，是楊過與陸無雙調笑時的專用語，但到了新三版，楊過喚小龍女也是「媳婦兒」，段譽稱木婉清也是「媳婦兒」。陸無雙在新三版失去了「媳婦兒」的專享權。

這一回一版到二版最大的修改，就是「段譽學武」的故事，二版比一版增寫了二十五開本二十八頁內容，細細描述段譽學得「北冥神功」、「凌波微步」，及吞食「莽牯朱蛤」的經過。

一版段譽學功的故事是這樣的：南海鱷神從山崖上擄走了木婉清，段譽拔足欲追，卻從山崖上滾將下去，並回到湖底石室。而後，段譽發現石室中有許多銅鏡，銅鏡上刻著一條條斜線直線，線旁註著「一步」、「兩步」、「半步」等等字樣，每條線的盡頭，又註著「同人」、「大有」、「歸妹」、「謙」等等小字。段譽依著銅鏡上所刻的方位步數照走，即學成了「凌波微步」。

學成之後，段譽回無量山來，終得與木婉清相會。

一版的故事有個問題是，段譽若一見到石室中的武功，即忘情學習，完全忘了木婉清仍在險境，那麼，段譽真有將木婉清放在心上嗎？

二版增寫段譽學功之事，略說如下：話說木婉清被南海鱷神擄走後，崖邊竄上八個靈鷲宮使者。左子穆對段譽說，無量劍已歸附天山靈鷲宮麾下，改稱「無量洞」，而後，段譽被無量洞弟子押回無量洞，關在小屋中。

二版段譽是被關在無量洞，才無法相救木婉清，而非如一版流連於神仙姊姊玉像邊學功，因此無關他有沒有將木婉清放在心上。

被關在無量洞的段譽無所事事，於是依照從神仙姊姊處取的的卷軸，練就了「北冥神功」，所謂的「北冥神功」，即是：「以少商取人內力而儲之於我氣海，惟逍遙派正宗北冥神功能之。」練成北冥神功後，段譽即可吸人內力。

一版段譽之所以可以吸人內力，是因為吃了一對「莽牯朱蛤」，即身負「朱蛤神功」，可吸人內力，但如此情節真的過於荒誕，二版段譽會吸人內力，是因為學了逍遙派的「北冥神功」，這樣的情節是更有說服力的。

而後，段譽又見到卷軸上的「凌波微步」，他照著功法學，也就學成了「凌波微步」。練功之後，段譽睡去，睡到中夜，猛聽得江昂、江昂、江昂幾下巨吼，登時驚醒，過不多久，又聽得江昂、江昂、江昂幾下大吼，聲音似是牛哞，卻又多了幾分淒厲之意。段譽聽隔壁的郁光標與吳光勝說話，才知叫聲出自「莽牯朱蛤」。

次日段譽繼續練「凌波微步」，並拍手叫道：「妙極，妙極！」無量洞弟子郁光標聽到他叫聲，要來打他，想不到郁光標一拳打中段譽「膻中穴」，內力竟為段譽「北冥神功」所吸，這股內力即是段譽有內力的伊始。

又練了幾日後，段譽的「凌波微步」越來越純熟，於是決定闖出去救木婉清，郁光標前來擋他，兩人雙手接觸，郁光標的內力再度被段譽吸走，而後，無量洞弟子紛紛過來幫郁光標，一人拉一人，段譽竟吸了七個無量洞弟子的內力。

離開無量洞後，段譽被閃電貂咬傷，劇毒漫延全身，導致四肢百骸僵硬，連眼睛嘴巴都合不攏來，神智卻仍然清明。

想不到此時「莽牯朱蛤」竟從草叢中躍出來，這隻莽牯朱蛤長不逾兩寸，全身殷紅勝血，眼睛卻閃閃發出金光。它嘴一張，頸下薄皮震動，便是江昂一聲牛鳴般的吼叫。

莽牯朱蛤見到閃電貂，向閃電貂噴出一股淡淡的紅霧，閃電貂立時死去，朱蛤隨即躍上閃電貂屍身，吸取其毒囊中的毒質。

而後，草叢中游出一條紅黑斑斕的大蜈蚣，游進段譽的嘴巴，並鑽入了他肚中，朱蛤追逐蜈蚣，竟隨後鑽進了段譽嘴巴裡，也進了他肚中，結果被段譽消化掉，段譽從此即百毒不侵。

一版莽牯朱蛤被鍾靈關在玉盒中，不須陽光、空氣、水、食物，卻能牛鳴如一日，實在違逆生物學定律，二版改為莽牯朱蛤是野生異獸，必須食用閃電貂、蜈蚣等食物維生，這樣的莽牯朱蛤才符合生物學定律，也才是正常的動物。

金庸善寫不同性格的人物，他筆下林林總總的角色，幾乎找不出兩個是性格完全一樣的。然而，人的性格細分或有千百種，但若做粗分，仍可以歸納出幾類「性格族群」，如郭靖所屬的直魯型、楊過所屬的狂狷型、張無忌所屬的優柔型、喬峰所屬的豪邁型、令狐沖所屬的瀟灑型、韋小寶所屬的狡猾型……等等。

金庸的每一部小說中，幾乎都有這幾種類型的人士，善惡則不一。這些性格的人物就像金庸手中的棋子，這部將此型的俠士捧為主角，那部就將彼型的武者寫成第一大俠，而即使性格的粗胚相同，只要環境、家世、情人、朋友、武功強弱在性格上略做加減，再加上所遇敵人與所要完成的事功不同，就能塑造出細部性格不一樣的人物。例如同屬狂狷一系，如果收徒而成明師，有可能成為黃藥師這般的傲慢師父；倘使心懷俠義，即可能成為楊過這樣的大俠；而若是家逢巨變，慘遭人禍，他也可能變成謝遜一類的武林狂魔。性格類型相同的黃藥師、楊過與謝遜，細分起來，又各有千秋，金庸人物因此多采多姿。

除此之外，金庸還善於更換他筆下的主角類型，不讓大俠流於單調乏味的「聖人」形象。金庸擅長將此書的反派或配角類型，轉而為下一書的主角性格，如《射鵰》人物中，正派是直魯憨厚的郭靖，反派是機謀智巧的楊康，而後在創作《神鵰》時，金庸就以機智狂野的楊過為主角。

在《射鵰》與《神鵰》的故事結構中，雄據武林各一方的是天下「五絕」，男主角郭靖師承北丐洪七公，除了武功上傳承「降龍十八掌」外，人格上也承繼洪七公的俠義正直，因而能繼洪七公之後，成為維持武林及國家正義與和平的大俠。

天下「五絕」的故事橫跨《射鵰》、《神鵰》與《倚天》三書，《天龍》是《射鵰》的前傳，無法繼續用「五絕」之詞，但金庸可能覺得「五絕」經緯天下的模式簡單明白，因而在《天龍》中初構想中，金庸本要創作出類似「五絕」的「武林七尊，三善四惡」七個天下武功最強的高手。「五絕」各有其授徒的故事，而且幾乎都是規規矩矩的傳承，金庸在創作「三善四惡」故事時，也寫及了授徒之事，但金庸決定突破窠臼，不再因循五絕授徒的創作模式，於是有了段譽與南海鱷神的師徒關係。「洪七公與郭靖」是俠義對俠義的傳承，「段譽與南海鱷神」則是詼諧角對渾人的搞笑師徒關係，同樣都是在寫師徒，跳脫舊的創作模式，就能創造出讓讀者耳目一新的效果。

第五回還有一些修改：

一．左子穆劍鬥葉二娘，雲中鶴突使鋼抓來戰左子穆，二版說雲中鶴右手鋼抓插入左子穆肩頭，幸好這柄鋼抓的五根手指已被南海鱷神削去了兩根，左子穆所受創傷稍輕。這裡應是誤寫，因被南海鱷神剪去兩根手指的是左手鋼抓，新三版因此將「右手鋼抓」更正為「左手鋼抓」。

二．二版無量洞的「吳光勝」，新三版改姓而為「錢光勝」。

三．段譽練「凌波微步」後，有時想到：「我努力練這步法，只不過想脫身逃走，去救木姑娘，並非遵照神仙姊姊的囑咐，練她的『北冥神功』。」新三版又較二版加寫，這時段譽思念活色生香的木婉清竟然較多，而念及山洞中肌膚若冰雪的神仙姊姊反而少了。總之，新三版總是從字裡行間提升木婉清與鍾靈的角色地位，並貶低神仙姊姊與王語嫣，直到書末，段譽的愛情終於翻盤，從二版娶得王語嫣，新三版改為娶回鍾木二女。

四．雲中鶴與南海鱷神各持新兵器互鬥後，一版雲中鶴問一旁的葉二娘：「這十年來你練了什麼功夫？」可見一版四大惡人已有十年未聚頭，二版將「十年」改為「七年」。

五．左子穆為搶回愛子左山山，劍刺葉二娘，一版的劍招是「有鳳來儀」，二版改為「白虹貫日」。

六・雲中鶴的鋼抓手指合攏，將左子穆劍刃抓住。一版解釋說：原來雲中鶴這對鋼抓上裝有極靈巧的機括，一按彈簧，鋼指便即合攏，隨心所欲，與大人的手指相差無幾。二版刪了這段解釋。

七・南海鱷神問左子穆有沒有見過他徒兒？左子穆道：「你徒兒是誰？我沒見過。」南海鱷神怒道：「你既不知我徒兒是誰，怎能說沒有見過？放你媽的狗臭屁！三妹，快將他兒子吃了。」一版葉二娘道：「我今天早晨已用過了早餐。」原來一版葉二娘是吸小孩鮮血當早餐，二版改為葉二娘對南海鱷神道：「你二姊是不吃小孩兒的。」

八・左子穆說要去找八個最肥壯的孩子來換回愛子左山山，一版木婉清攔在左子穆身前，喝道：「姓左的，你去搶奪人家兒子，來換自己兒子，羞也不羞？你日後還有臉面做一派掌門麼？」左子穆低下頭來，道：「姑娘問得是，左子穆再無顏面在武林中現世，從此封劍洗手，隱居不出。」木婉清橫劍道：「我不許你下山。」這段二版刪了。一版是藉此段，將左子穆在《天龍》中的情節做個結束，二版因左子穆已被靈鷲宮天山童姥收編，就算想退出江湖也不可得了。

九・葉二娘將左山山的鞋子丟向木婉清，第二隻鞋子一版是正中木婉清後心。但此時木婉清是正對葉二娘，葉二娘丟的鞋子怎能轉彎？二版更改為丟中木婉清「胸口」。

十．一版的褚萬里使的是「竹桿」，二版改為「鐵桿」。一版褚萬里初出場時，穿著是「簑衣斗蓬的漁人」，二版改為「穿黃衣的軍官」。一版朱丹臣是「儒生打扮的文士」，傅思歸則是「粗眉大眼的赤足漢，肩頭托著一柄五齒釘耙」，二版更改為兩人都是「黃衣褚幞頭，武官打扮。」一版的左子穆見到四大護衛，說的是「皇宮中的『漁樵耕讀』四大護衛一齊到了。」二版改為左子穆道：「四大護衛一齊到了。」一版四大護衛的穿著打扮是延續《射鵰》一燈大師的四大護衛而來，但一燈大師是退位的皇帝，侍衛隨扈另有民間裝扮實屬自然，《天龍》四大護衛則是在執行皇令，以穿軍裝為宜，因而有此更動。

十一．一版傅思歸的兵器是「五齒釘耙」，二版改為「銅棍」。

十二．一版高昇泰用的是「玉笛」，二版改為「鐵笛」。

十三．一版說高昇泰的外貌「膚色如玉，臉孔和十根手指放在玉笛之旁，竟是一般的晶瑩潔白。」二版刪了此形容。

十四．葉二娘抓高昇泰的玉笛（鐵笛），只覺笛上燙如紅炭。一版葉二娘又看到高昇泰左掌掌心殷紅如血，不禁一驚：「難道他已練成了武林中故老相傳的硃砂手？如此說來，玉笛上並非敷有毒藥，乃是他的上乘內力，燙得玉笛如同剛從鎔爐中取出來一般。」因高昇泰的情節在《天龍》中頗少，二版刪掉了這段高昇泰練成「硃砂手」的說法。此外，一版左子穆見到高昇泰，驀地裡想起了一人，轉念又想：「雖與傳聞中那人形貌相似，可是他如何會涉足江湖？」但仍是忍不住衝口而出：「尊駕是高……高君侯嗎？」這段二版也刪了。但從這些刪改，可知在一版的原始構想中，高昇泰應該有一定的故事份量，但後來全棄而不用了。若按史實，《天龍》開場時，大理皇帝段正明退位，高昇泰篡位做了新帝，之後，再傳回段正淳。金庸將高昇泰與段正淳為帝的十多年史實全都刪去，變成是段譽直接從段正明處繼位。《天龍》或許原本有意將高昇泰改寫為武林高手，但後來高昇泰在全書中的角色地位並不重要。

段譽的媽媽是瑤端仙子舒白鳳

——第六回〈誰家子弟誰家院〉版本回較

金庸在改版過程中，只要感覺筆下的人物名字不夠優美、不夠響亮，或彼此「撞名」、「撞姓」，就得進行改名，再以新的名字或外號在下個版本登場。《天龍》跟《笑傲》都有大批江湖俠客被易名換姓，且來看看《天龍》此回的「集體大改名」。

故事要從段譽攜木婉清隨朱丹臣回鎮南王府說起，四大護衛在保護段譽的過程中陸續登場。一版的「漁樵耕讀」四大護衛分別是「撫仙釣徒」凌千里、「採薪客」蕭篤誠、「點蒼山農」董思歸、「筆墨生」朱丹臣。

二版刪去了「漁樵耕讀」之說，四大護衛依次是褚萬里、古篤誠、傅思歸、朱丹臣。此外，一版凌千里的兵器是「竹桿」，二版改為褚萬里的兵器是「鐵桿」，一版董思歸的兵器是「五齒釘耙」，二版改為傅思歸的兵器是「銅棍」，一版朱丹臣的兵器是「鋼扇」，二版改為「判官筆」。

一版《天龍》的「漁樵耕讀」與《射鵰》的「漁樵耕讀」，從外號到兵器，簡直一模一樣，在金庸「創意不重複」的修定總則下，二版將四大護衛即「漁樵耕讀」之說，連同「漁」「樵」

「耕」「讀」等相關外號，一併刪除。

而後，段木朱一行受雲中鶴追擊而奔逃，段譽求援於他母親。一版段譽的母親是「清華觀」女道士，外號「瑤端仙子」，名為「舒白鳳」。二版改為「玉虛觀」女道士，外號「玉虛散人」，名為「刀白鳳」。

雲中鶴追擊兩人共騎一馬的段譽與木婉清到「清華觀」（玉虛觀）外，一版說段譽與木婉清突然身子一頓，那馬縱聲長嘶，前啼人立起來，再也無法前進。木婉清背上只感一涼，一回頭間，只見雲中鶴雙手拉住了馬尾。此人神力當真驚人，居然一拉住馬尾，一匹全力馳騁中的快馬就此硬生生的定住，動彈不得。

如此說來，一版的瘦竹竿雲中鶴竟是力大堪比喬峰？二版刪除了雲中鶴拉馬的情節。

而後雲中鶴一人獨鬥舒白鳳、朱丹臣、木婉清三人，並落敗而去。一版舒白鳳不只能以拂塵為兵器，在雲中鶴鋼抓脫手飛天時，舒白鳳還左手一揚，腰間一條綢帶夭矯飛出，向雲中鶴捲去。

一版舒白鳳的綢帶功夫與其「瑤端仙子」外號頗相符，二版刀白鳳改稱「玉虛散人」，也不須拋腰帶了。

除了刀白鳳與四大護衛被改名換號外，木婉清的母親秦紅棉一版外號「無名客」，二版則改號「幽谷客」。二版秦紅棉的外號是典出杜甫的詩：「絕代有佳人，幽居在空谷。自雲良家子，零落依草木……夫婿輕薄兒，新人美如玉……但見新人笑，那聞舊人哭……」。「幽谷客」較「無名客」更能表現秦紅棉的幽怨之情。

擊退雲中鶴後，段譽、木婉清、刀白鳳、四大護衛及高昇泰陸續回到鎮南王府，保定帝段正明帝后也在鎮南王府接見了段正淳、刀白鳳、段譽、木婉清及高昇泰五人。

接下來是南海鱷神大鬧鎮南王府的故事。南海鱷神到來之時，正當皇后賞了木婉清一隻玉鐲，木婉清上前接過，向皇后道：「謝謝你啦。下次我也去找一件好看的東西送給你。」

一版皇后微微一笑，正要答話，忽聽得西首數間屋外，屋頂上閣的一聲響。皇后轉向保定帝，笑道：「有人給你送禮物來了」。

一版皇后耳根靈敏，聞大敵前來而談笑自若，可知她也是身負武功的。但因後來皇后並沒有發展出江湖故事，二版因此刪去了皇后對保定帝說「有人給你送禮物來了」之事，改為皇后對木婉清說道：「那我先謝謝你啦。」而後眾人才聞西首數間屋外屋頂上閣聲響。

來人就是南海鱷神，南海鱷神至鎮南王府，說要將段譽帶回去當徒弟，段譽則自稱可接南海鱷神三招，兩人遂展開交手。一版這段與二版大異其趣。

一版段譽指著南海鱷神身後，微笑道：「我一位師父早已站在你的背後……」南海鱷神不覺背後有人，回頭一看，段譽趁機抓住了南海鱷神背心的「陶道穴」，又按住他腰間「意舍穴」，南海鱷神頓時全身酸軟，被段譽摔倒在地。

二版這段改為段譽已練過「北冥神功」，身負無量洞郁光標等七名弟子的內力，於是在南海鱷神回頭時，抓住他胸口「膻中穴」，南海鱷神內力自膻中穴急瀉而出，全身便似脫力一般，段譽隨後將南海鱷神摔倒在地。

南海鱷神又驚又怒，突然間一聲狂吼，雙手齊出，向段譽胸腹間抓了過去，段譽以「凌波微步」避開。一版說，這是南海鱷神十年來苦練的絕技之一「毒龍抓」，本是要和葉二娘爭奪「第二惡人」名頭之用。二版刪了此說，也刪了「毒龍抓」之名。

南海鱷神又連連出掌，段譽皆以「凌波微步」避開。兩人對過六十餘招後，段譽伸出雙手，向南海鱷神胸口拿去。

一版南海鱷神見段譽出手虛軟無力，斜身反手，來抓他肩頭，不料段譽腳下變化無方，兩人同時移身變位，接著，段譽左手抓住了南海鱷神「膻中穴」，右手抓住了他「氣戶穴」，南海鱷神體內兩股力道相互衝擊，全身血氣逆行，眼前金星亂冒。

而後，在段正淳「一陽指」的襄助下，段譽果真擊倒了南海鱷神。

二版因段譽學過「北冥神功」，這段故事改為：段譽伸出雙手，看準穴道方位，右手抓住南海鱷神「膻中穴」，左手抓住他「神闕穴」，南海鱷神體內氣血翻滾，「膻中穴」中內力洶湧而出，段譽右手大拇指的「少商穴」中只覺一股大力急速湧入，南海鱷神瞬間全身無力。

而後，再經段正淳「一陽指」之助，段譽果真打敗了南海鱷神。

經過二版的改寫，這段故事顯然邏輯上周延多了，倘使如一版所說，完全不會武功的段譽，只要抓對武林高手要穴，不須內力相輔，也可至對方於死地。那麼，葉二娘抓嬰孩時，若嬰孩對葉二娘亂抓亂踢，一不小心踢中抓中葉二娘要穴，葉二娘豈不就此慘死嬰孩腿下？

【王二指閒話】

不論從一版修訂為二版，或從二版修訂為新三版，幫江湖人物「改名」或「換姓」，都是金庸修改的細節之一。

金庸在改名上所做的考慮頗多，較有邏輯可循的為：

一、江湖人物彼此「撞名」：如一版《倚天》明教教主「楊破天」與《俠客行》男主角「石破天」撞名。兩相撞名時，「石破天」是主角，名字較不宜更動，二版因此將「楊破天」更名為「陽頂天」。再如一版《飛狐外傳》「鳳人英」，因與《笑傲江湖》中青城四秀的侯人英「撞名」，二版遂將「鳳人英」改為「鳳天南」。此外，一版《天龍》無量劍派的「干人豪」，因與《笑傲江湖》中青城四秀的于人豪同名，二版遂將「干人豪」易名為「干光豪」。

二、與歷史人物「撞名」：如一、二版《神鵰》馬光佐，因史實中真有名為「馬光佐」的同時期歷史人物，為免被以為是「借歷史人物以為武俠小說之用」，金庸在新三版將「馬光佐」易名為「麻光佐」。

三、名字氣勢不足：一版《天龍》中四大護衛之首的「凌千里」，二版為增強氣勢，將其名改為「褚萬里」。

四、名字優美度不足：如一版《天龍》「王玉燕」，因名字較「俗」，二版取其諧音，改為「王語嫣」。此外，一版《倚天》「趙明」因名字較偏中性，且正值大元政府消滅「明教」之際，郡主以「明」為名，太也冒犯朝廷忌諱，二版因此將「趙明」改為諧音「趙敏」。

五、同門同派名字一體化：如一版《倚天》武當七俠從宋遠橋到莫聲谷，名字皆為山川景觀，只有六俠「殷利亨」的名字來自《易經》的「乾：元亨利貞」，二版因此將「殷利亨」改為形似的「殷梨亭」，以求武當七俠名字的一體化。此外，一版《神鵰》有全真教道人「淨光」，為求全真教同門皆「清」字敘輩，二版將「淨光」更名為「鹿清篤」。

六、名字與幫派一體化：如一版《射鵰》有「裘千里」，「里」為長度單位，為求與其弟「裘千仞」一樣用高度單位，二版將「裘千里」更名為「裘千丈」；再如一版《倚天》「五鳳刀」有「孟正飛」與「孟正仁」兄弟，因其幫派名為「五鳳刀」，二版遂將「孟正飛」改為「孟正鴻」，「孟正仁」改為「孟正鵬」。與此雷同的是，一版《書劍》「卞文黛」，因其船上以蓮花為飾，二版更名為「卞文蓮」。

七、盡量求姓氏的專一獨特：在「金庸一百問」中，有讀者問金庸「在《天龍八部》中，所提及的包不同、包不靚父女，是否和《射鵰英雄傳》的包惜弱有關聯？若有，又是什麼關係？」金庸的回答是：「沒關係，都姓包而已。」（金庸又笑著補充，這個問題也可以問問「包青天」。）為避免類似的困擾，金庸在每套書中，都會求姓氏的獨特性，如一版《倚天》明教教主名為「楊破天」，其姓會使人聯想及「楊過」或「楊逍」，二版因此將之「易姓」而成「陽頂天」。此外，一版《笑傲》「林厚」因與「林平之」同姓「林」，二版改為「樂厚」。

以上是金庸改版更名可考的邏輯，但金庸的改版易名，卻多的是不在上述規則之內的，如一版《天龍》「舒白鳳」，二版更名為「刀白鳳」，就不在此列。說來「舒」既非白族常見姓氏，「刀」亦不是。為何做如是改？可能要金庸現身說法，方有正解了。

第六回還有一些修改：

一．深夜時，段譽向木婉清提議要逃離朱丹臣，二版段譽道：「我這一回家，伯父和爹爹定會關著我，再也不能出來。只怕再見你一面也不容易。」新三版段譽再加說：「婉妹，今後我要天天見你，再也不分開了。」新三版一有機會就加寫段譽對木婉清的愛意。

二．回皇宮的路上，木婉清對段譽道：「你若是負……負心……我……我……」，二版段譽低聲道：「我是求之不得，你放心，我媽媽也很喜歡你呢。」新三版改為段譽低聲道：「我決不負心，你可也別負心。」木婉清道：「我怎會負心？」段譽道：「婉妹，你肯嫁我，我是求之不得，你放心，我媽媽也很喜歡你呢。」

三．鎮南王府大廳正中有一塊橫匾，寫著「邦國柱石」四個大字，一版下首署著「辛酉御筆」四個小字，二版改為「丁卯御筆」，新三版再改為「乙丑御筆」。「辛酉年」為西元一〇八一年，宋元豐四年，「丁卯年」為西元一〇八七年，宋元祐二年，「乙丑年」為西元一〇八五年，宋元豐八年。

四．南海鱷神到鎮南王府要收段譽為徒，二版段譽道：「岳老三，你武功不行，不配做我師父，你回南海萬鱷島去再練二十年，再來跟人談論武學。」新三版刪了「萬鱷島」之名。

五．段譽以《易經》戲弄南海鱷神，南海鱷神大吼一聲，便要出掌相擊。段正淳踏上半步，攔在他與兒子之間。新三版較二版加寫：南海鱷神道：「你兒子半點也不像你，多半不是你生的。他只像我，不像你！」段譽笑道：「岳老三，你說像我，你是我生的嗎？」南海鱷神搔搔頭，搖頭道：「你不是我老子。」此處是藉南海鱷神之口，來補段譽不是段正淳親生兒子的伏筆。

六．一版段譽對木婉清柔聲道：「婉清，婉清！我這樣叫你好不好？」二版將「婉清」改為更親暱的「婉妹」。

七．朱丹臣問起高昇泰追擊葉二娘等人之事，褚萬里道：「高侯爺和南海鱷神對掌，正鬥到激烈處，葉二娘突然自後偷襲，侯爺無法分手，背心上給她印了一掌。」一版說高昇泰回來時，

「只見善闡侯高昇泰伏在馬鞍之上，背心上衣衫破爛，清清楚楚，現出一個掌印。」若真如此，葉二娘的掌力豈不是超過《倚天》玄冥二老的「玄冥神掌」？二版將高昇泰歸來一段，改為：遠處一騎馬緩緩行來，馬背上伏著一人。玉虛散人等快步迎上，只見那人正是高昇泰。二版不見葉二娘的深厚掌力了。

八．一版段正淳出場時是著「黃袍」。但段正淳又不是皇帝，怎會「黃袍加身」呢？二版改為段正淳著「紫袍」。

九．南海鱷神到鎮南王府要收段譽為徒，一版說「那人輕功好極，落腳處輕如落葉，而且來得好快。」這裡疑是誤寫，因為輕功是雲中鶴的招牌功夫，而非南海鱷神的絕技，二版刪為「那人來得好快」。此外，一版說南海鱷神的笑聲如「金屬相擦般的聲音」，這在前一回也是雲中鶴聲音的形容詞，二版改為南海鱷神的聲音是「嗓子嘶啞的粗聲」。

十．段譽拉著霍先生，假稱是他師父，一版說只聽得靴聲橐橐，兩個人走近房來。南海鱷神留身傾聽，從腳步聲中，知道來的兩個人都是不會武功之輩，落步澀滯，拖泥帶水。但在稍後的情節中，又說霍先生是武林中人崔百計(二版崔百泉，一版原名崔百計)，二版因此刪掉了「南海鱷神留身傾聽，從腳步聲中，知道來的兩個人都是不會武功之輩，落步澀滯，拖泥帶水。」之說。

段延慶以「歸去來兮」神功拉住了木婉清

——第七回〈無計悔多情〉版本回較

金庸的創作技法之一，是「大惡人」登場前，弟子門人都會先現身做惡，讓讀者想像「門人弟子都這麼壞了？師父到底壞到什麼境界？」而後真正的大惡人才登場。如《射鵰》是由歐陽克先出場使壞，歐陽鋒隨後才以「惡人之師」出現；《笑傲》則是由青城四秀先横行殺人，掌門余滄海再接著以「惡中之惡」現身。《天龍》也是如此，「四大惡人」的老三、老二、老四逐一登場，展現他們各有特色的做惡方式後，到了這一回，「天下第一大惡人」「惡貫滿盈段延慶」才千呼萬喚始出來，與讀者見面。且來看看一版與二版有所不同的段延慶。

故事要從南海鱷神等人綁架段譽說起，秦紅棉亦是綁架的共犯之一，秦紅棉與「三惡」共同綁架段譽，一版說秦紅棉與葉二娘有舊，師門頗有淵源，只是向不來往。

一版秦紅棉與葉二娘原來「師門頗有淵源」，看來一版秦紅棉等人的師門關係還真是混亂，第三回說青松道人與鍾夫人是師兄妹，此回則說秦紅棉與葉二娘師門頗有淵源，又說秦紅棉與鍾夫人是師姐妹，這麼說來，葉二娘、青松道人、秦紅棉、鍾夫人四人豈不成了同門師兄妹？

而後段正淳點倒秦紅棉與鍾夫人，希望交換回段譽，保定帝卻不主張扣人為質。一版保定帝為鍾夫人解穴是：「憑空一指，往鍾夫人胸腹之間點去，隱隱似有一道白線，便如嚴冬之時口中呼出來的熱氣一般，激射而出。鍾夫人只覺得丹田上部一熱，兩道暖流通向雙腿，登時血脈暢通，身不由主的站起身來。」

可知一版的保定帝以「一陽指」運氣，其「氣」竟是「水蒸氣」，肉眼可見，而非氣功所說的不可見的「能量」，這還真是誇張之極。二版刪去了「隱隱似有一道白線，便如嚴冬之時口中呼出來的熱氣一般，激射而出」的說法。

秦紅棉與鍾夫人為保定帝解穴後，隨後而至的鍾萬仇也準備離去。一版說鍾萬仇的外號叫作「見人就殺」，性子固是暴躁異常，隱居之前在武林中更有極大的聲名，尋常江湖豪客一聽到他的蹤跡到了百里之內，便即坐立不安，魂不守舍，是以神農幫幫主司空玄一想到鍾靈是她女兒，便即懼怕異常。可是在這不怒自威的保定帝之前，這個不可一世的大魔頭竟是暗暗驚懾，不由得手足無措起來。

然而，鍾萬仇在《天龍》的表現，且不說修訂後的二版，即使在一版，也只不過是「黃河四鬼」或「川邊五醜」之流的小惡棍，根本沒有任何大魔頭的作為。

二版將這段對於鍾萬仇的描述刪為「鍾萬仇性子暴躁，可是在這不怒自威的保定帝之前，卻不由得手足無措」三句。

故事再說回木婉清。且說木婉清在鎮南王府得知段譽是同父異母兄長後，傷心之餘，來到瀾滄江邊，見到了「四大惡人」之首段延慶。段延慶以腹語對木婉清保證：「我有法子，能叫你哥哥變成你的丈夫。」

而後，木婉清隨即想到，段延慶自身肢體上便有極大困難，無法解除，又如何能逆天行事，將自己的親哥哥變作丈夫？看來先前的一番說話只不過是胡說八道罷了，沉吟半晌，歎了口氣，轉過身來，緩緩邁步走開。

見到木婉清要離開，一版段延慶道伸出左手，凌空一抓，木婉清只覺有一股無可抗禦的大力，就被段延慶拉了回來。

木婉清問段延慶，這就是「擒龍縱鶴功」嗎？段延慶說他這招叫「歸去來兮」，與「擒龍縱鶴功」效用一樣，但練法不同。

二版刪去了「歸去來兮」，改說木婉清走了幾步後，停步與段延慶說話。

至於「控鶴功」，《天龍》書中確有此功，在二版第三十一回，鳩摩智曾以「控鶴功」將虛竹拉過來。

二版亦有「歸去來兮」功夫，在二版第三十三回萬仙大會的故事中，海南島五指山赤焰洞端木島主的絕技是「五斗米神功」，「五斗米神功」的功法即是「歸去來兮」。所謂的「歸去來兮」，乃是端木島主往前吐出濃痰，痰竟能在空中轉彎，並打擊敵人，這與一版此回段延慶將木婉清吸納過來的「歸去來兮」功夫是完全不同的。

然而，若是段延慶真能以「歸去來兮」將木婉清吸納過來，那麼，喬峰在丐幫以「擒龍功」吸起地下單刀，又有何奇?兩相比較，「歸去來兮」之難度猶在「擒龍功」之上，喬峰豈非不如段延慶?

而後，段延慶以杖代足，攜木婉清離開。一版段延慶之杖是「竹杖」，兩根細細的竹杖堅愈鋼鐵。二版改為段延慶之杖是「細細的黑鐵杖」。

一版段延慶帶木婉清前往「萬劫谷」，到了「萬仇段之墓」石碑之前，段延慶提杖便往那「段」字擊去。

二版段延慶與木婉清到「萬劫谷」，不須經鍾萬仇的宅邸，也就沒有「萬仇段之墓」這段情節了。

進了萬劫谷的古樹大牆，一版段延慶將竹杖往地下一刺，撐在腋下，雙掌向前探出，刺入了兩株大樹之間，運勁向左右一分，兩株大樹竟然慢慢分開，讓出了尺許分徑。他喝道：「快進去！」木婉清不及細想，身子一矮，便已穿過。

二版段延慶不再使用蠻力了，改為段延慶憑著鐵杖，輕飄飄的躍起，翻過樹牆。木婉清則是鑽過大樹枝葉，在樹牆彼側跳下地來。

段延慶隨後將木婉清關入石屋，與段譽關在一起。一版木婉清只聽得屋外樹木枝葉相擊，簌簌亂響，顯是那青袍客穿過樹牆，逕自去了。

一版段延慶只能拄杖穿林，豈非跟《射鵰》跛足的柯鎮惡等級一般？二版則改為：木婉清湊眼從孔穴中望將出去，遙見青袍客正躍在高空，有如一頭青色大鳥般越過了樹牆。

後來，段延慶再回來，並告知段譽與木婉清，他二人中了「陰陽和合散」之毒，需要陰陽調和，男女成為夫妻，方能解毒。

由這段故事可知，害段譽與木婉清兄妹亂倫通姦，就是段延慶這「天下第一大惡人」想出來「最惡」的事，可見段延慶跟他三弟南海鱷神一樣樸拙可愛。想那北宋時代，世上根本沒有攝影機，段譽若和木婉清翻雲覆雨，夜夜盡享魚水之歡，只要白天儀容端正，段延慶要如何說服武林群雄，說他二人有性關係？

也就因為段延慶無法證明兩人是否有過雲雨之樂，因此希望木婉清懷孕產子，以證明他二人兄妹相姦。但問題又來了，若是段譽稍有常識，懂得即時「抽刀」，不將體液留在木婉清體內，那麼，段延慶就算從活屍等成死屍，段木二人夜夜盡歡，段延慶也未必等得出一個「小段譽」。而就算真有萬一，段譽「暗器」亂射，使得木婉清當真懷孕生產了，以北宋的時代背景，當時又不能驗DNA，段延慶如何能證明木婉清所生就是段譽的「品種」呢？若是木婉清抵死不認，還一枝梨花春帶雨，謊稱在段延慶教唆下，她被雲中鶴逼姦致孕，那段延慶豈不成了「教唆強暴」的變態狂，誰還會奉他為帝？

又如果段延慶盤算的是，只要木婉清抱個小嬰孩，跟段譽同時現身，他的計謀就算得逞，世人會相信他倆是兄妹亂倫。那麼，段延慶何必大費周章？說來只要點了段木二人啞穴，再從葉二娘擄來的一票嬰孩中，隨便抓一個放到木婉清手中，一口咬定這就是他們的孩子，那事情不就了結了？段延慶為何要讓他倆服什麼「陰陽和合散」，還要經過懷胎九月，夜長夢多，結果還不見得能合己之意？

【王二指閒話】

金庸原本構思的一版《天龍》故事大綱有二，一是「天龍八部這八種神道鬼怪，都將成為小說中的主要角色。當然，他們是人而不是怪，只是用這些怪物作綽號，就像水滸傳中的母夜叉孫二娘、摩雲金翅歐鵬。」二是「這部小說將包括八個故事，每個故事為一部。但八個故事互相有聯繫，組成一個大故事。」一版《天龍》的「第一部」，是以段譽為主角的「雲南大理故事」，走筆至第七回時，從陸續出場的人物，已可看出架構的梗概。

細加揣測，即可推知所謂的「天龍八部」，金庸原本的安排是：

天——天即天神，且帝釋是眾天神的領袖。《天龍》的帝釋當然就是大理皇帝段正明，大理皇族段正淳、段譽，也都屬天神。此外，一版的「瑤端仙子」舒白鳳，由外號也可知其在天神之屬。

龍——龍指龍神。一版的「龍」自然是指南海鱷神岳蒼龍。

夜叉——「夜叉」是佛經中的一種鬼神。一版木婉清外號「香藥叉」，且在雲南耍潑濫殺，當然是名副其實的「母夜叉」。「香藥叉」的外號在二版轉給了甘寶寶，並改為「俏藥叉」，但

「俏藥叉甘寶寶」並未做過任何殺人害人之事，可知「俏藥叉」在二版其實是個名實不符的外號。

乾達婆——「乾達婆」是一種不吃酒肉、只尋香氣作為滋養的神。在一版《天龍》中，木婉清擁有「香藥叉」名號，可見金庸是要將「夜叉」與「乾達婆」合而為木婉清一人。

阿修羅——「阿修羅」性嗜搶奪及惡戰。《天龍》中的「阿修羅」，可想而知就是「修羅刀秦紅棉」。此外，一版秦元尊外號「三掌絕命」、鍾萬仇外號「見人就殺」，也都符合酷愛戰鬥的「阿修羅」特質。

迦樓羅——「迦樓羅」是一種大鳥，一生以龍（大毒蛇）為食物。一版的「一飛沖天金大鵬」就是「迦樓羅」。金大鵬見木婉清濫殺無辜，即對木婉清興師問罪，後來又為保素不相識的段譽性命，低頭懇求於木婉清。金庸舉舊說部中岳飛是「大鵬金翅鳥」投胎轉世，以為「天龍八部」用於舊小說的例證，金大鵬形象正義，頗似於岳飛。

緊那羅——「緊那羅」是帝釋的樂神。在《天龍》的大理故事中，金庸著意塑造的「緊那羅」，應該就是高昇泰。高昇泰雖無樂神相關外號，但一版高昇泰的玉笛既是樂器，亦為武器。高昇泰與《射鵰》中善樂的黃藥師近似，都是音樂高手。

摩呼羅迦——「摩呼羅迦」是大蟒神，人身而蛇頭。一版《天龍》說「窮兇極惡」雲中鶴「笑起來時，一根血紅的舌頭一伸一縮，卻宛然便是一條蟒蛇。」可知雲中鶴是金庸寓意的「摩呼羅迦」。不過，雲中鶴既以「雲中一鶴」為名，亦有可能隱含「迦樓羅」之意。

二版修定時，金庸一筆泯去了原構思中「天龍八部這八種神道鬼怪，都將成為小說中的主要角色」的說法，並將原本寫就的「天龍八部」盡可能刪除。其中遭刪除的有金大鵬、秦元尊，遭刪改名號的有木婉清、岳蒼龍、舒白鳳、鍾萬仇，遭刪除特色的有高昇泰、雲中鶴。「天龍八部」在書中的隱喻，幾乎全被去除了。經過這麼一改，在新三版中，金庸改說：「以『天龍八部』為名，是因是書多有象徵抽象，已踏入魔幻之神奇境界矣。」套句南海鱷神的口頭禪，金庸此說，還真「這話倒也有理」。

第七回還有一些修改：

一．二版說皇帝皇后離去後，鎮南王夫婦及段譽、木婉清同席歡敘，儼然是兩代夫婦。新三版於此事之前加寫：段正淳等恭送御駕後，高昇泰告辭，褚萬里等四大護衛不負責在王府守夜，也告辭了。段正淳以高昇泰身上有傷，也不留宴。新三版將所有人何以未留在鎮南王府說得甚清楚，如此方能解釋為何鎮南王府轉眼間只剩段正淳父子兩代。

二．刀白鳳知木婉清為報秦紅棉之仇而要殺她後，傷心離去，而後遠遠聽得褚萬里道：「啊，是王妃……」新三版又較二版加寫：原來高昇泰、褚萬里等辭別後，回歸途中發覺敵縱，似是來偷襲鎮南王府，於是重行折回，暗中守禦。新三版修改的特色之一，就是把所有人物與事件的來龍去脈，交代得一清二楚。

三．甘寶寶要秦紅棉不能再信段正淳，二版說段正淳眼前這對師姊妹均與自己關係大不尋常。新三版改為段正淳眼前這對師姊妹均是自己衷心所疼愛，自己曾愛得她們神魂顛倒，死去活來。

四．二版說段延慶的外貌是「長鬚垂胸，根根漆黑。」新三版增寫為「長鬚垂胸，根根漆黑，臉上一個長長的刀疤，自額頭至下頦，直斬下來，色作殷紅，甚為可怖。」這道長長的刀疤即是第四十八回刀白鳳藉以認出段延慶最重要的身體特徵。

五．中了「陰陽和合散」後，段譽告訴自己：「那石洞中的神仙姊姊比婉妹美麗十倍，我若要娶妻，只有娶得那位神仙姊姊這才不枉了。」而後，段譽迷糊之中轉過頭來，只見木婉清的容顏裝飾，慢慢變成了石洞中的玉像，段譽大叫：「神仙姊姊，我好苦啊，你救救我！」跪倒在地，抱住了木婉清的小腿。新三版將這段刪減成段譽迷糊之中轉過頭來，只見木婉清活色生香，嬌媚萬狀，委實比那冷冰冰的神仙姊姊可愛得多。新三版還是要從細節處慢慢改寫，說明段譽對木婉清的愛，勝於神仙姊姊玉像，及其替代品王語嫣。

六．木婉清說她師父叫她殺兩個人，一個是刀白鳳，一版舒白鳳道：「你師父叫你去殺的第二個人，也是個美貌女子，右手缺了三根手指的，是不是？」木婉清奇道：「是啊，你怎知道？那女人姓康……」足見一版此人即是「康敏」，但金庸此時構想的「康敏」應不是馬夫人的形象，因馬夫人不會武功，也應無與人鬥毆斷指之可能，可知原構想中的「康姓美女」也是江湖中人。二版改為刀白鳳道：「啊，是了。那另一個女子姓王，住在蘇州，是不是？」

七．一版段正淳喚舒白鳳為「白鳳」，二版改為更親暱的「鳳凰兒」。

八．段正淳使出「五羅輕煙掌」，而後問木婉清：「你師父教過你吧？」一版木婉清道：「我師父說我功力不夠，還不能學。再說，師父說這掌法她決不傳人，日後要帶入棺材裡去。」二版刪去了「我師父說我功力不夠，還不能學。」一版木婉清武功時高時低，前後矛盾。若如一版所說，木婉清功力不足學「五羅輕煙掌」，而木婉清又跟金大鵬、史安、舒白鳳等平分秋色，那麼，秦紅棉豈非武藝冠雲南？

九．幫秦紅棉買米買鹽的，一版是「李亞婆」，二版改為「梁阿婆」。

十．一版段正淳喚鍾夫人為「阿寶」，二版改為「寶寶」。

十一．段延慶帶木婉清到萬劫谷，一版說木婉清離開師父後，即到萬劫谷來找師叔鍾夫人，雖是兩人話不投機，第一天便狠狠吵了一架，但在谷中也曾住了數日。二版刪了「雖是兩人話不投機，第一天便狠狠吵了一架。」一版木婉清與鍾夫人的關係明顯前後扞格，在第二回中，木婉清明明是雲南女魔頭，鍾夫人還想借他名號嚇倒神農幫，兩人無師叔姪關係，倒是青松道人與鍾夫人是師兄妹，但寫到後來，鍾夫人又成了木婉清師叔，武功顯然高於木婉清。

十二．一版段譽在石屋中稱木婉清為「清妹」，二版改為「婉妹」。

段譽的王子妃是高昇泰之女高湄——第八回〈虎嘯龍吟〉版本回較

段譽的情路是金庸筆下「主角俠士」中，在改版過程裡，被更動最多的一位，一版段譽由保定帝欽定，與高昇泰的女兒高湄配成雙。二版刪去高湄，改為段譽專心致志追求王語嫣，最後抱得美人歸。新三版再改為段譽將王語嫣追求到手，隨即隱隱生厭，最後娶了木婉清、鍾靈與曉蕾。且來看看這一回，原本被安排成段譽「王子妃」的一版人物「高湄」。

故事從保定帝帶隊，大理君臣前往萬劫谷救段譽說起。來到萬劫谷後，群臣力戰諸惡人，一版保定帝至鍾萬仇居室的左廂房，驀地青影閃動，一條青蛇飛向他的咽喉，這條青蛇就是青靈子。保定帝一指彈出，青靈子骨骼斷為兩截，扭曲了幾下，便即斃命。

一版的「禹穴四靈」神物之一「青靈子」就此斃命於保定帝指下。二版因金靈子與青靈子已合為一頭「閃電貂」，「閃電貂」又已死去，因此將這段情節刪除了。

那邊廂在石屋中，一版段譽受不了「陰陽和合散」之苦，請木婉清給他毒箭，供他自盡，木婉清不給。此時段譽想起莽牯朱蛤可以招來毒蛇，一旦毒蛇前來，他就可以被毒蛇咬死，於是從懷中取出那隻藏有莽牯朱蛤的玉盒，但一時之間，並沒有毒蛇前來，段譽心想，莽牯朱蛤必然也有劇毒，不如就吃莽牯朱蛤自盡，於是抓出玉盒中的莽牯朱蛤，一口咬了下去。

朱蛤入口，段譽覺得口中一陣清涼，甚是舒服，原來朱蛤的血是冷的，他於是將兩隻朱蛤全都生吃了。

一版接著說，段譽生吞了那兩隻莽牯朱蛤，初時清涼了一陣，不料這莽牯朱蛤乃是天地間的異物，稟著純陽之氣而生。若是木婉清吃了，陰陽交泰，登時便消了她體內的的毒性，段譽本已陽氣旺盛，待得朱蛤中的純陽之性發作，那更是火上加油一般，到得後來，只有張口大呼，叫得一聲，體內的鬱積才略有鬆散。

這段段譽生吃莽牯朱蛤的情節，二版刪去了，二版段譽也吃了朱蛤，但並不是主動吃的，而是因為中了閃電貂之毒，全身神經痲痺，莽牯朱蛤才因追蜈蚣而鑽進了他腸胃。

二版段譽未服莽牯朱蛤，改為痛苦時即練「凌波微步」。二版說，段譽接連走了幾步，內息自然而然的順著經脈運行，他忍不住大叫一聲。這一聲叫，鬱悶竟然略減，當下他走幾步，呼叫一聲，情欲之念倒是淡了。

而後，因為知道段延慶就是大理國的「延慶太子」，保定帝決意先率群臣回皇宮，再商議對策。

事。

返回皇宮後，一版有五頁內容，寫的是段譽奉保定帝御旨，納高昇泰之女高湄為世子妃之事。

話說保定帝說起段譽服過「陰陽和合散」，恐已亂性，做下與木婉清亂倫之事。而後，保定帝問高昇泰道：「昇泰，你的女兒，今年幾歲了？」高昇泰道：「小女今年一十八歲。」保定帝道：「很好。淳弟，咱們聘了善闡侯的千金為媳。巴司空，你即去和禮部辦理納采問名、論種下聘的儀節。(按：中國傳統婚姻習俗的「六禮」乃是納采、問名、納吉、納徵、請期和親迎，與金庸此處所述納采、問名、論種、下聘並不一樣)此事要辦得越熱鬧越好，令大理國中到處皆知。」段正淳夫婦、高昇泰等人聽了此言，都覺得十分突兀，但隨即領會，保定帝這個舉措，為的是要保全段氏一門和段譽的聲名，只要天下皆知段譽的妻子乃是善闡侯高昇泰之女，縱然延慶太子到處去說段譽和他胞妹如何如何，旁人便當是散佈謠言，最多也不過將信將疑。

段正淳聞言，對段正明說，最好等段譽脫險再下聘，但段正明執意要段譽即刻納高昇泰之女為妃，段正淳又說，高昇泰之女身子較為瘦弱，此事尚須從長計議，段正明則說，身子瘦弱有什麼關係，只要傳她一些呼吸吐納之術，一二年內身體必可轉弱為強。段正淳推三阻四，保定帝問他：「你倒底有何用意？難道心下對高賢弟有何不快麼？」

高昇泰看段正淳一再推託，也說：「鎮南王爺，昇泰和你自幼相交，咱二人什麼事都是知無不言，言無不盡。你可是聽到小女有什麼失德之事，覺得不配做你的兒媳，是也不是?你儘管當衆明言，昇泰決不介意。」段正淳躊躇半晌，道：「令愛幼失慈母，賢弟不免寵愛過度，聞說令愛的性子極是嬌憨，任性得緊。又聽說令愛學得了賢弟的一身武功，幾乎可以青出於藍。他日令愛做了我兒媳，只怕……只怕，嘿嘿，譽兒一生要受盡她的欺壓。譽兒不會半點武功，只學會這幾下『凌波微步』，閨房之中，整天用這些『凌波微步』，逃來逃去，躲避令愛的拳打腳踢，那也無味之極了。」

高昇泰聞言，道：「小女雖是少受閨訓，卻也不致大膽妄為，只是昇泰受恩已重，不敢再蒙皇上與鎮南王再賜恩典。」保定帝笑道：「令愛能好好管教一下咱們這個胡鬧孩子，咱兄弟同感大德，那是令愛給咱們孫兒的恩典。昇泰，你這位閨女叫什麼名字?當真……當真有些兒任性麼?」高昇泰道：「臣女單名一個『湄』字，她自幼不出府門，脾氣向來甚好。想是有人與昇泰過不去，胡言亂語，以致傳入了王爺的耳中。」他聽段正淳說他女兒任性不好，不由得頗為不快。段正淳過去拉住他手，笑道：「高賢弟，是小兄說錯了話，你不必介意。」

一版段正淳前言不對後語，先說高湄身子虛弱，隨即又說高湄身負高昇泰家學武功。

而段正淳躊躇再三，不敢讓段譽娶高湄，原來是擔心他軟弱的兒子段譽將來成為「李治」，被「武則天」高湄玩弄於股掌之上。

而後，保定帝請巴天石為納采使，到高昇泰家下聘，巴天石向高昇泰微微一笑，伸出左掌，意思是說：「將來段譽接位為帝，你的千金便是皇后娘娘，我這份謝媒錢，非特別從豐不可。」

眾人告辭後，保定帝小睡片刻，睡夢中醒來時，但聽得樂聲悠揚，宮內宮外爆竹連天。內監進來服侍更衣，稟道：「鎮南王世子納采，聘了善闡侯的小姐為妃，宮門外眾百姓歡呼慶祝，甚是熱鬧。」原來眾百姓聽到高段兩家結親的訊息，大理全城騰歡。

奇怪的是，照一版的說法，大理全城皆知段譽納高湄為世子妃，高湄也就是未來的皇后，那麼，後來段譽追求王語嫣，並娶王語嫣為妻，高湄形同被休、被廢了，書中卻一字未提高湄、高昇泰或大理全城百姓對世子段譽無故廢妃的反應。

而若依照史實，高昇泰繼段正明之後為大理皇帝，難道在金庸的原始構想中，高昇泰是因女兒無端被廢，受辱過度，才篡奪大理段家皇位嗎？

但無論如何，段譽納高湄為世子妃，連同武功高強的女俠高湄，二版都刪除了，高昇泰繼段正明為大理皇帝之史實，則被小說一筆抹煞，小說中段正明直接傳位於段譽，略過史實中繼段正明之後，繼任為帝的高昇泰與段正淳兩位貨真價實的大理皇帝。

段譽對高湄下聘之事廣傳於大理後，保定帝隻身前往「拈花寺」求助黃眉僧，請黃眉僧出馬救段譽。一版黃眉僧有六名弟子，二版改為兩名。

黃眉僧接受保定帝之邀，前往萬劫谷。話分兩頭，再說到段譽，一版說段譽完全不知他父親已被冊封為皇太弟，他自己則由父母之命，聘下高昇泰的女兒高湄為妻。

段譽服食那對莽牯朱，全身陽氣旺盛，熱到極外，竟然昏迷了過去。次日午間，稍感清醒，那是陰陽和合散莽和牯朱蛤兩種劇烈的藥性，發作的間歇恰好湊在一起，這段間歇的時候一過，下次發作時一次猛烈過一次。段譽不知危機潛伏，雖是全身乏力，還道毒性漸退。

二版因無段譽吞「莽牯朱蛤」自盡之事，這段改為：這一日一晚之間，段譽每覺炎熱煩躁，便展開「凌波微步」身法，在斗室中快步行走，只須走得一兩個圈子，心頭便感清涼。

就在段譽受「陰陽和合散」毒性之苦時，黃眉僧來到石屋外，與段延慶鬥棋。一版黃眉僧是以「金剛指力」在大青石上畫棋盤，一版還說，段譽見黃眉僧伸指畫棋盤，心想他指力竟是這等厲害，這種指力純是剛硬之極的外門功夫，似乎跟伯父與父親所練的一陽指頗不相同。

因為黃眉僧非《天龍》的重要角色，二版黃眉僧的功力被降低了，改為黃眉僧是以「鋼鐵所製的木魚槌」來畫棋盤。

一版段延慶以「竹杖」與黃眉僧一起畫棋盤，二版改為「鐵杖」。不過一版隨後又解釋，段延慶的竹杖「暗藏鋼條，無怪如此堅硬。」

而後黃眉僧為取得先下第一棋的先機，要段延慶猜他七十歲之後足趾是奇數還是偶數，段延慶猜是偶數。為了證明自己的腳趾將來是奇數，一版黃眉僧右掌伸起，像一把刀般斬了下去，喀的一聲響，將自己右足的小趾斬了下來。

二版黃眉僧沒了「手刀」，功力稍被削減，改為黃眉僧提起小鐵槌揮擊下去，喀的一聲輕響，將自己右足小趾斬了下來。

黃眉僧與段延慶開始對奕，一版黃眉僧伸指在兩對角的四四路上捺了一捺，現出兩處低凹便似下了兩枚黑子。段延慶則伸出竹杖，在另外兩處的四四路上各畫一圈，便如是下了兩枚白子。一版還解釋說，四角的四四路上黑白各落兩子，稱為「勢子」，乃是我國古圍棋法的規矩，今時已廢棄不用。

這段描述在金庸考據過古代圍棋的下法後，二版改為：黃眉僧以小鐵槌在兩對角的四四路上各刻了一個小圈，便似是下了兩枚白子。青袍客伸出鐵杖，在另外兩處理的四四呼上各捺一下，石上出現兩處低凹，便如是下了兩枚黑子。四角四四路上黑白各落兩子，稱為「勢子」，是中國圍棋古法，下子白先黑後，與後世亦復相反。

一版的「黑先白後」是現今的圍棋規矩，二版依古制改為「白先黑後」，足見金庸的用心。

而後黃眉僧與段延慶陷入棋局苦戰，一版黃眉僧三弟子破嗔求助於在石屋中觀棋的段譽，段譽伸出手指，寫得「可下」兩個字後，丹田中一股烈火忽然衝將上來，他隨手抓住破嗔的手掌，破嗔的體內真氣竟全被段譽吸了過去。原來段譽吃過莽牯朱蛤，體內有了「朱蛤神功」，可以吸人真氣。

至於為什麼吃莽牯朱蛤，就能擁有「朱蛤神功」呢？一版解釋說，莽牯朱蛤天生有一種吸食毒蛇毒虫的異能，乃是機緣巧合，數種蛇虫幾代交配而生，因此吃完有此異相。

破嗔真氣急瀉，大叫：「師父救我！」黃眉僧其餘的五名弟子聞言，想將他拉開，六弟子破慢和尚抓住破嗔手臂，體內真氣竟也瞬間滾滾瀉出。原來「朱蛤神功」吸力無限，碰到甲，便吸甲，碰到乙，便吸乙，甚至第三者觸到了被吸的身上，真氣也連帶被吸。

一版的「莽牯朱蛤」是「數種蛇虫幾代交配而生」，蛇與蟲竟能交配，還生出癩蛤蟆，從生物學上來說，簡直不可思議，這樣的說法就像一版《倚天》殷離養的花蛛是「十二腳花蛛」一樣，因為太過荒誕，二版刪改掉了。

一版段譽身擁的「朱蛤神功」，二版更名為更典雅的「北冥神功」。一版段譽「朱蛤神功」初成，吸的是黃眉僧六大弟子的真氣，黃眉僧六大弟子都是正派人物，段譽若吸正派人物的真氣，豈不成了大魔頭任我行？二版改為段譽練成「北冥神功」後，吸的是郁光標等七名無量洞弟子內力，無量洞弟子是反派人物，吸反派人物的內力，較不會引起讀者反感。

而後，一版破慢和尚與破嗔和尚的手臂相觸，便覺真氣內力源源不絕的離身而去，其餘四名黃眉僧弟子見狀，伸手要拉開破慢與破嗔，真氣內力也全被段譽吸光，六僧數十年修為一旦而盡。

這一大段情二版全數刪除，想來一版段譽將黃眉僧所有弟子的內力都吸光，黃眉僧又為了救段譽而自殘，黃眉僧這一派可說從此江湖除名了，改為即使保定帝免了大理鹽稅已酬黃眉僧救段譽之德，段譽的罪愆又能免除嗎？。

故事再說回鍾萬仇。當黃眉僧與段延慶鬥智鬥力時，鍾萬仇邀了一干武林好手，要來看段譽與木婉清兄妹亂倫的好戲。

一版鍾夫人對鍾萬仇悻悻的道：「你請這些傢伙來幹什麼？怒江王秦元尊、一飛沖天金大鵬、點蒼派大弟子柳子虛、還有無量劍東宗的左子穆、西宗的雙清道姑、什麼普洱老武師馬五德，這些人敢得罪大理國的當今皇上麼？」

二版刪去了秦元尊等一干人等，改成鍾夫人悻悻的道：「你請這些傢伙來幹什麼？這些人跟咱們又沒多大交情，他們還敢得罪大理國當今皇上麼？」

這一回的故事就到這裡，段譽被囚之事，下回還有後續發展。這一回最令人詫異的版本差異，即是段譽下聘於高湄之事，不過，看段正淳對段高聯姻之事，竟這般吞吞吐吐，欲迎還拒，真令熟知段正淳的讀者先捏一把冷汗，讀者難免會揣測，莫非跟「木婉清」、「鍾靈」、「王語嫣」的真實身份是「段婉清」、「段靈」、「段語嫣」一樣，「高湄」的真實身份，又是「段湄」？若真如此，王爺與侯爺夫人相戀生女，必將是大理宮廷世紀大醜聞！

【王二指閒話】

金庸的武俠世界中，有一些歷史上真實存在的人物，被改寫為江湖人物，比如汝陽王、段譽等等，都是載諸史籍的人物。還有一些虛構的歷史人物，是應情節需要創造出來的，比如完顏洪烈、蕭峰等人都是虛構的，但在小說中有其朝廷官銜，彷彿史上真有其人。

不論真實的或虛構的歷史人物，一旦被編派入武俠世界，對於「愛情」與「婚姻」的看法，往往就會跟江湖人物類似，而不再像傳統的政治人物。

金庸在《天龍》一書中，曾提到北宋時期的婚姻觀，說「北宋年間，北為契丹、中為大宋、西北西夏、西南吐蕃、南為大理。大宋皇帝三宮六院，後宮三千，那不必說了，其餘四國王公，除正妻外無不廣有姬妾。」可見北宋的王公貴族並不像現代人要求愛情的專一與忠誠，此外，對於王公巨賈來說，婚姻也是擴大政治或財富版圖的手段。這樣的愛情觀與婚姻關，從漢唐宋到元明清，應該都大同小異。

在這樣的觀念下，皇帝的公主下嫁將軍的兒子，尚書的表弟娶侍郎的姪女，都是理所當然的。「門當互對」的兩個家族，經由「聯姻」，就可以將政治實力結合起來。這就像在《鹿鼎》中，當吳三桂的軍事實力震動朝廷時，康熙就將御妹建寧公主下嫁吳三桂的兒子吳應雄，藉此籠絡吳三桂，並防止吳三桂起兵造反。

建寧公主嫁給吳應雄是歷史事實，雖說史實上的建寧公主是康熙的姑姑，而非如小說所言，是康熙的妹妹，但建寧公主確實是嫁給了吳應雄，政治聯姻也是歷史人物常見的婚姻模式，然而，若是歷史人物被編派進江湖世界中，他的思考往往就不再像歷史人物，反而更像虛構的江湖人物。對於「愛情」與「婚姻」，被寫入江湖世界的歷史人物大多會認為「愛情與婚姻是神聖的，絕不可能為了政治或財富出賣靈魂，婚姻只能有一個對象，那就是自己衷愛的人。」在金庸小說中，《射鵰》完顏洪烈、楊康這對養父子，以及《倚天》汝陽王，都有這樣的愛情觀與婚姻觀。

《射鵰》大金國六王子完顏洪烈意在大金帝位，野心頗大的他，願意紆尊降貴，請來歐陽鋒等一干武林黑道助他奪取《武穆遺書》，謀取大金天下，但他堅持不娶任何一個大金王室的金枝玉葉，藉以擴張政治實力，寧可巴巴地到大宋牛家村去搶奪農民楊鐵心的老婆包惜弱回金國當王妃。完顏洪烈的義子楊康深得完顏洪烈真傳，王室的公主千金他不愛，偏偏到市集參加「比武招親」，寧可娶個對他的政治實力毫無加分作用的穆念慈。此外，《倚天》汝陽王在大元朝即將傾頹之際，手攬兵權的他，不只不將女兒許配王孫公子，做政治勢力的連結，還放任愛女趙敏與敵營首領張無忌私奔。汝陽王捍衛「自由戀愛」，不拿子女婚姻當政治籌碼的觀念，相對於其同代王公貴族，簡直前衛之極。

《天龍》段譽是歷史上真存實在的大理國皇帝，被寫入小說後，段譽就成了江湖人物。在一版《天龍》中，金庸本要讓段譽迎娶重臣高昇泰的愛女高湄，這是頗符合歷史真實的，然而，在故事繼續推展後，金庸又決定尊重段譽的「戀愛自由」，讓他去愛「神仙姊姊」化身的王語嫣，高湄因此就從書中蒸發了。或許段譽與王語嫣的戀情很浪漫，卻不見得符合歷史真實。

第八回還有一些修改：

一．保定帝問段延慶尊姓大名，二版段延慶道道：「你是段正明呢，還是段正淳？」但段延慶為奪回大理帝位，苦心策劃，怎能連段正明與段正淳長什模樣都不知道？新三版改為段延慶道：「你是段正明罷？這些年來倒沒老了。」

二．保定帝與群臣至皇宮內書房，將段譽如何落入敵手的情形告訴段正淳等人。新三版較二版加寫：段正淳不由得一陣羞慚，低聲稟告保定帝：「皇兄，那木姑娘確是臣弟的私生女兒，這青袍客將他兄妹二人囚於一處，用心惡毒……」保定帝點點頭，心下了然。

三．破嗔要請段譽說招，以於棋局中勝段延慶，二版破嗔伸出右掌，左手食指在掌中寫道：「請寫。」新三版改為破嗔低聲道：「寫我掌上。」而後，破嗔隨即將手掌從洞穴中伸進石屋。

四．二版華赫艮等人挖達之處是「鍾萬仇的居室」，新三版更改為：「鍾萬仇夫婦的兩開間居室，一間是他夫婦臥室，另一間是起居室，鍾萬仇的藥物、甘寶寶的衣物首飾等都放在其內。」

五．巴天石與雲中鶴比拼輕功時，又暗運內勁，右手一送，名帖平平向鍾萬仇飛了過去。一版還解釋說：要知那名帖極輕極軟，要如此四平八穩的擲出，已是大為不易，何況兩人追奔之際，激起一股疾風，那名帖要衝破這疾風圈子向外飛出，更是非有極強的內勁莫辦。二版刪了此解釋，想來巴天石連《天龍》的配角都還算不上，不需如此強調其武功。

六．一版蕭篤誠戰葉二娘，使的是三十六路開山斧法，二版改為古篤誠用的是七十二路亂披風斧法。

七．回到皇宮後，說起段延慶，保定帝向段正淳道：「淳弟，你猜此人是誰？」一版段正淳搖頭道：「我猜不出，難道是清平寺中有人還俗改裝？」。二版將「清平寺」改為「天龍寺」。一版金庸走筆至此，可能還未將大理國皇家寺院定名為「天龍寺」，原本構思的皇家寺院或者就是「清平寺」。

八．保定帝前往「拈花寺」求助於黃眉僧，一版保定帝說起：「十年之前，師兄命我免了大理國內百姓的鹽稅。」二版將「十年」改為「五年」。

九．一版黃眉僧有六名弟子，二版改為二名。黃眉僧自殘小趾後，一版說最小的弟子破慢和尚「噫」了一聲，二版改為兩名弟子忍不住都「噫」了一聲。一版說四弟子破疑從懷中取出金創藥，立即給師父敷上。二版則將「四弟子破疑」改為「大弟子破疑」。（奇怪的是，黃眉僧的弟子竟未按「貪嗔痴慢疑」排序。）

段譽中了「陰陽和合散」之毒，解藥是人乳

——第九回〈換朝鸞鳳〉版本回較

金庸在報紙連載《天龍》伊始，本是要將《天龍》設計為八個互有關連的短篇小說，但後來筆鋒一轉，又決定將《天龍》鋪陳成大長篇。既是「大長篇」，格局總不能局限在大理國境內，勢必得向中原跨出去。這一回就要藉由黃眉僧、崔百泉等人提到「姑蘇慕容」，將《天龍》的格局從大理拉到中原。

這一回又是一版與二版大不相同的一回，在這一回中，秦元尊等大理群雄、少林寺與姑蘇慕容結仇之事、及段譽吸入高手內力的情節，都是一版與二版截然不同的橋段。且來看看版本比較中，精彩萬分的這一回。

故事從保定帝再次至萬劫谷營救段譽開始，一版鍾萬仇邀請來觀賞段譽及木婉清出醜的江湖群豪與保定帝一一見禮，其中馬五德、左子穆等對保定帝是加倍的恭謹，柳子虛、秦元尊等是故意的特別傲慢，金大鵬、史安等則以武林後輩的身份相見。

二版刪掉了秦元尊等人，改為江湖群豪與保定帝一一見禮。有些加倍恭謹，有些故意的特別

傲慢，有些則以武林後輩的身份相見。

而後，保定帝為段譽向鍾萬仇求情，一版黑白劍史安也搶著道：「原來段譽公子得罪了鍾谷主。段公子於在下有救命之恩，在下也要求一份情。」

二版因無史安，改為馬五德說道：「原來段公子得罪了鍾谷主。段公子這次去到普洱舍下，和兄弟同去無量山遊覽，在下照顧不周，以致生出許多事來。在下也要求一份情。」

接著，雲中鶴著提到他想殺鍾萬仇而佔其妻，一版一飛沖天金大鵬道：「江湖上英雄好漢並未死絕，你『天下四惡』身手再高，終究要難逃公道。」葉二娘忽然哈哈的道：「金相公，我葉二娘可沒冒犯你啊，怎地把我也牽扯在一起了？」金大鵬聽到她攝人心魂的嬌音，忍不住心頭一震。

二版沒了金大鵬，改為無量洞洞主辛雙清道：「江湖上英雄好漢並未死絕，你『天下四惡』身手再高，終究要難逃公道。」葉二娘嬌氣聲嗲氣的道：「辛道友，我葉二娘可沒冒犯你啊，怎地把我也牽扯在一起了？」

然而，辛雙清的形象並不若金大鵬這般正義，二版辛雙清真的會如一版金大鵬般仗義執言嗎？頗令人存疑。

而後一行人來到囚禁段譽與木婉清的石屋前。一版保定帝等人見到黃眉僧的六名弟子坐在石屋前，每個人的臉上均呈氣色灰敗，簡直便要斷氣身亡的模樣。保定帝以為六名弟子是傷在段延慶手下，遂取出六枚殷紅如血的「琥珀丸」，逐一放在六僧口中。殊不知破貪等六僧並非受傷，而是全身真氣被段譽的「朱蛤神功」吸取乾淨，琥珀丸藥不對症，毫無用處。

二版段譽並未吸黃眉僧弟子內力，改為保定帝見到黃眉僧的兩名弟子破癡、破嗔倒在地下，動彈不得。原來二僧見師父勢危，出手夾擊青袍客，卻均被他鐵杖點倒。

接著，為了讓段譽當眾出醜，鍾萬仇開啟了石屋。但從石屋出來，衣不蔽體的段譽手上抱著的，竟是鍾靈。一版黑白劍史安懷念段譽救命之恩，見他當眾出醜，一閃身，遮在段譽身前。二版沒有史安，改為馬五德一心要討好段氏兄弟，忙閃身遮在段譽身前。

見到段譽抱著鍾靈，一版的鍾萬仇驚怒交併之下，抱住女兒身子，但雙手和鍾靈的手臂一碰，猛地裡全身一震，體內真氣似欲飛走。段譽神智尚未清醒，認出伯父和父母都在此，忙將鍾靈的身子放開，他這一放開鍾靈的身子，那朱蛤神功才不去吸取鍾萬仇的真氣內力。

二版段譽不再吸鍾靈與鍾萬仇的內力了，改為鍾萬仇撲向段譽身前，夾手去奪他手中橫抱著的女子。

由這裡可知一版「朱蛤神功」與二版「北冥神功」的不同。一版「朱蛤神功」是只要段譽碰到他人身子就會吸對方真氣，「北冥神功」卻必須段譽與對方的穴道對位才能吸取對方內力。「北冥神功」顯然邏輯上周延多了，若如「朱蛤神功」這樣，一碰到人就吸真氣，日後段譽談情說愛時，花前月下摟摟抱抱，難道他一抱誰，誰的真氣就被他吸得一乾二淨嗎？

故事接著說到華赫艮等人自地道將木婉清偷天換日成鍾靈之事。一版說華赫艮掘入石屋後，只見段譽牢牢臥住屋外人的手掌，但華赫艮不知那是破嗔和尚的手掌。一版華赫艮伸手輕拍段譽的左手手背，不料手指和他手背一碰，全身便是一震。華赫艮當下用力相拉，體內真氣向外急湧，巴天石和范驊迅即用力一扯，三人合力，才脫去了朱蛤神功吸引真氣之厄。三人心中均道：「延慶太子的邪法當真厲害。」

這段二版改為：華赫艮掘入石屋，只見段譽正在斗室中狂奔疾走，狀若瘋顛，當即伸手去拉。華赫艮一把抓住段譽手腕，剛一使勁，體內真氣便向外急湧，華赫艮忍不住叫出聲來。巴天石和范驊見狀，拉著華赫艮用力一扯，三人合力，才脫去了「北冥神功」吸引真氣之厄。三人心中均道：「延慶太子的邪法當真厲害。」

救得段譽後，保定帝一行遝回大理。一版段譽回到鎮南王府，木婉清出而迎之。一版又說，段譽自服「陰陽和合散」的毒藥後，體內毒性一直未曾解除，此刻突然見到木婉清，身不由主的奔上兩步，張臂欲向她腰間打去。那「陰陽和合散」的厲害處，不但在於猛烈持久，更兼男女雙方服食後相互激引。這一陡重逢，兩人均感神智迷糊，難以自持。保定帝一見兩人神色不對，雙頰如火，顯是中毒已深，當即出指虛點，嗤嗤兩響，段譽和木婉清當即昏倒，分別被送入臥房休息。

二版的「陰陽和合散」不再是一版這種「服食一次，終生有效」的「強力春藥」了，因而二版刪除了一版這段。

那麼，「陰陽和合散」究竟如何得解呢？一版說，段正淳正茫然時，鍾夫人派婢女送來一封書信，白箋上寫著六個簪花小楷：「多服人乳可解」。保定帝點頭說「不妨試試」，舒白鳳即差遣家丁分向民間乳母多購人乳。而後，段譽與木婉清喝了人乳，即解了「陰陽和合散」之毒。

一版的說法太也奇怪，段譽中「陰陽和合散」之毒，供毒之人乃是段延慶，鍾夫人怎可能知道解法？

二版改為：那「陰陽和合散」藥性雖然猛烈，卻非毒藥，段譽和木婉清服了些清瀉之劑，又飲了幾大碗冷水，便即消解。

一版與二版都有同樣的疑竇，即段譽中「陰陽和合散」之毒，段延慶早就告知保定帝，為何大理君臣腦中只有「救人」而無「解毒」？不論是一版的「人乳」或二版的「清瀉之劑」，從段譽窺看黃眉僧棋局的石縫，應該都可遞入，段家君臣為何不先解除段譽的苦痛呢？

而後在席間，一版段正淳向群豪宣稱木婉清乃是自己義女，二版刪了這「蛇足」之話。

一版木婉清在席間聽到段譽已下聘高家小姐，哀痛欲絕。瞧著高昇泰越想越恨，只想射他一箭，當場送了他的性命，懲他為何生下一個女兒來嫁給自己的情郎。只是知他功夫了得，這一箭萬萬射他不中，這才袖中扣箭，凝視不發。

二版因段譽未娶高湄，這段改為：木婉清聽眾人談論鍾靈要成為段譽的姬妾，越聽越怒。

二版鍾夫人沒送來「多服人乳可解」的短箋，但又增寫了一段故事，說段正淳見到當年他送給甘寶寶定情金盒中的紙條，寫著：「已未年十二月初五丑時」背後又寫：「傷心苦候，萬念俱灰。然是兒不能無父，十六年前朝思暮盼，只待君來。迫不得已，於乙未年五月歸於鍾氏。」段正淳因而明白鍾靈也是他的私生女。

走筆至此，段譽中毒之事暫時告一段落。接下來，故事切換到「姑蘇慕容」的情節，「以彼之道，還施彼身」的慕容氏就要登場了。

且由過彥之報訊說起。一版至大理報「嵩山派」柯百歲死訊的是「嵩山派」「追魂手」過彥之。二版改為報「伏牛派」柯百歲死訊的是「伏牛派」「追魂鞭」過彥之。

過彥之到大理皇宮是為尋師叔而來，這位師叔就是鎮南王府中的霍先生。一版霍先生本名「崔百計」，一版還說，他名叫「崔百計」，果真是富於計謀。二版霍先生改名「崔百泉」。改以「泉」為名，可知二版是喻其當真善於「銀錢」之管理。而一版群豪聽聞「金算盤崔百計」之名，有些人竟臉色一變：「難道『金算盤崔百計』這魔頭竟是隱跡在此？」二版刪了此話，崔百泉在書中根本沒什麼武林事功，哪來「魔頭」之說？

過彥之說師父柯百歲多半是姑蘇慕容所殺，要尋師叔崔百泉一齊報仇。接下來，第二批報訊人馬來到大理。

一版來人是形貌乾枯，約莫五十來歲的少林和尚慧真，原在鎮南王府的慧禪迎了出來，奇道：「師兄，你也到大理來了?」慧真雙眼一紅，淒然說道：「師弟，師父已圓寂去了。」

二版因無原本就屢次參與大理武林事務的少林僧慧禪，來人改為是兩名中年僧人。其中一名形貌乾枯的僧人躬身合什，向段正淳說道：「少林寺小僧慧真、慧觀，參見王爺。」

一版慧禪與慧真的師父即是玄悲大師，慧真拿出方丈玄慈大師的信呈給保定帝，保定帝見信中說：「武林面臨劫運，務懇勿予袖手，詳情盼詢敝師侄慧真。」

而後，慧真對保定帝哭道：「家師命喪姑蘇慕容氏之手，少林派獨力難報此仇，請皇爺出馬，主持大局。」一版玄悲是中自己的成名絕技「金剛杵」而死，他的遺體在嵩山腳下被發現，少林寺研判他是死於「以彼之道，還施彼身」的姑蘇慕容手下。

二版這段與一版完全不同，一版玄悲大師死在嵩山腳下，少林方丈卻派遣弟子遠赴大理求援，莫非中原武林早趨式微，連個可以為少林寺助拳的大俠或門派都沒有？由此也可以推測，一版走筆至此，丐幫幫主「喬峰」壓根兒都還沒在金庸腦中成形。二版則改得非常周延，改為玄悲死在大理境內，慧真因而勢必要至大理皇宮報訊。

二版慧真和尚攜來的玄慈書信寫的是：「敝師弟玄悲禪師率徒四人前來貴境，謹以同參佛祖、武林同道之誼，敬懇賜予照拂。」

慧真而後說道，玄慈方丈師伯月前得知「天下四大惡人」要來大理跟皇爺與鎮南王為難，因此派玄悲同四名弟子，前來大理稟告大理皇爺。想不到玄悲竟死在大理陸涼州身戒寺。

二版玄悲是中自己的成名絕技「大韋陀杵」而死，因而身戒寺五葉方丈研判是死於「以彼之道，還施彼身」的姑蘇慕容手下。

二版的故事顯然周延多了，二版少林寺以「武林老大哥」的姿態，要為大理段家報「四大惡人」來犯的警訊，導致玄悲大師死於途中。段家基於道義，自然不能置身事外。

因為同樣受姑蘇慕容所害，少林派與嵩山派（伏牛派）的崔百計（崔百泉）、過彥之當下同仇敵愾。一版還提到，柯百歲既已逝世，崔百計便是嵩山派掌門人。又說，嵩山派鄰近少林，當年嵩山派的創派祖師能在少林派的臥塌之旁，另建門戶，開宗立派，那自是有獨樹一幟的非凡藝業。何況柯百歲和過彥之師徒都是名震中原，這崔百計在武林中的身份自是不低。

二版將這整段刪了，推測原因有二，一是嵩山派是《笑傲》重要門派，若《天龍》此處已有嵩山派，未免予讀者兩個嵩山派有傳承之想，因而先將嵩山派改為伏牛派。且伏牛山不在少室山之側，自然就無在少林派之旁酣眠之說；二是少林派在一版中，莫非是黑道惡霸？為何在其少林派之旁再起爐灶，若無非凡藝業，就一定會被少林打壓驅趕呢？此段因此刪之為宜。

話題說到姑蘇慕容，黃眉僧回憶起四十三年遇到的一對母子，一版說這對母子母親是三十二三歲的美貌少婦，兒子則是十二三歲的孩子，兒子有較黃眉僧更強的金剛指力。

二版改為黃眉僧所遇習練金剛指的母子，母親是三十六七歲的婦人，兒子是十五六歲的少年。

因為一版與二版的慕容博年紀不同，因此一版說慕容博人小身矮，以金剛指戳黃眉僧是戳其小腿。二版將慕容博改為少年，使金剛指也改為回身一指，指力凌空而來，將黃眉僧的馬鞭盪得飛了出去。而後，慕容博原要一指戳死黃眉僧，因為黃眉僧心臟生於右胸，慕容博一指竟戳其不死。

二版隨後又較一版加寫，黃眉僧道：「其實這少年當時這一指是否真是金剛指，我也沒看清楚，只覺得出手不大像。但不管是不是，總之是厲害得很，厲害得很……」

黃眉僧回想畢後，接著是崔百泉回想十八年前於蔡慶圖家所遇一對研究「凌波微步」的男女之事，一版的男子約莫二十八歲，二版改為男子約莫四十歲上下。而善以「金算盤」為武器的崔百泉竟被那男子以三顆算盤珠釘在胸口。

一版段譽聽過黃眉僧與崔百計所說之事，心下暗自計算，黃眉僧說遇到那個十二三歲的孩童之時，乃是在四十三年之前。崔百計遇到那個二十七八歲的高手，是在十八年之前。如此算來，這青年男子和那孩童年紀不對，並非一人。

二版則將時間做了更動，二版崔百泉做下與一版段譽不同的結論：「他這家出名的人就只一個慕容博，四十三年前，用金剛指力傷了這位大師的少年十五六歲，十八年前，給我身上裝算盤珠的傢伙當時四十來歲，算來就是這慕容博了。」

黃眉僧與崔百泉先後說完慕容博可怖的武功後，一版慧真和尚站起身來，恭恭敬敬的說，玄慈方丈請鎮南王到少林寺，共商對付姑蘇慕容的良策。保定帝卻向慧真重申祖有明訓，不得置身武林恩怨之事。被保定帝回絕後，慧禪與慧真離開大理，歸回少林。

二版並無慧禪邀段正淳前往少林商議之事，改為保定帝命段正淳代他到陸涼州身戒寺祭奠玄悲大師。保定帝還說，段氏先祖向有遺訓，嚴禁段氏子孫參與中原武林的仇殺私鬥。因此大理不能插手少林寺的報仇之事。

一版故事進行至此時，金庸理當還無「慕容復國」的構想，因為此刻的慕容博橫行武林，霸凌同道，簡直就如《倚天》謝遜一般。也就因為如此，《天龍》少林派與《倚天》少林派一樣，都得召集江湖群豪共商對策。《倚天》的少林寺若開「屠獅大會」，一版《天龍》的少林派只怕也得開「毀『容』大會」了。這樣的姑蘇慕容連江湖仇家都多到擺不平，怎還有餘裕去擘劃復國大業？

這一回的姑蘇慕容之事到此結束，故事再說回段譽。在《天龍》故事中，段譽必須從不會武功的凡人，瞬間變為絕頂高手，與「北喬峰，南慕容」比肩齊高，故而段譽必須以「朱蛤神功」

（北冥神功）吸他人內力以為己用。這段故事一版與二版完全不同。

一版的故事是：慧禪、崔百計等人離去後，保定帝與黃眉僧說話間，號稱「東方第一劍」的石清子前來拜訪。黃眉僧和石清子本是極好的好友，但某一次兩人因辯佛道兩家的教義，竟鬧到以武功相拼，因此結下心結。黃眉僧聞石清子前來，先行迴避了去。

石清子一進門，就說要試段譽的武功，想不到一碰段譽手掌，所發的內勁竟如泥牛入海。石清子心道：「這是崑崙山星宿海一派的化功大法，大理段氏是名門正派，如何練會了這種為天下武林所深痛絕患之術？」當下趕緊運勁擺脫段譽。

石清子不知段譽所施是「朱蛤神功」，而非「化功大法」。「化功大法」是消融對方的功力，使之成為不會武功的常人，乃是損人不利己。「朱蛤神功」卻是取對方功力為己有，每施一次，自己的內力便強了幾分。

此時黃眉僧也由內堂出來，一把拉住段譽手掌，但覺內力不住的瀉出，便將段譽踢翻。段譽說他不知道什麼「化功大法」，段正淳猜測一定是段延慶乘段譽昏迷之時，將化功大法度入段譽體內，要害大理君臣的功力都毀在段譽手下。

保定帝於是請黃眉僧與石清子為段譽去除體內的「化功大法」。

就在此時，「聰辯先生」的使者前來朝見保定帝。「聰辯先生」聾啞老人又聾又啞，偏生起個外號「聰辯先生」，意思說我耳朵雖聾，卻比旁人聽得清楚，嘴巴雖啞，說起話來其實比旁人雄辯滔滔。此人在武林中威名極盛，為人半邪半正，若是與人結上了怨，那是一生一世的纏鬥不休，非狠狠報復，決計不肯罷休，是以即使武功和他不相上下，甚或更高之人，見了他也是恭而敬之，免惹麻煩。

使者是兩個青年，兩人都穿一身白布長袍，胸口用黑墨寫了兩行字：「聰辯先生使者，有事告知大理段正明先生。」保定帝微微一笑，說道：「聰辯先生居然稱我一聲先生，那也算是很看得起我了。」

而後，左首的青年將自己改裝成少女，另一個青年則不改裝，高視闊步，一副唯我獨尊的模樣。他走到假少女面前，突然往假少女親了下去，假少女一巴掌打中了他左頰，那青年突然伸出食指，一指向假少女脅下點去。

他手指一出手，保定帝、段正淳等都不約而同的驚噫一聲。原來那青年所點的指法，正是「一陽指」。那假少女見他一指點來，忽然伸出手掌，抓住那青年的食指，喀喇一聲，登時將他指鼓拗斷。這一拗的招式詭異之極，眾人雖是瞧得清清楚楚，卻誰也沒想到他竟會用出這麼一招來。

那青年繼續進攻，假少女則以六種不同手法再折斷他六根手指。青年逃了開去，假少女拍手嘻笑，取筆寫道：「大理段氏，不及姑蘇慕容。」而後兩個青年便離去了。

兩個青年走後，各人心頭均頗為沉重，都明白聾啞老人所以派出這兩名使者前來，乃是向保定帝和段正淳表明，姑蘇慕容氏擁有破克段氏一陽指的法門。

不料保定帝不談此事，而是問石清子前來大理，是否也與姑蘇慕容有關?石清子說跟姑蘇慕容氏無關，卻跟大理段氏大大有關。他說揚州三雄的夏侯肅、金中、王叔乾三家男丁二十八口，一夜之間，全都死在一陽指之下。又說一陽指殺人的手法極為王道，對方中指後全身舒服異常，四肢百骨都是暖洋洋的，說不出的受用，因此死者都是臉帶笑容，身上沒半點傷痕。保定帝問有沒有人見到兇手形貌，石清子說有人見到兇手以青布蒙臉，不見面貌，但瞧他身形舉止，顯然年紀不大。

段正淳於是對石清子說起段延慶之事，黃眉僧認為揚州三雄命案是段延慶門下子弟幹的，保定帝則道：「聰辯先生見到慕容氏的少女破解一陽指，那個去調戲少女的青年，說不定就是屠殺揚州三雄的那人。」於是，保定帝對段正淳道：「你帶同三公四衛，到少林寺去見見玄慈大師，觀摩一下姑蘇慕容氏的絕世武功，也是好的。延慶太子是先皇嫡裔，遇上了不得對他無禮。他門下弟子如有失德敗行之事，須得查訪明白，擒交延慶太子管教，咱們不得擅行殺傷。」段正淳和三公四衛一齊躬身領旨。

而後鎮南王府大張筵席，為石清子接風。段譽回到房中，想到木婉清和鍾靈，這兩位新識得的姑娘不知眼下是如何鬱鬱不樂，再想到父母替自己訂下高叔叔的女兒高湄為室，這位姑娘卻是從來沒見過，不知性情是否相投，容貌是否醜陋。他躺在床上，不住的胡思亂想，體內真氣則流轉不停，而後矇矓入睡。

睡至中夜，石清子與黃眉僧雙雙至段譽身畔，要為段譽解毒。段譽只覺兩股氣流分從左右湧至，而後右半邊身子越來越熱，左半邊身子卻是越來越冷，右側如入熔爐，左側似墮冰窖，說也奇怪，雖是劇寒酷熱，心中卻覺得十分舒暢。

原來這是石清子與黃眉僧兩人約好各治段譽半邊身子，先成功者為勝。因此驅毒雖是一片好心，卻也是借著段譽的身子，作為兩人比賽的題目。黃眉僧所練的內功純是陽剛一路，石清子則走的全是陰柔一路，兩人佛道不同教，陰陽不同流，是以始終難以調和。而這一僧一道渾厚的真氣一送入段譽體內，便即為朱蛤神功所吸去。

兩人再支持得片刻，段譽體內的真力越盛，吸力越強，兩人只感殘存的真氣滾滾而出，急以定力收縮，卻是再也無法凝聚。兩人數十年來積聚的功力，因此而有極大部份已輸入段譽體內，自身所餘者已是寥寥無幾。

這等情境再過個大半個時辰，黃眉僧和石清子便成了廢人。便在此時，保定帝來到段譽房內，將黃眉僧與石清子自段譽身上扯拉開來。保定帝再一搭段譽脈息，只感他內力充沛，陰陽交泰，剛柔調和，倒像是僧道二人的內力都輸入了段譽的體內。保定帝當即命人將黃眉僧與石清子分別送到靜室中休息。

一版這長達二十一頁的情節，二版全都刪除了。並抽換成二版的新故事。且來看看二版完全不同的「段譽吸人內力」故事。

二版崔百泉、過彥之離去後，段正淳循華赫艮等人所挖地道，準備回鍾萬仇居室與甘寶寶再續前緣。

段譽在書房中，心中翻來覆去的只是想著這些日子中的奇遇：跟木婉清訂了夫婦之約，不料她竟是自己妹子，豈知奇上加奇，鍾靈竟然也是自己妹子。眼見天色已晚，段譽百無聊賴之際，信步走到後花園中。先是遇見木婉清，木婉清手中執著修羅刀，對段譽說道：「你伸過脖子來，讓我一刀割斷了，我立刻自殺。咱倆投胎再世做人，那時不是兄妹，就好做夫妻了。」段譽不肯，木婉清遂與秦紅棉離去。而後南海鱷神又出現在後花園中，將段譽擄了去。南海鱷神告訴段譽他跟鍾萬仇追趕雲中鶴後，鍾靈已乘機逃走。還說他決意再回萬劫谷殺了鍾萬仇，因為鍾靈是他師娘，已長了他一輩，她的老子便長他兩輩，鍾萬仇怎能長他兩輩？南海鱷神非殺了他不可。

故事再接回段正淳這頭。段正淳到了萬劫谷，自行進了地道，順著地道到鍾萬仇居室，竟聽到甘寶寶在說：「淳哥，淳哥……你想我不想？」段正淳忍不住低聲道：「寶寶，親親寶寶。」隨即現身緊抱甘寶寶。但段甘兩人甫見面，鍾萬仇隨即發現，並踢門而入。

鍾萬仇踢門進房後，已不見段正淳人影，鍾靈則於此時被雲中鶴追著跑進鍾萬仇居室。而後鍾靈鑽進了華赫艮挖開的地道，接著，雲中鶴於地道中抓住了鍾靈足踝，鍾萬仇隨後又追入地道，抓住雲中鶴足踝。

南海鱷神恰於此時帶著段譽趕到，在房外眼見鍾靈、雲中鶴、鍾萬仇三人鑽進了地道，為了殺鍾萬仇，南海鱷神跟著鑽入地道，拉住了鐘萬仇雙足。

段譽奔進房來，本欲鑽入地道，突然身子被人一推，當即摔倒。推他之人原來是葉二娘，她奉了段延慶之命，來召喚南海鱷神與雲中鶴。而後，葉二娘也鑽進地洞，抓住了南海鱷神雙腳，奮力要拉他出來。

段譽見狀，擔心三大惡人傷了鍾靈，當即撲到地洞口，抓住葉二娘的雙腳足踝，用力要拉她出來。他大拇指的「少商穴」一與葉二娘足踝「三陰交」」要穴相接，雙方同時使勁，葉二娘的內力立即倒瀉而出，湧入段譽體內。

地道內轉側不易，雲中鶴抓住鍾靈足踝，鍾萬仇抓住雲中鶴足踝，南海鱷神抓住鍾萬仇足踝，葉二娘抓住南海鱷神足踝，最後段譽拉住葉二娘足踝，除了鍾靈之外，五個人都拚命要將前面之人拉出地道。鍾靈無甚力氣，本來雲中鶴極易將她拉出，但不知如何，竟似有人緊緊拉住了她，不讓她出來！

這一連串人都是拇指少商穴和前人足踝三陰交穴相連。葉二娘的內力瀉向段譽，跟著內力傳遞，南海鱷神、鍾萬仇、雲中鶴、鍾靈四人的內力也奔瀉而出。鍾靈本來沒什麼內力，倒也罷了。餘下四人卻都嚇得魂飛魄散，拚命揮腳，想擺脫後人的掌握，但給緊緊抓住了，說什麼也摔不脫，越是用勁使力，內力越是飛快的散失。

段譽拉扯良久，但覺內力源源湧入身來。地道中眾人的內力，幾有半數都移入了段譽體內。最後，他終於將葉二娘慢慢拉出了地洞，跟著南海鱷神、鍾萬仇、雲中鶴、鍾靈一連串的拉扯著出來。

段譽見到鍾靈，心下大慰。想不到鍾靈出地道後，竟又帶起一個人來，這人是金算盤崔百泉，而崔百泉之後，更還帶出個黃眉大師。

原來段正淳見鍾萬仇衝進房來，內心有愧，從地道中急速逃走，鑽出地道時卻見崔百泉在旁守候。崔百泉素知王爺的風流性格，當下也不多問，自告奮勇入地道探察，以防鍾夫人遭了丈夫毒手，卻遇到鍾靈給雲中鶴抓住了足踝。崔百泉當即抓住她手腕相助。正感支持不住，忽然足踝為人拉住。卻是黃眉僧凝思棋局之際，聽到地道中忽有異聲，於是從石屋中鑽入地道，循聲尋至，辨明了崔百泉的口音，出手相助。不料在這一役中，黃眉僧與崔百泉的內力，卻也有一小半因此移入了段譽體內。

二版段譽就此吸入了黃眉僧、崔百泉、鍾靈、雲中鶴、鍾萬仇、南海鱷神與葉二娘的內力。

一版段譽離開大理前，吸過的是黃眉僧的六個弟子，以及黃眉僧、石清子與保定帝的內力。

二版則改為段譽吸過無量洞郁光標等七名弟子，及黃眉僧、崔百泉、鍾靈、雲中鶴、鍾萬仇、南海鱷神與葉二娘七人的內力。一版與二版都被段譽吸內力的，只有黃眉僧一人。

一版的石清子完全被二版刪除了，不過，一版黃眉僧與石清子較勁，段譽因此同時吸入佛道兩大高手內力情節並未消失，這段情節後來「乾坤大挪移」給虛竹，改為天山童姥與李秋水在西夏冰窖中，透過虛竹比拼內力，天山童姥與李秋水兩大高手十分之九的真氣內力，因此盡數封在虛竹體內。一版段譽獲得黃眉僧與石清子的內力，就這麼一轉而為虛竹獲得天山童姥與李秋水的內力，這也算是段譽送給拜把子二哥虛竹的大禮物吧！

【王二指閒話】

金庸在「金庸一百問」中，談起自己的創作技巧，曾說「小說戰則，均以簡單為佳」。所謂的「簡單為佳」，也適用於小說人物。

現實生活中的每個人都是自己生命的主角，每個人都有各自的精采，無貴賤高下之分。小說則與現實不同，小說人物有重要與不重要之差，也有主角與配角之別，比如在七十回本《水滸傳》中，武松的個人故事就佔了十回，可知武松是《水滸傳》主角，然而，若是一百單八天罡地煞，個個都有「十回」，人人都是主角，整部《水滸》的結構豈非紊亂不堪？

以小說的創作原則來說，人物理當越簡單越好，配角與過場人物不可過多。人物越是簡單，節奏越是明快，讀者閱讀起來越是流暢。如果人物多如繁星，一個又一個登場，讀者還沒記住此人是誰，下一個人物又出場了，閱讀壓力與障礙必然很大。而為求人物不要過多，小說中的事件最好都集中於少數人身上發生。

「以最少的人物，呈現最多的故事」，可稱為小說創作的「儉約法則」，「儉約法則」可以創造小說最好的閱讀效果

金庸在創作小說時，屢次使用「儉約法則」。金庸慣用的技巧是「將上一段情節的人物改頭換面，安插到下一段情節繼續出現。」如此一來，就不需再創造新人物，角色的複雜度將因此降低，讀者的閱讀壓力可以相對減少，全書的情節會更緊密，結構上也會加分。

比如一版《神鵰》首回出場的李莫愁是與武三通同輩份，名震江湖幾十年的女魔頭，平日與女弟子洪凌波居住在「赤練島」。在金庸的初構想中，李莫愁應是武林中一位獨行的女魔頭，與「古墓派」理應毫無相關，但《神鵰》寫至後來，李莫愁又被編派成小龍女的師姊，為了配合小龍女，李莫愁的年紀就被減少了。

再如一版《倚天》金花婆婆，在初出場時，金花婆婆自稱「紫衫老姊」，稱呼謝遜「謝賢弟」，可見她當真是年事已高的老太婆。但在《倚天》後來的故事中，金庸又將金花婆婆編派成

小昭的母親。小昭才十六七歲，金花婆婆總不能老蚌生珠，因此，在一版故事中，前段的金花婆婆是老年人，後段的金花婆婆則變成了青中年。

一版《天龍》霍先生也是在「儉約原則」下，被改造的例子，一版第六回說，南海鱷神聽聞霍先生的腳步聲，知道他是不會武功之輩，但在第九回，霍先生又被編派成嵩山派的崔百計（二版伏牛派的崔百泉），如此一來，就變成情節上的前言不對後語，然而，為求故事人物的儉約效果，與其再多創造一名人物，還寧可選擇這樣的矛盾。

經由「儉約法則」，李莫愁、金花婆婆與霍先生幾段情節，原本應該是兩個角色，卻化繁為簡，合併為一人，這樣的創作方式勢必會讓細心的讀者發現前後矛盾。而若要解決這些矛盾，就必須進行改版修訂。由此推測，金庸必定是在一版連載時，就已經決定連載完成，結集出版時，一定要修訂改版了。

第九回還有一些修改：

一．段譽命南海鱷神至雲中鶴手上奪回師娘鍾靈，南海鱷神問道：「究竟我有幾個師娘？」

二版段譽道：「你別多問，總而言之，倘若你奪不回你這個師娘，你就太也丟臉。」新三版改為段譽回答：「你別多問，那個是大師娘，這個是小師娘。總而言之，倘若你奪不回你這個師娘，你就太也丟臉。」新三版木婉清與鍾靈是段譽大小老婆的態勢已經呼之欲出了。

二．二版鍾靈的生辰是「乙未年十二月初五丑時」，新三版改為：「乙卯年十二月初五丑時」。二版甘寶寶自訴是「乙未年五月歸於鍾氏」，新三版改為「乙卯年六月歸於鍾氏」。

三．高昇泰說段譽當日拉霍先生出來權充師父以對付南海鱷神，是因為識穿了崔百泉的真實身份。二版高昇泰又道：「世子知道閻府之中，只有崔兄才對付得了這姓岳的惡人。」但高昇泰如此說法，豈非太抬高崔百泉？新三版高昇泰改為說：「世子知道合府之中，除了王爺自己，只有崔兄才對付得了這姓岳的惡人。」

四．慧真說起玄悲大師的死訊，道：「我師徒兼程南來，上月廿八，在大理陸涼州身戒寺掛單，那知道廿九清晨，我們師兄弟四人起身，竟見到師父……我們師父受人暗算，死在身戒寺的大殿之上……」二版段正淳道：「今兒初三，上月廿八晚間是四天之前。譽兒被擒入萬劫谷是廿七晚間。」新三版將「譽兒被擒入萬劫谷是廿七晚間。」更正為「譽兒被擒入萬劫谷是廿九晚間。」。

五．黃眉僧說起遇見少年慕容博之事，二版說「那是四十三年前的事了。」新三版將「四十三年」改為「四十五年」。

六．二版崔百泉殺的「蔡慶圖」一家，新三版改為「呂慶圖」一家。

七．二版崔百泉尋慕容氏報仇，是要上「姑蘇」，新三版改為「蘇州」。

八．二版說段正淳從懷中摸出甘寶寶交來的那只黃金鈿盒，回思十七年前和她歡聚的那段銷魂蝕骨的時光。新三版將「十七年前」改為「十六年前」。

九．擺脫雲中鶴後，二版說鍾靈回到萬劫谷來，疲累萬分，到自己房中倒頭便睡。睡到半夜裡，只聽得雲中鶴大呼小叫，一間間房挨次搜來，急忙起身逃走。新三版又加寫，鍾靈逃入母親臥室，雲中鶴也跟著追到。

十．鍾萬仇對段正淳等人喝道：「你們可知這石屋之中，還有什麼人在內？」一版段正淳怒道：「鍾谷主，你若傷殘我兒肢體，須知你自己也是有妻有女。」他這時心中怦怦亂跳，但所擔心的，卻是段譽已受苦刑，甚或被斷去手足，挖去眼珠。一版的情節前後矛盾，前面明明提到段延慶要讓段譽與木婉清亂倫，保定帝還因此要段正淳先為段譽娶高湄為妻，但到了這一回，段正淳又渾然不知段延慶的陰謀，實是混亂。二版此段改為：段正淳怒道：「鍾谷主，你若以歹毒手段擺佈我兒，須知你自己也有妻女。」而後，一版鍾萬仇提到：「段正淳的親生兒子和親生女兒，卻是顛鸞倒鳳，結成夫妻啦！」一版段正淳心中大疑：「難道清兒也在這石屋之中？難道她和譽兒兄妹倆……」登時全身便如墮入冰窟之中。這段也是前後自相矛盾。金庸似乎在寫後面的故事時，已經忘了前面寫過什麼，二版因此將這段刪了。

十一．一版保定帝要離開萬劫谷時，拱手向慧禪和尚、金大鵬、史安等人道：「難得各位光臨大理，請到舍下同飲一杯水酒，讓在下一盡地主之誼如何？」慧禪等都有意結識這位武林中號稱「天南第一人」的保定帝，都笑著道謝答應。只葉二娘微微一笑，說道：「老娘怕你們宰了我分著吃了，還是乘早溜之大吉。」而後自行去了。這段二版當「冗情節」全刪。

十二．一版保定帝回大理，破貪等六僧全身虛脫，站都站不起來，由凌千里等伏著上馬，一齊來到鎮南王府。二版無段譽吸破貪等僧內力之事，自然刪了此說。

十三．回大理後，鎮南王府筵席款待各路英豪。一版說眾人推慧禪和尚坐了首席，蓋少林寺是武林中的泰山北斗，慧禪本人武功雖不甚高，眾人卻敬重他的出身名戶。二版刪了這段。

十四．過彥之來報柯百歲死訊時，一版說慧禪與金大鵬等人隨段正淳迎了出去。只有保定帝、黃眉僧、左子穆和秦元尊四人端坐不動。一版解釋說，以武林的輩份而論，保定帝和黃眉僧是不須出門相迎，至於左子穆和秦元尊則是自重身份，以一派宗師自居，認為過彥之名氣再大，說什麼上面還有個師父柯百歲，左秦二人都以為和他師父才是平起平坐的同輩。二版刪了這段「冗情節」。

十五．一版段正淳稱呼過彥之為「過大俠」，二版改為「過老師」。

十六．一版過彥之對崔百計說柯百歲多半是被姑蘇慕容所害，黃眉僧避席還禮，說道：「善哉善哉，老衲僻處荒山，於中原武林間的龍爭虎鬥，實是孤陋寡聞，似崔施主這等英雄人物，竟然在鎮南王府一居數年，老衲毫不知情，何足以再言江湖中事？」這段二版當「冗情節」刪了。二版另加寫：段正淳和高昇泰對望一眼，均想：「『北喬峰，南慕容』，他伏牛派與姑蘇慕容氏結上了怨家，此仇只怕難報。」這是二版首度提到「喬峰」，當然是以之為伏筆之用。一版創作至此時，金庸未必構思好了喬峰一角，因此也沒有任何伏筆，二版因此必須補寫喬峰的相關伏筆。「北喬峰，南慕容」一詞也就由此處起，取代一版的「三善四惡」，成為武林中善惡兩種對比。

十七．說起姑蘇慕容「以彼之道，還施彼身」，一版段正淳說道：「過彥之過大俠的師父柯百歲，聽說擅用軟鞭，殺敵時往往以軟鞭繞上對方頭頸，令對方窒息而死，難道他……他……」

而後詢問過彥之，原來柯百歲當真死在「靈蛇繞頸」這一招之下。二版改為段正淳說道：「過彥之過大爺的師父柯百歲，聽說擅用軟鞭，鞭上的勁力卻是純剛一路，殺敵時往往一鞭擊得對方頭蓋粉碎，難道他……他……」而後詢問過彥之，原來柯百歲當真死在「天靈千裂」這一招之下。

段延慶原來竟是慕容博的徒弟——第十回〈劍氣碧煙橫〉版本回較

段譽本是大理國世子，一直居住在天南一隅，因為闖入江湖，才得以走出大理，涉足中原。將段譽從大理帶帶向中原的人，就是鳩摩智，且來看看一版與二版不同的鳩摩智出場故事。

話說段譽因體內真氣太盛，便似要迸破胸膛出來一般，保定帝命太醫治療而未果，遂決定求助於「天龍寺」。

一版說天龍寺是在大理西北的天龍峰上。這天龍峰是天龍山的主峰，那山脈自西北蜿蜒而來，至大理而止，宛然是一條巨龍，段氏的祖先便葬在這山中。那主峰是全山的龍頭，天龍寺便建於龍頭之上，統領群山，形勢極是雄偉。

想來一版的「天龍寺」與「天龍山」，應該是金庸為了配合《天龍八部》書名臆造出來的，這就像《鹿鼎記》臆造大清龍脈是在「鹿鼎山」一樣。

二版改為天龍寺在大理城外點蒼山中岳峰之北，正式寺名叫作崇聖寺，但大理百姓叫慣了，都稱之為天龍寺。

崇聖寺是大理真正的皇家寺院，經過這麼一改，小說就與真實吻合了。

一版天龍寺諸僧，法號是「天」字頭，即天因、天觀、天相、天參，出家後的保定帝亦由枯榮大師賜法名「天塵」。

群僧法名於一版均為「天」字輩，應是配合「天龍寺」的寺名，二版則將之改為「本」字輩，即本因、本觀、本相、本參，出家後的保定帝亦由枯榮大師賜法名「本塵」。將法名由「天」改為「本」，當是起因於鳩摩智使「無相劫指」後，本相大師問道：「慕容先生所遺奇書之中，可有破解『無相劫指』的法門？」鳩摩智道：「有的。破解之法，便從大師的法名上著想。」本相沉吟半晌，說道：「嗯，以本相破無相，高明之至。」

「以本相破無相」這句話，若說成「以天相破無相」，詞義上顯然並不妥當。二版改為「以本相破無相」，即以本來面目破「無相」，較符合佛法本義，也就因為如此，天龍群僧全都配合「天相」改「本相」，一改而為「本」字輩高僧了。

而後，因鳩摩智來信欲借「六脈神劍經」，本因方丈請保定帝剃髮為僧，同習「六脈神劍」，共禦鳩摩智。

又因事出緊急，天龍諸僧均無法練齊「六脈」，一版枯榮大師對保定帝道：「咱們分別練那六脈神劍，不論是誰，都是練不成的。咱們也曾想到一個取巧的法子，各人修習一脈，臨敵之時，由一人出手，其餘五人將內力輸在他的體內。只要對方不瞧出破綻，便能克敵制勝。」

一版枯榮大師所說功法與《倚天》光明頂上周顛、說不得，彭瑩玉、鐵冠道人合四人之力抵禦楊逍，及《神鵰》全真五子閉關後，合五子之力的「七星聚會」太過雷同，文學上較無新意，也違背了金庸「創意不重複」的原則。於是，二版改為枯榮大師道：「咱們倘若分別練那六脈神劍，不論是誰，終究內力不足，都是練不成的。我也曾想到一個取巧的法子，各人修習一脈，六人一齊出手。雖然以六敵一，勝之不武，但我們並非和他單獨比武爭雄，而是保經護寺。」

禦敵之策確定，本因諸僧開始各習一脈「六脈神劍」，鳩摩智隨後也抵達了天龍寺。

鳩摩智駕臨天龍寺，提出以少林派七十二門絕技的要旨、練法，以及破解之道的三卷武功訣要，向天龍寺交換「六脈神劍經」。

當鳩摩智提到「少林派七十二門絕技」時，一版天龍寺群僧一驚：「少林派七十二門絕技名震天下，據說少林自創派以來，除了宋初曾有一位高僧身兼五十六門絕技之外，從未有第二人曾練到三十六門以上。」

二版為突顯鳩摩智武功的高強，改為：「少林派七十二門絕技名震天下，據說少林自創派以來，除了宋初曾有一位高僧身兼二十三門絕技之外，從未有第二人曾練到二十門以上。」

為徵天龍寺群僧之信，鳩摩智隨後展演了「拈花指」、「多羅葉指」與「無相劫指」三門少林絕技，並贏得本因等諸僧的讚歎，群僧因而都對換經之事怦然心動。但枯榮大師卻堅拒以「六脈神劍經」交換「少林派七十二門絕技」。

而後，枯榮大師問鳩摩智道：「老衲心中有一疑竇，要向明王請教。」鳩摩智道：「不敢。」枯榮大師問道：「敝寺藏有六脈神劍經一事，縱是我段氏的俗家子弟亦不得知，慕容先生卻從何處聽來？」

一版鳩摩智道：「慕容先生當時未曾詳言，據小僧猜想，當與段氏的延慶太子有關。」天因點點頭，道：「延慶太子識得慕容先生嗎？」鳩摩智道：「慕容先生曾指點過他七八招武功，但不允收他為弟子。」

枯榮大師問道：「為何不收？」鳩摩智道：「此是慕容先生私事，小僧未便多問。」

二版段延慶未師從慕容博，二版改為鳩摩智道：「慕容先生於天下武學，所知十分淵博，各門各派的秘技武功，往往連本派掌門人亦所不知的，慕容先生卻瞭如指掌。姑蘇慕容那『以彼之道，還施彼身』八字，便由此而來。但慕容先生於大理段氏一陽指與六脈神劍的秘奧，卻始終未能得窺門徑，生平耿耿，遺恨而終。」

枯榮大師「嗯」了一聲，不再言語。保定帝等均想：「要是他得知了一陽指和六脈神劍的秘奧，只怕便要即以此道，來還施我段氏之身了。」

接著，鳩摩智進而威脅，若是天龍寺不肯交出「六脈神劍經」，大理吐蕃兩國，只怕兵戎相見。

一版枯榮大師對鳩摩智道：「明王既是堅執非此經不可，老衲等又何敢吝惜？明王願以少林寺七十二門絕技交換，敝寺不敢拜領。老衲雖是面壁數十載，卻也知明王大輪寺的絕技，遠勝少林七十二絕技多矣。」

原來在一版金庸的初構想中，號稱中原第一門派的少林寺，不僅玄悲大師為慕容博所殺，武功水平也不如大輪寺。

二版則將枯榮大師的話改為：「明王既堅要此經，老衲等又何敢吝惜？明王願以少林寺七十二門絕技交換，敝寺不敢拜領。明王既已精通少林七十二絕技，復又精擅大雪山大輪寺武功，料來當世已無敵手。」可知二版不再於字裡行間貶低少林派了。

而後，鳩摩智以「火燄刀」與天龍寺群僧的「六脈神劍」廝殺，終於以一敵六，大敗天龍寺，最後更擄得世間唯一會使「六脈神劍」的段譽，北上慕容家的燕子塢。

在一版《天龍》中，「四大惡人」之首的段延慶竟然系出慕容博。如此說來，「四大惡人」或許只能算是惡人中的B咖，真正惡人中的A咖，非慕容博莫屬！

【王二指閒話】

武俠小說談「武」論「俠」，「武」是專業武術，「俠」是俠義涵養。為了吸引讀者閱讀，武俠小說幾乎都將身為主角的俠士，設定為年輕俊美，且「武」「俠」兼備。

「俠」可以是與生俱來的天性，比如《射鵰》童年郭靖遇上遭成吉思汗追殺哲別，隨即挺身相護，隱瞞其藏身之處；再如《神鵰》少年楊過見到李莫愁擄劫陸無雙與程英二女，立即張臂抱住李莫愁，阻攔其惡行；又如《倚天》少年張無忌目睹紀曉芙為滅絕師太擊斃，即千里護送楊不悔至西域。

「俠義之心」可以來自先天，「武術修為」則一定得從後天學習修練。為了讓主角俠士們都能在青年時期即身懷絕世武功，金庸常用的技法有四：

一、天賦異稟：如《天龍》喬峰天資卓絕，又精進學習「降龍廿八掌」，因而傲視武林，成為號稱「北喬峰、南慕容」的絕世高手。

二、巧獲秘笈：為使主角迅速成為武功佼佼者，金庸往往會安排主角巧獲「秘笈」，如《射鵰》郭靖與《神鵰》楊過都是因為習練《九陰真經》，功力等級即瞬間大增，《倚天》張無忌則是因為習練《九陽真經》與「乾坤大挪移心法」，成為武林第一高手。

三、得遇明師：俠士若得遇明師，也可學得不世神功，如《神鵰》楊過得小龍女親授《玉女心經》，《笑傲》令狐沖由風清楊親傳「獨孤九劍」，即都成為武功超群的青年俠士。

四、服食神物：天賦異稟、巧得秘笈、或得遇明師，都必須苦學才能有成，有些俠士的武功則是得來全不費功夫，他們只是服食了某種神物，就擁有了絕世武功或充沛內力。比如一版郭靖吸食梁子翁以珍貴藥材豢養的蝮蛇之血，立時內力大增，一版《天龍》段譽則是因為生食「莽牯朱蛤」，即擁有了吸人內力的「朱蛤神功」，並因此成為一代高手。

天賦異稟、巧獲秘笈與得遇明師三法，都還算是情理之內的「俠士速成法」，但「服食神物」實在太過荒誕。在修訂一版成二版時，金庸決定不再讓俠士們不勞而獲即擁有武功或內力，因此二版《射鵰》刪去了郭靖服蝮蛇之血即內力大增之說，二版《天龍》也將「朱蛤神功」改為「北冥神功」，二版段譽之所以可以吸人內力，並不是因為吃了「莽牯朱蛤」，而是因為他苦練

「北冥神功」，才能有此功夫。

《西遊記》金角大王等妖怪等想吃唐僧的肉，是因唐僧為金蟬子轉世，服其肉即可以長生不老，免去數百年修行，這樣的想法簡直異想天開。而若俠士服食神物後，即可變成武功蓋世無雙的絕頂高手，這就跟金角大王想吃唐僧肉一樣荒唐，這樣的構想金庸在一版取之，二版則廢之。自二版起，不論是郭靖還是段譽，若想學絕世武功，都得按部就班，勤學苦練，休想不勞而獲。

第十回還有一些修改：

一．段譽對保定帝說其全身腫了起來，二版說原來段譽昨晚在萬劫谷中得了五個高手的一小半內力，因而真氣鼓盪。二版是誤寫，因為段譽共吸黃眉僧、崔百泉、鍾靈、雲中鶴、鍾萬仇、南海鱷神、葉二娘七人內力，就算扣掉鍾靈，也還有六人。新三版已將「五個高手」更正為「六個好手」。

二．保定帝對段譽說起丁春秋，二版說：「聽說是個仙風道骨、畫中神仙一般的老人。」新三版增寫為保定帝說：「聽說是個仙風道骨、面如冠玉、畫中神仙一般的老人。」這是為了新三版的「不老長春功」先埋伏筆。

三・天龍寺高僧為段譽治病，二版本因方丈點段譽衝脈幽門穴和帶脈章門穴，新三版改為本因方丈點段譽衝脈陰都穴和帶脈五樞穴。

四・向保定帝介紹「關衝劍」後，二版本因又取出六幅圖形，懸於四壁。這裡是誤寫，因「六脈神劍」只有六張經脈圖，若照二版的描述，經脈圖便有七張。新三版訂正為本因再取出五幅圖形，連先前已懸的一幅，共是六幅。

五・二版所述及的「少陽劍」，新三版一律稱為「關衝劍」。此因二版的「六脈神劍」以六脈的陰陽命名，新三版則改為每一劍均以其最終一穴命名。

六・二版段譽稱本因為「太師伯」，但因保定帝法號「本塵」，與本因應屬同輩，新三版段譽改稱本因為「本因師伯」。

七・鳩摩智以「火焰刀」戰天龍群僧的「六脈神劍」。二版說段譽凝神觀看，知道這幾位高僧以內力鬥劍，其凶險和厲害之處，更勝於手中真有兵刃。新三版再增寫，適才鳩摩智以空勁碎箱，這股內勁如著上血肉之軀，自有斷首破腹之效。

八・枯榮大師在帛上對段譽寫道：「良機莫失，凝神觀劍。自觀自學，不違祖訓。」二版段譽心想：「枯榮太師伯先前對我伯父言道，六脈神劍不傳段氏俗家子弟。」新三版已將「枯榮太師伯」訂正為「本因師伯」。

九．鳩摩智的第二仗各以兩股內勁戰天龍寺每一僧，二版說枯榮大師仍是雙手拇指一捺，以少陽劍法接了敵人的內勁。新三版將「少陽劍法」更正為「少商劍法」。更正的原因是「少商」為「手太陰肺經」在拇指尖的穴道。

十．段譽使「六脈神劍」戰鳩摩智，二版鳩摩智心想：「中土武林中，居然又出了一位大高手。」新三版將「中土武林」更正為「大理武林」。

十一．與鳩摩智交手後，二版段譽心中已隱隱想到，須得先行存念，然後鼓氣出指，內勁真氣方能激發。新三版改為段譽知道只要情勢緊急，鼓氣出指，內勁真氣登時激發。新三版又較二版多寫了一段鳩摩智與段譽過招之事。新三版說鳩摩智心中暗服：「這少年原來當真會使六脈神劍。」這段增寫是要說明鳩摩智為什麼要擄走段譽。

十二．擄得段譽後，二版鳩摩智說道：「這位小施主心中記得六脈神劍的圖譜。原來的圖譜已被枯榮大師焚去，小施主便是活圖譜，在慕容先生墓前將他活活的燒了，也是一樣。」新三版刪了鳩摩智話中的「在慕容先生墓前將他活活的燒了，也是一樣。」兩句。按新三版的筆路，鳩摩智起先並無燒段譽之心，只是後來想至「還施水閣」觀看武學秘笈，才說要燒「活圖譜」段譽以報慕容博，企圖徵得慕容博家人之信。

十三．一版段正淳離開大理，是與慧真、慧禪前赴少林。二版因已無玄慈方丈召開英雄大會，共商對抗慕容氏之事，改為段正淳與慧真、慧觀二僧前往陸涼州。

十四．兩位為段譽治療的太醫，一說段譽中了熱毒，一說段譽體內毒性微寒。一版說原來段譽體內既有黃眉僧純陽的內力，復有石清子陰柔的內力。二版改為段譽體內既有黃眉僧、南海鱷神、鍾萬仇陽剛的內力，復有葉二娘、雲中鶴陰柔的內力。

十五．太醫診治過段譽後，二版較一版增寫保定帝為段譽把脈，自身內力急瀉而出。而後問段譽：「譽兒，你遇到了星宿海的丁春秋嗎？」這是「丁春秋」一名首度出現在二版《天龍》，也是要為將來的情節預埋伏筆。

十六．一版鳩摩智的書信中提到：「當年在天竺與姑蘇慕容博先生相會，訂交結友。」二版刪了「在天竺」幾字。

十七．段譽看「少商劍」經脈圖，只看了一會，便覺自己右手小臂不住抖動，似有什麼東西要突破皮膚而迸發出來。一版說，那小老鼠一般的東西所要衝出來之處，正是穴道圖上所註明的

「會宗穴」。二版將「會宗穴」改為「孔最穴」。

十八．練過「手少陰心經脈圖」，而後一版說段譽一加存想，一股真氣果然便循著經脈路線運行，快慢洪纖，皆如意旨。若真如此，一版段譽已經練就了「六脈神劍」，這就與後來的情節有所矛盾了。二版改為段譽緩緩存想，一股真氣果然便循著經脈路線運行，只是快慢洪纖，未能盡如意旨，有時甚靈，有時卻全然不行，料想是功力未到之故，卻也不在意下。

十九．一版天龍群僧排座次，是天觀坐了東首第一個蒲團，天相第二，保定帝第四，將第三個蒲團空著，留給天因方丈，天參坐了第五個蒲團。二版為求佛門先後之禮，改為本觀坐了東首第一個蒲團，本相第二，本參第四，將第三個蒲團空著留給本因方丈，保定帝坐了第五個蒲團。

二十．說起與慕容博交往舊事，一版鳩摩智道：「昔年小僧與彼在天竺國邂逅相逢，講武論劍。」但慕容博心在復國，理當不會前往天竺國才是，二版刪去了「在天竺國」幾字。

二一．鳩摩智施展「火燄刀」前，先點燃六支香頭，一版的香烟是六條筆直的白線。二版為配合「劍氣碧煙橫」的回目，改為藏香所生煙氣作碧綠之色，六條筆直的綠線裊裊升起。

二二．一版所稱「星宿老魔」，二版改為「星宿老怪」。

阿朱暗戀他家公子慕容復——第十一回〈向來痴〉版本回較

《天龍》武林有「北喬峰、南慕容」各領半壁江山，這一回是姑蘇慕容出場的故事。在慕容復正式登場前，先由慕容家婢女阿朱與阿碧向讀者打招呼。且來看看「朱碧雙姝」故事的版本差異。

話說段譽隨鳩摩智來到將江南，得以巧遇行船的阿碧，一版說阿碧約莫十五六歲，二版增了一歲，改為十六七歲。

而後，段譽與鳩摩智一行隨阿碧來到燕子塢琴韻小築，並見到阿朱易容的僕人老黃、管家孫三與慕容老夫人。

慕容老夫人出場後，段譽識破阿朱的易容，忍不住笑了出來。「假老夫人」問阿碧笑的是何人？阿碧說是段家的公子。

一版老夫人點頭道：「嗯，公子長公子短的，你便是記掛著你家的公子。」阿碧臉上一紅，說道：「老太太何嘗不是記掛著公子爺？」老夫人道：「你……你說什麼？公子爺想吃西瓜？」阿碧抿嘴笑道：「是啊，公子爺想吃西瓜，還想吃你的櫻桃呢。」段譽聽她二人說笑，語帶雙關，更加認定這老夫人定是另一個小丫頭所扮。

從這段情節可知，一版故事進行至此時，金庸理當還沒構思到阿朱與喬峰將會配成雙，因此「朱碧雙姝」似乎都對她家公子爺慕容復情有獨鍾，連「吃你的櫻桃」這般露骨的雙關語竟然也能出自阿碧與阿朱無意的調笑中。

然而，就如一版《神鵰》小龍女對公孫止「微感傾心」，及一版《倚天》周芷若「瞧著宋青書，傾慕之極」都在二版被修改掉一樣，金庸絕不會讓大俠的女人愛慕其他男人，即使是在邂逅大俠前都不允許。一版「喬峰的女人」阿朱竟然愛慕過慕容復，這實在太傷「朱峰戀」的唯美形象，因此二版一定要修改。

二版改為老夫人點頭道：「嗯，公子長公子短的，你從朝到晚，便是記掛著你家的公子。」阿碧臉上一紅，說道：「老太太耳朵勿靈，講閒話阿要牽絲扳籐？」

二版修訂後，暗戀慕容公子的，就只剩阿碧一個人。「喬嫂」阿朱從尚未認識喬峰前，就開始為喬峰「守精神之貞」，即便他家慕容公子玉樹臨風，武藝卓絕，阿朱也不得對慕容公子萌生任何一絲愛慕之情。

而後，鳩摩智對慕容老夫人說起要到慕容家「還施水閣」觀閱武籍之事，「假老夫人」卻假借重聽推拖。一版鳩摩智道：「這位老太太也不知是真糊塗，還是假糊塗。聽說中原各門派的武林高手，正在少林寺聚會，商議對付姑蘇慕容氏，小僧念著與慕容先生的舊誼，原想稍效棉薄，相助一臂之力。老夫人如此拒人於千里之外，豈不令人心冷？」

二版中原武林並未聚會共商對付姑蘇慕容之策，這段因此刪改為：鳩摩智道：「這位老太太也不知是真糊塗，還是假糊塗，如此拒人於千里之外，豈不令人心冷？」

因阿朱假扮的慕容老夫人始終不允鳩摩智所請，鳩摩智而後發威，逼使段譽展演「六脈神劍」，以證明自己確實是帶著「六脈神劍活圖譜」來向慕容博家人兌現昔日諾言。

在鳩摩智與段譽的惡鬥中，阿朱「現出原形」，一版阿朱是十五六歲，跟阿碧同齡，二版兩人都加了一歲，阿朱也是十六七歲。此外，一版阿朱是「圓圓的臉」，二版則改為「鵝蛋臉」。

最後，合段譽與朱碧雙姝之力，仍鬥不過鳩摩智，一行人遂前往「聽雨居」用膳，段譽並請阿碧演奏一曲。

一版阿碧取出「九絃琴」輕奏，崔百計和過彥之聽聞琴音，都沉沉的睡去。段譽因與琴音相應，解開了被鳩摩智封閉的「天池穴」與「魄戶穴」。鳩摩智則是叉手而坐，運勁對抗阿碧的琴聲，段譽只見阿碧殷紅的嘴唇漸漸蒼白，他猛地醒悟，阿碧內力非鳩摩智之敵，若再支撐下去，只怕要受極重內傷。

突然間，錚的一聲響，阿碧的琴絃崩斷，段譽見情勢緊迫，食指中指上兩道內勁衝出，那正是「商陽」劍和「中衝」劍，他以六脈神劍刺向鳩摩智右邊肩頭。

而後，阿碧左手拉著阿朱，右手拉著段譽，雙足一登，三個人從水閣的紙窗中穿了出去，正好落入泊在岸邊的一艘小舟之中。阿朱伸手按低段譽的頭，跟著搶了木槳連連劃動，那小船向外直盪開去。

一版阿碧的琴音可以催眠崔百計與過彥之，也能打通段譽被鳩摩智點封的穴道，還能抗衡鳩摩智，足見其內力與琴藝幾乎已達《射鵰》黃藥師的境界。而阿朱聞其琴音能相安無事，可知阿朱的內力理當勝於鳩摩智。再細加推想，鳩摩智在天龍寺中可以挫敗枯榮大師，朱碧雙姝則能與鳩摩智旗鼓相當，由此可知，朱碧雙姝的功力絕對高於枯榮大師，更遠勝於保定帝、段正淳與段延慶。如此的朱碧雙姝武功堪稱天下第一流，這豈非太過驚人？

此外，一版段譽練成六脈神劍，亦能隨心所欲的發劍，這與後來段譽的六脈神劍時靈時不靈是前後扞格的。

二版將這段修改為：段譽品賞阿碧的九絃琴時，阿朱伸指在一條絃線上一撥，聽雨居的翻板隨即打開，在場六人瞬間往下跌，鳩摩智、崔百泉、過彥之三人跌入湖中，阿朱、阿碧與段譽則落入撫琴几凳正下方的小船中。阿朱、阿碧二女分坐船頭船尾，各持木槳急划，立時划離「聽雨居」。

二版朱碧雙姝不再具有絕世神功，只是稍具武功，段譽的六脈神劍也從一版的收放自如改為時靈時不靈。三人逃離鳩摩智，是借助於聽雨居的機關。

離開「聽雨居」後，一版阿碧道：「阿朱姊姊，我們到陸大爺莊上去暫避一下吧。」阿朱氣憤憤的道：「只好如此。」又道：「真是氣人，陸大爺常笑我姊妹的功夫不中用，今日一遇上敵人，便逃到他那裡去避難。以後一生一世都要給他笑話了。」

而後，因鳩摩智使「勾魂法」追擊三人，朱碧雙姝繼續遠逃。一版阿碧道：「阿朱姊姊，我們若是到嘯天村去，那和尚追了去，陸大爺不肯服輸，定要跟他打個落花流水。」阿朱道：「是啊，那就不妙了。陸大爺武功雖高，看來總是不及這和尚精靈古怪。這樣吧，我們就在這湖裡跟那和尚大兜圈子，跟他耗著。肚子餓了，就採菱藕來吃，就是跟他耗上十天半月，那也不打緊。」

一版這位「嘯天村陸大爺」究竟是誰？因為之後的情節並未提起此人，二版也就刪除了。但想來在一版的原始構想中，姑蘇慕容座下定然不只「四大家臣」，這位「嘯天村陸大爺」就是「四大家臣」之外的另一人。

接下來是段譽跟王語嫣邂逅的故事，這段情節一版與二版也是完全不同。

一版朱碧二人在湖上划了一個多時辰，段譽漸漸聞到一種特異的花香，初聞到時頭腦略感昏暈，但隨即十分舒暢。段譽問朱碧雙姝，這是什麼花香，阿碧語帶驚恐，說得盡速離開此處。阿朱而後大聲說：「阿碧妹子，這裡的路真難認，別弄錯啊。」阿碧也大聲回：「是啊。這和尚追趕咱們，不懷好意。我們若是找錯了路，別人還道我們是有意到這裡來，又替公子多惹麻煩了。」兩人說話的聲音很響，似乎是故意說給旁人聽的。段譽只覺難以捉摸的花香更加濃了。阿朱又低聲告訴段譽：「咱們走錯了路。這裡主人比那和尚厲害得多。」

朱碧二人急忙划離那處，但兩人划了半日，段譽又接手划了一個多時辰後，段譽又聞到了那股奇異的花香，原來三人又滑回了原地。其時天色漸明，阿碧臉色慘然，忽地拋下手中木槳，掩面哭了起來，阿朱心中也極為惶恐。便在此時，西邊天空中嘰嘰兩聲鳥鳴，有一隻大鳥飛了過來。只見這鳥全身雪白，似鶴而非鶴，雙腳甚長，當是水鳥之一種。那白鳥飛臨小舟上空，打了個圈子，便緩緩向西北角飛去。

阿朱跟隨鳥行方向划去，段譽方知白鳥是領路使者。阿碧提醒段譽：「待會到得曼陀山莊，不論有什麼事，只好依言而行，便是要受老大的委曲，也不能違抗。」段譽不解，阿碧又說道：「王夫人說過，再有那一個男子踏進曼陀山莊一步，非斬斷他雙腿，挖了他一雙眼珠不可。」

段譽問王夫人究竟是何等樣的人物，阿朱向前後左右瞧了一會，說道：「這位王夫人哪，武功之高，實已到了深不可測的地步，當世武林之中，要算她第一。咱們公子生平不服人，就只佩服王夫人一個。」她口中這麼說，臉上卻做出種種希奇古怪的表情，扁嘴吐舌，聳眉睞眼，總之是表示這些話全不可靠，都是假的。段譽心下大奇：「難道咱們在這四顧無人的船中說話，那王夫人竟有法子聽了去？佛家雖有『天眼通』、『天耳通』之說，終究是世上所無。」

只見那白鳥飛了一陣，又轉過頭來，在船頂盤旋一周。鳥快船慢，牠這般去了又來，那便是在等候了。小船隨著白鳥划了約莫半個時辰，終於到達「曼陀山莊」。

二版將一版這一整段都改寫了，二版王夫人沒有「武林第一」的虛名，她不會「鬼打牆」，讓朱碧的小船在湖上團團轉，也沒有「天眼通」、「天耳通」等神功，更沒培育「領路鳥」。二版改成是因阿碧尿急想如廁，三人才會前往「曼陀山莊」去「噓噓」。

二版朱碧雙姝與段譽在船上，段譽正要合眼睡去，聽得阿碧對阿朱說她解手，段譽於是貼心的說，他想解手，阿朱這才將小船開往曼陀山莊，讓段譽去方便。但在上岸前，阿朱提醒段譽：「王家太太脾氣很古怪，不許陌生男人上門。公子一上岸，立刻就得回到船裡來，我們別在這裡惹上麻煩。」

三人而後前往曼陀山莊，並開展了段譽追求王語嫣的浪漫愛情。

二版的改寫即到此處。

看過一版到二版的改寫，接著再看二版到新三版的變革。

因為阿碧是金庸「心中對之有柔情、有愛意、願意終生愛護她的女子」之一，新三版改寫時，金庸將段譽對阿碧的感情大為加料，且來看看新三版的新故事。

話說段譽隨鳩摩智來到蘇州，巧遇阿碧後，一行人乘阿碧的小舟要回燕子塢琴韻小築。

阿碧在船上，拿起過彥之的軟鞭彈了起來。二版阿碧是以手指甲觸到軟鞭一節節上凸起的稜角，因而發出叮、玲、東、瓏幾下清亮的不同聲音。新三版阿碧不再這麼傷害自己的指甲了，改為阿碧是手指甲帶著銅套，才能彈奏軟鞭。

而後，段譽一行隨阿碧到了琴韻小築，阿朱先後易容為僕人老黃、管家孫三、慕容老夫人戲耍眾人。

「假慕容老夫人」戲弄鳩摩智時，段譽笑了出來，阿碧向「假慕容老夫人」說笑的是段公子。老夫人道：「斷了，什麼東西斷了？」阿碧道：「不是斷了，人家是姓段，段家的公子。」二版「阿朱」老夫人點頭道：「嗯，公子長公子短的，你從朝到晚，便是記掛著你家的公子。」

新三版則為「揚段抑慕」，將阿朱對阿碧的話改為：「嗯，公子長公子短的，好好一位公子，怎會斷了開了？」

因為阿朱說的話不同，阿碧的反應也隨之不同。二版說阿碧「臉上一紅」，新三版則改為阿碧「微微一笑」。

二版阿碧心中只有慕容復，即使慕容復日後發瘋，阿碧仍堅愛渝恆、不離不棄。新三版增說阿碧是段譽的「小妹子」，阿碧對慕容復的愛意也沒二版那麼濃烈。最後守在慕容復身邊的，新三版改成是王語嫣與阿碧。新三版阿碧對慕容復的愛，並不像二版那般具有專屬性。

而後，鳩摩智為逼段譽使「六脈神劍」，以徵慕容復家對鳩摩智與慕容博舊約之信，二版鳩摩智突然揮掌向阿碧劈去。新三版增說鳩摩智是看見段譽神色間一直對阿碧甚好，才突然揮掌向阿碧劈去。這是要藉由鳩摩智的觀點來寫段譽對阿碧的情感。

段譽與鳩摩智一場惡戰後，二版阿碧請一行人先至「聽雨居」用晚膳，新三版將「聽雨居」

改為「錦瑟居」。二版阿碧彈奏的「九絃琴」，新三版改為五十條絃線的「古瑟」，段譽見此琴，沉吟道：「『錦瑟無端五十絃，一絃一柱思華年。』這是李商隱的錦瑟了。」想來將阿碧的樂器由「九絃琴」改為「錦瑟」，並將「聽雨居」改成「錦瑟居」，就是金庸在新三版送給阿碧的禮物了。

這一回的回末，朱碧雙姝帶著段譽，乘著小船，要前往王夫人家裡解手。新三版又較二版增寫了一大段，道出段譽對阿碧的愛慕之情，增寫之處是：

段譽在小船上，看著船尾阿碧划動木槳，皓腕如玉，綠衫微動，平時讀過與江南美女有關的詞句，一句句在心底流過：「無風水面琉璃滑，不覺船移，微動漣漪。」「消魂。池塘別後，曾行處，綠妒輕裙。恁時攜素手，亂花飛絮裡，緩步香裀。」「遍綠野，嬉遊醉眠，莫負青春。」段譽往日在天龍寺中、皇宮等處壁畫中，見過不少在天上飛翔歌舞的天竺天女像，這些天女令他少年心情，看到時頗涉遐思。今日在江南初見阿碧，忽然又是一番光景，但覺此女清秀溫雅，柔情似水，在他身畔，說不出的愉悅平和，彈幾句〈採桑子〉，唱一曲〈二社良辰〉，令人心神俱醉。心想倘得長臥小舟，以此女為伴，但求永為良友，共弄綠水，仰觀星辰，此生更無他求了。

在《天龍》故事中，阿碧是慕容復的女人，但慕容復最後因復國不成而發瘋，想來阿碧是空閨獨守，落寞一生了，然而，阿碧又是金庸「心中對之有柔情、有愛意、願意終生愛護她的女子。」想來金庸也不忍她孤寂到老，因此，在改寫二版為新三版時，金庸決定將阿碧增寫為段譽的小妹子，由段譽來照顧阿碧，這也就是金庸對阿碧表達愛憐的方式了。

【王二指閒話】

《天龍》是一部「魔幻小說」，所謂的「魔幻」，包含武功與技藝兩種層面。

從「武功」層面來說，段譽的「六脈神劍」實質上就是「六脈神槍」，鳩摩智的「火燄刀」則是「火燄槍」，「六脈神槍」與「火燄槍」都是以「內力」為子彈，向敵人射擊。天龍寺牟尼堂那一場天龍群僧與鳩摩智的惡鬥，其實就是「六脈神槍」與「火燄槍」的一場「槍戰」。

在金庸的六部長篇中，《天龍》的時代背景設定在最早的北宋。段譽在北宋時代，已能化經脈為手槍，狂射猛擊。想來段譽有槍在手，即使時代在他之後，武功造詣理當更強的郭靖、楊過、張無忌對上他，大概都只能聞風披靡，因為郭靖等人使的都是「冷兵器」，段譽使用的則是

「熱兵器」。可惜這門「人體熱兵器」絕技至段譽而絕，而後歷經宋元明清四朝，直到《鹿鼎》時代，才出現「科學熱兵器」，亦即手槍，雙兒用來擊斃風際中的，就是俄羅斯手槍。「俄羅斯手槍」是「科學熱兵器」，也是「寫實」的，「六脈神劍」則是「人體熱兵器」，也是「魔幻」的。

再從「技藝」層面來說，魔幻技藝之一就是「易容術」。在《天龍》中，同樣是「易容術」，還可分為「魔幻」的「變身術」，與「寫實」的「化妝術」。

《天龍》阿朱擅長「易容術」，但阿朱的「易容術」並不是上妝改容，而是「變身術」。阿朱曾「易容」的角色，計有僕人老黃、管家孫三、慕容家老夫人、喬峰、少林僧虛清、神醫薛慕華、白世鏡、段正淳八人。這八人的身高體態，完全不同。據阿朱自訴，她的易容材料只是麵粉、泥巴。然而，麵粉與泥巴或許可能改變臉型，但怎可能改變身高？而除了身高之外，阿朱還能發出喬峰、段正淳等練家子頗具內力的聲音，這又怎能是麵粉與泥巴的效果？

《西遊記》孫悟空大戰二郎神楊戩，孫悟空變麻雀，二郎神就變雀鷹；孫悟空變水蛇，二郎神就變灰鶴，楊戩怎麼變都是孫悟空的剋星。最後，孫悟空化作土地公廟。廟的大門是嘴巴變成的，門扇是牙齒變的，神像是舌頭變的，窗櫺是猴子的眼睛，藏不住的猴子尾巴，就豎在後院當旗竿。楊戩就是因為廟宇的旗竿豎在廟後，才認出廟是孫悟空的變身。

孫悟空使用的就是「變身術」，阿朱也像是孫悟空，她的「易容術」就是「變身術」，因此無法以「寫實」的「化妝術」來揣度。而就像孫悟空變身後，有條隱不去的尾巴，阿朱變身後，也有其隱藏不了的破綻，那就是怎麼變身都無法改變的飽滿胸脯。

有意思的是，同在《天龍》中，既有「魔幻」的「易容術」，也有「寫實」的「易容術」。阿朱使的是「魔幻」的「易容術」，慕容復使的則是「寫實」的「易容術」，慕容復易容為西夏武士李延宗，縱聲大笑時，儘管他笑聲響亮，臉上肌肉仍是僵硬如恆，絕無半分笑意，這才是真正使用麵粉泥巴的易容術。麵粉泥巴糊在臉上，當然不會有表情，可知真正以麵粉泥巴易容的，並不是阿朱，而是慕容復。

《西遊記》中齊天大聖威名遠播，六耳獼猴於是變身孫悟空，鬧了齣「真假大聖」的好戲，連唐僧都不辨真假。阿朱就是《天龍》的六耳獼猴，她的絕技是「變身術」，而非「易容術」。

阿朱的「變身術」與段譽的「六脈神劍」、天山童姥的「天長地久不老長春功」，都是《天龍》中的魔幻武功技藝。先有這樣的認知，才不會落入「是否合理」的迷團，百思不解。

第十一回還有一些修改：

一．鳩摩智擄得段譽北走。二版說鳩摩智買了兩匹馬與段譽分乘，段譽身上的大穴自然不給他解開。新三版又加說鳩摩智每隔一段時候，還補上幾指，封他穴道。此外，新三版還較二版增解釋說，本來穴道長時被封，必於身子有害，但段譽內力深厚，雖穴道多時不解，倒也並無大礙。

二．鳩摩智要將段譽拿到慕容先生墓前焚燒，二版段譽說他臨死之時，只好將劍法故意多記錯幾招。新三版段譽增說他會記錯至是非難辨，對錯不分。又說，世尊曰：「對即是錯，錯即是對。受想行識，亦復如是。如來云神劍，是名神劍，非真神劍。劍稱六脈，寫成七脈。法尚應捨，何況非法？」新三版段譽與《射鵰》周伯通及《倚天》周顛一般，搞笑度都被加分。此外，段譽說完後，新三版又增寫，段譽說的那段經文，鳩摩智知道段譽是亂背《金剛經》。

三．段譽知崔百泉叔姪不敵鳩摩智，要叫他二人逃走，二版段譽道：「他是慕容先生的知交好友，要將我在慕容先生的墓前焚燒為祭。你二位和姑蘇慕容氏毫不相干，這就快快走吧。」新三版改為段譽道：「他是慕容先生的知交好友。請霍先生和過大爺設法去告知我爹爹，前來相救。」

四・二版說江南一帶，說道路程距離，總是一九、二九的計算。新三版又加說，吳語「十」字與「賊」字音似，說來不雅。

五・段譽一行人船進太湖，二版說太湖水面上全是菱葉和紅菱，清波之中，紅菱綠葉，鮮艷非凡。阿碧順手採摘紅菱，分給眾人。新三版則改為太湖水面上全是荷葉，清波之中，綠葉翠蓋，清麗非凡。阿碧從船艙中拿了幾塊藕糖，分給眾人。

六・二版鳩摩智對孫三道：「我和你家老爺當年在川邊相識。」新三版將「川邊」改為「中州」。

七・鳩摩智對假慕容老夫人阿朱說他已帶來六脈神劍劍譜，因而要到「還施水閣」依舊約看書，二版阿朱道：「什麼劍譜？在那裡？先給我瞧瞧是真還是假的。」但先前阿朱所扮假老夫人都嚴重重聽，怎麼忽然對這句耳聰心明起來？這不會引起鳩摩智疑心嗎？新三版改為阿朱道：「甚麼劍譜？煎雞脯還是蒸鴨脯？在那裡？先給我瞧瞧是真的還是假的？」

八・鳩摩智要段譽試演「六脈神劍」，因而解開他穴道。二版段譽試行照著中衝劍法的運氣法門，將內力提到右手中指的中衝穴中，便感中指炙熱，知道只須手指一伸，劍氣便可射出。然而，如此說法，段譽豈非已能靈活使用「六脈神劍」？新三版刪了這段。

九·二版「聽雨居」中的熱菜「菱白蝦仁」，新三版改為「白果蝦仁」。

十·鳩摩智以勾魂法要喚回阿朱阿碧，一版段譽是以他撕下的「衣角」塞住朱碧雙姝的耳朵，二版改為段譽是以「菱葉」塞住朱碧雙姝的耳朵，新三版因太湖名產已由「水紅菱」改為「荷花」，故而段譽拿來塞耳朵的，也改為「菱葉」。

十一·鳩摩智途遇崔百泉師叔姪後，一版鳩摩智將段譽的身子放下，讓他自行站立，又解開了他腿上穴道。而後再請崔百泉師叔姪帶路到燕子塢。二版鳩摩智沒這麼好心，刪了鳩摩智為段譽解穴之事。

十二·一版阿碧說的話全是普通話語，二版改版時，金庸為求趣味，將阿碧的話一律改為蘇白吳語。

十三·崔百泉說要聽阿碧在軟鞭上彈曲，一版阿碧道：「那是什麼絕技了？阿朱會笑我在生客跟前賣弄，我不來。」但阿朱此刻又不在船上，怎能知阿碧彈軟鞭之事？二版改為阿碧道：「我彈著好白相，又算啥絕技了？段公子這樣風雅，聽仔笑啊笑煞快哉，我勿來。」

十四·一版阿朱所居為「聽香小築」，二版改為更典雅的「聽香水榭」。

十五．阿朱易容的僕人老黃，一版說是「鬚髮如銀的矮小老人」。但阿朱難道有「縮骨功」，可以易容為矮小之人？二版改為「鬚髮如銀的老人」。

十六．孫三說起與慕容博結識舊事，一版鳩摩智道：「我和你家老爺當年在天竺相識。」但慕容博一心復國，當無暇遠赴天竺才是，二版將「天竺」改為「川邊」。

十七．一版慕容復家藏書所在的「瑯嬛水閣」，二版改為「還施水閣」。「瑯嬛水閣」則乾坤大挪移成王語嫣家的藏書之所「瑯嬛玉洞」。而一版「假老夫人」阿朱聽鳩摩智說「瑯嬛水閣」，乃假裝重聽，將之曲說成「糖糕水餃」，二版改成「還施水閣」，阿朱也改說是「稀飯水餃」。

十八．一版的「琴韻精舍」，二版改為「琴韻小築」。

十九．「聽雨居」中的菜餚，一版的「梅花雞丁」，二版改為「龍井菜葉雞丁」。

王語嫣本名王玉燕，武功比慕容復還強
——第十二回〈從此醉〉版本回較

這一回是王語嫣出場的故事，且來看看一版與二版完全不同的「神仙姊姊」王語嫣。

話說段譽與朱碧雙姝船進曼陀山莊，一版朱碧雙姝對「武功高強」的王夫人極度恐懼，阿朱將船靠在岸邊，慢聲說道：「燕子塢參合莊慕容家小婢阿朱、阿碧，為逃避敵人追擊，誤闖貴莊禁地，罪該萬死，請王夫人高抬貴手，原宥不究，小婢感激不盡。」她說完後，花林中並無人聲，阿朱又道：「同來的外客段君，他是生客，與我家公子素不相識，跟今日之事絕無半點關係。」阿碧跟著道：「這姓段的來到姑蘇，乃是不懷好意，要尋我家公子晦氣，沒想到誤打誤撞的來到貴莊。」段譽心想：「她二人說得我與慕容公子是敵非友，想來此間主人對慕容公子極為憎厭，只要認為我是慕容之敵，就不致對我為難了。」

二版因王夫人武功沒那般高強，也沒「天耳通」神功，朱碧雙姝對王夫人懼則懼矣，卻不像一版這般戒慎恐懼。

二版改為阿朱將船靠在岸旁，微笑道：「段公子，我們進去一會兒，立刻就出來。」

而後，王夫人家的小鬟幽草來迎朱碧雙姝，一版阿朱稱王夫人為「夫人」，二版阿朱則稱王夫人為「舅太太」。此因王夫人在一二版的身世完全不同。

因王夫人出遠門，朱碧雙姝前往見王語嫣，段譽則在信步而行時，無意間聽到諸女對話。一版阿朱對王語嫣說起慕容復之事，道：「公子出門之時，說是要到洛陽，去會會丐幫中的好手，呂大哥和包先生兩位隨同公子前去。姑娘放心好啦。」

繼上回的「陸大爺」後，一版這一回又出現了一位「呂先生」，可知一版姑蘇慕容確實不只「四大家臣」。

二版阿朱說的則是慕容復前往洛陽，由鄧百川一人隨同。至於一版提到的另一位包先生包不同，下回將於聽香水榭大展威風，因此不可能前往少林，故而二版刪去了。

接著，阿碧說起慕容復使「打狗棒法」如行雲流水。一版王語嫣說這樣不對，因為「打狗棒法的「纏」字訣是越慢越好。「挑」字訣卻又要忽快忽慢。一味搶快，就發揮不出這路棒法的精緻奧妙之處。」

二版王語嫣對「打狗棒法」沒這般如數家珍了，改為她說慕容復使「打狗棒法」如行雲流水不對，是因為「打狗棒法的心法我雖然不知，但從棒法中看來，有幾路定是越慢越好，有幾路卻要忽快忽慢，快中有慢，慢中有快，那是確然無疑的。」

一版王語嫣又低聲道：「那日我要他學那路步法，他又偏偏不肯學，倘若他學會了『凌波微步』……」段譽聽到「凌波微步」四字，禁不住「啊」的一聲，這才為王語嫣喚出。

一版的故事發展至此，金庸似乎還沒構思及逍遙派及無崖子、天山童姥、李秋水三人。因此無量玉洞的神仙姊姊玉像與「凌波微步」秘笈都淵源於慕容家前人。

二版刪掉了王語嫣已知「凌波微步」之事，改為段譽腦袋突然在一根樹枝上一撞，禁不住「啊」的一聲，才為王語嫣喚出。

而後，王語嫣說要寫封書信，請阿朱交給慕容復，一版王語嫣要寫的是「打狗棒要訣」，二版則改為王語嫣要寫給慕容復的是「千萬別使打狗棒法，只用原來的武功便是。」

段譽為王語嫣喚出後，終於見得美人背影。一版王語嫣身著「白色紗衣」，但白色服飾未免與小龍女太過相似，或許是基於此因，二版將王語嫣的衣裳改為「藕色紗衣」。

王語嫣見到段譽這「外間不相干的男人」，嗔怒離去。朱碧雙姝原本要偕段譽駕船離去。一版阿碧：「咱們沒白衣使者（白色水鳥）帶路，左右也是走不出去，只好等等姑娘的書信。這是為勢所逼，夫人就是知道了，也怪不得咱們。」

忽聽得遠處傳來一聲清嘯，聲若龍吟，浩浩而來。阿朱和阿碧一聽到這嘯聲，同時臉上變色。段譽卻也吃了一驚，心想：「這嘯聲甚是熟悉，啊喲，不好，是我的徒兒南海鱷神來了。嗯，不對，不對，不是他。」原來段譽初遇南海鱷神之時，便曾聽到過這龍吟般的嘯聲，但後來南海鱷神到了他身邊，這嘯聲一招呼，南海鱷神便匆匆趕去，可見作嘯者另有其人。

阿碧對段譽說，這就是王夫人回來了。

這就是一版出場前先聲奪人的王夫人，一版王夫人能以嘯聲召喚南海鱷神，可知其武功在南海鱷神之上。二版王夫人武功被削弱了，嘯聲召喚南海鱷神也被移花接木成段延慶以鐵哨聲召喚南海鱷神。

二版王夫人出場改為阿朱「啊」的一聲驚呼，說道：「舅太太回來了。」少了攝人的氣勢。王夫人駕船歸來，一版說王夫人的快船頭上彫成龍頭之形，張開大口，形狀甚是猙獰。那船再駛得近了些時，段譽不禁「啊」的一聲，叫了出來。原來龍頭上懸著三個人頭，都是新近割下的，血肉模糊，令人不敢多看。龍頭嘴內獠牙上，也塗上了鮮血。

一版王夫人是武林女霸王，以「龍」自況。二版王夫人沒這般強烈的霸氣了，改為快船船頭上彩色繽紛的繪滿了花朵，駛得更近些時便看出也都是茶花。二版這一改，王夫人也就是得不到段正淳的兇悍女人罷了。

快船靠岸，一版船中走出兩個青衣婢女來，一婢縱身一探，已取下龍角上的三顆首級，身手極是矯捷。段譽見之心想：「婢女已是如此，主人自是更加了得。反正我也只有一個首級，你要割便割就是。」

二版將此段全數刪除。

王夫人而後自船中出場，一版王夫人身著「白色絲質長袍」，又是頗有小龍女的味道，二版改為「鵝黃綢衫」。段譽見王夫人，與神仙姊姊玉像越看越像，竟然是那洞中玉像的親姊姊一般。

一版的「神仙姊姊」玉像或許在金庸的原構思中，確實是王夫人少女時的雕像，但二版已改為「李秋水妹妹」玉像，段譽所見王夫人，也改為與洞中玉像「依稀有五六分相似」。

一版王夫人帶回來做花肥的雲南人是秦元尊，這是首數回圍剿木婉清的高手之一，王夫人擄之為花肥，才可對照王夫人武功之高，二版將王夫人的武功貶低了，擄回來做花肥的雲南人也改為無量派弟子唐光雄。

而後，王夫人見到段譽，本要殺之，卻聽得他懂山茶，又延為「雲錦樓」宴上佳賓。

一版說阿朱和阿碧跟在段譽之後至「雲錦樓」，知道這王夫人喜怒無常，言笑晏晏之際，立時便可翻臉無情，因此心下仍是惶惴。二版刪了這段對王夫人性格的解說。

席間段譽一言與王夫人不合，從座上賓被貶為花匠。段譽蒔茶花時，卻巧聽得王語嫣問小茗慕容復之事，段譽聽得王語嫣問道：「小茗（一版小詩），你聽到什麼關於他的消息？」

一版段譽心道：「如果這位姑娘這般關切的竟然是我，段譽便是死了，也是心甘情願。」原來段譽只聽到白衣少女說了幾句話之後，就覺得一往情深，為她百死而無悔，到底此情由何而生，自己卻是半點也說不上來。

這段段譽「聽其聲而愛其人」的描述，二版全刪了。

對於王語嫣的問話，一版小詩道：「我怕夫人責怪。」王語嫣道：「你這傻丫頭，你跟我說了，我自然不會對夫人說。要是你不說啊，我去問小茶、小翠她們，日後夫人問起，我當然說是你說的。」小詩急道：「小姐，你……你怎麼可冤枉我？」王語嫣笑道：「誰做我的心腹，我自是迴護她。誰不聽我話，我冤枉了她又有什麼相干？」小詩沉吟了一會，道：「好，我跟你說了，你可千萬不能說是我洩露了風聲。」王語嫣道：「我得瞧你說得多不多，要是你吞吞吐吐，我當你是半個心腹；倘若是什麼也不瞞我，那麼夫人永遠也不會怪到你。」

這就是一版的王語嫣，既富心機，且又霸道，逼問下人，綿裡藏針，實不下於韋小寶。

二版則將王語嫣改得單純可愛，這段改為王語嫣道：「你這傻丫頭，你跟我說了，我怎麼會對夫人說？」小茗道：「夫人倘若問你呢？」王語嫣道：「我自然也不說。」

小茗（小詩）告訴王語嫣的慕容復訊息，一版是少林寺開英雄大會，準備對付慕容復，慕容復來不及知會旁人，先獨自趕赴少林寺去了。二版改為少林寺玄悲和尚在大理死了，武林中人冤枉是「姑蘇慕容」殺的，慕容復很生氣，前往少林寺澄清去了。

聽完小茗之言，王語嫣怪罪王夫人不願前往幫慕容復，道：「姑蘇慕容氏在外面丟了人，咱們王家就很有光采麼？」一版小詩應道：「是。」王語嫣怒道：「是甚麼？」小詩嚇了一跳，道：「不是，沒……沒有光采。」

一版王語嫣跟她娘王夫人一樣，對婢女滿是凌人霸氣，二版修改了，只說小茗對王語嫣的問話不敢接口。

而後，因誤發聲音，段譽被王語嫣喚了出來。段譽想藉慕容復之事與王語嫣攀談，但說話又夾纏不清，王語嫣遂回頭問小茗（小詩），一版小詩道：「夫人本來要到百禽院去找公冶夫人下棋，聽說慕容公子去了少林寺，便吩咐轉舵回家。」

一版王夫人看來是跟公治乾夫人頗有交情，二版則將一版公冶夫人善奕之說，及她夫妻所居「百禽院」一齊刪了。

二版改為小茗道：「夫人說：『哼，亂子越惹越大了，結上了丐幫的冤家，又成了少林派的對頭，只怕你姑蘇慕容家死……死無葬身之地。』」

而後，王語嫣再對段譽說起與她與慕容復的親緣關係，一版王語嫣道：「他是我表哥。這莊子中，除了舅舅、舅母和表哥之外，從來沒旁人來。後來舅舅跟我媽吵翻了，我媽連表哥也不許來。」

二版則改為王語嫣道：「他是我表哥。這莊子中，除了姑媽、姑丈和表哥之外，很少有旁人來。但自從我姑丈去世之後，我媽跟姑媽吵翻了。我媽連表哥也不許來。」

一版與二版的差異，就是起因於一版王夫人的身世，一版王夫人是慕容博的妹妹，因此王語嫣稱慕容博為「舅舅」，再往上溯源，可知無量玉洞的神仙姊姊就是王夫人本人少女時期或慕容家女性直系長輩的雕像。二版則將王夫人改為是無崖子與李秋水的獨生愛女，後來嫁給慕容復母親的兄弟，因此王語嫣稱慕容博為「姑丈」，而神仙姊姊玉像則是「李秋水妹妹」之像。

小聊之後，段譽問起王語嫣芳名。一版王語嫣便用手指在自己手背上畫了三個字：「王玉燕」。段譽一怔，心想：「這樣美麗的一位姑娘，應當有個極雅緻、極文秀的名字才是。王玉燕，那不是挺俗氣嗎?及不上阿朱、阿碧，也及不上小詩、小茶、小翠這些丫頭。」但轉念一想，忽然伸手猛敲自己額頭，道：「妙極，妙極!你不像一隻潔白無瑕，飛翔輕靈的燕子麼?」

一版王夫人是慕容家的女兒，將其女取名「王玉燕」，恰如慕容博將其子取名「慕容復」一樣，有不忘燕國先人，意圖「興復燕國」之意，而慕容復與王玉燕兩人的名字合起來，恰恰就是「復燕」二字。

二版因王夫人跟慕容家只有姻親關係，金庸索性將段譽眼中俗氣的名字「王玉燕」改了。二版說王語嫣伸出手指，在自己手背上畫了三個字：「王語嫣」。段譽叫道：「妙極，妙極!語笑嫣然，和藹可親。」

這一改，俗氣的名字「王玉燕」就變成清麗脫俗的「王語嫣」了。

一版王玉燕與二版王語嫣最大的不同是，王玉燕是「武功高手」，王語嫣則只是「武學達人」。一版王玉燕對段譽說起她對慕容復的心意，道：「我讀書是為他讀的，練武也是為他練的。」二版因王語嫣的一身武功已被金庸廢了，只有博讀武書，因此也改為王語嫣道：「我讀書是為他讀的，記憶武功也是為他記的。」

而後，王語嫣與段譽聞王夫人要砍了朱碧雙姝的右手，王語嫣連忙求王夫人，說朱碧雙姝是慕容復婢女。一版王玉燕又對王夫人說慕容復是王夫人「親姪兒」，二版因王夫人身份已改，慕容復也改成了她的「親外甥」。

一版王玉燕接著對王夫人道：「我知道你為甚麼恨舅舅，為甚麼恨表哥。」王夫人問她知道了甚麼，王玉燕道：「我知道，你是嫌舅舅不爭氣，惱恨表哥不專心學武，以致不能開創天下無敵的『慕容宗』。」

王夫人冷笑道：「小孩子知道什麼？我早已不姓慕容啦，『慕容宗』立不立得成功，跟我有什麼相干？」玉燕道：「我知道的，你恨自己不是男子，否則早把『慕容宗』建了起來啦，你怪舅舅跟表哥一心一意想『規復燕國』，沒將武功放在心上。」王夫人道：「這是誰跟你說的？」玉燕道：「不用有誰跟我說，我自己也猜得到。」王夫人道：「多半是你表哥說的了，是不是？」玉燕不對母親說謊，卻也不承諾，只是默然不語。王夫人道：「你表哥一個人，年紀比你大著十歲，成天不學好，不長進，瘋瘋癲癲的不知幹些什麼，身上的功夫連你也及不上，慕容家的臉也給他丟光了。『姑蘇慕容』這四個字，百年來是多大的威風，可是你表哥的功夫呢？配不配啊？」

一版王夫人立志在江湖上開宗立派，她母女二人的功夫冠絕武林，王夫人痛斥連黃眉僧都聞之色變的慕容博「沒將武功放在心上」，而少林寺召開「英雄大會」，要合全武林之力共抗的慕容復，則是「身上的功夫連王玉燕也及不上」。

二版將這段全改了，王夫人既非慕容家女兒，也沒什麼開創「慕容宗」的偉大抱負，王語嫣更是由武林絕頂高手變成半點功夫也不會的普通人。

二版改為王語嫣對王夫人道：「我知道你為什麼恨姑媽，為什麼討厭表哥。」王夫人問她知道了甚麼，王語嫣說道：「姑媽怪你胡亂殺人，得罪了官府，又跟武林中人多結冤家。」

王夫人道：「是啊，這是我王家的事，跟他慕容家又有什麼相干？她不過是你爹爹的姊姊，憑什麼來管我？哼，他慕容家幾百年來，就做的是『興復燕國』的大夢，只想聯絡天下英豪，為他慕容家所用，又聯絡又巴結，嘿嘿，這會兒可連丐幫與少林派都得罪下來啦。」

一版王玉燕請王夫人出手救慕容復，王夫人道：「姑蘇慕容，哼，慕容家不顧我，我為什麼要顧他們？」

二版改為王語嫣想法子救慕容復，王夫人冷笑道：「姑蘇慕容，哼，慕容家跟我有什麼相干？你姑媽說她慕容家『還施水閣』的藏書，勝過了咱們『瑯嬛玉洞』的，那麼讓她的寶貝兒子慕容復到少林寺去大顯威風好了。」

一版王夫人與王玉燕母女傲人的是「武功」，二版一改，王夫人母女還能端得出來炫耀的，就只有家藏的「武經」了。

因為王夫人不答應救慕容復，王語嫣含淚而出。一版段譽問王玉燕：「你武功比你表哥強，為什麼自己不去救她？」

二版因王語嫣已經被廢去了一身功夫，段譽的話也改為：「你懂得這麼多武功，為什麼自己不去幫他？」

而後，王語嫣與段譽先一齊去救朱碧雙姝，嚴媽媽（一版平媽媽）用計將鋼條套住王語嫣。一版此處解釋說，平媽媽當年是黑道上出名的獨腳女盜，她見王玉燕行動言語中犯疑處甚多，又素知王夫人對慕容家頗存怨毒，心想小姐武功極高，自己決計不是對手，於是大著膽心，竟開機括將她套住了。

這段也是王玉燕「武功蓋世」的相關描述，二版因此刪了。

最後，因段譽吸了嚴媽媽（平媽媽）內力，眾人終於脫困。一版段譽對王玉燕解釋，他所使的是「太陽熔雪功」，二版則改為與「六脈神劍」聽來較類似的「六陽融雪功」。

逃出「花肥房」，四人急上小船划離。一版王玉燕上船後，從頭髮上拔下一枝金釵，在船板上畫了六十四格的羅盤，將金釵插在羅盤中心，目光斜射，釵影投到羅盤之上。王玉燕隨手指劃，小船在烟波浩渺，滿佈菱葉的大湖中東轉一轉，西彎一彎就駛了出去。段譽大讚王玉燕對天文地理無所不曉。

二版也將這段王玉燕畫羅盤指揮船行的情節刪除了。

眾人在前往相助慕容復的船上，一版王玉燕說起擔心慕容復，說的是：「他上丐幫去，我倒不怎麼擔心，那少林寺究屬非同小可。那七十二項絕藝，他是都會的，少林寺成名數百年，不會單只七十二項絕藝，若是忽然有人使出外界不知的奇特武功來，唉……」

二版慕容復的武功不再神奇到囊括少林七十二絕技了，改為王語嫣的擔心是：「少林寺享名數百年，畢竟非同小可。但願寺中高僧明白道理，肯聽表哥分說，我就只怕……就只怕表哥脾氣大，跟少林寺的和尚們言語衝突起來，唉……」

就在此刻，王語嫣見天上流星閃過，當下許願為慕容復祈求逢凶化吉。段譽心中一陣難過，不知世界上，可也有哪一個少女，會如王語嫣這般暗暗為他許願？

一版段譽想過木婉清與鍾靈後，又想起「伯父和爹爹替我訂下了高伯伯的女兒為妻。這位姑娘我從來沒見過面，是美是醜，是高是矮，半點也不知道。我不會去想她，她自然也不會來想我。」

二版連「高湄」這角色都沒有，當然也沒段譽這段心思了。

從此回的故事修改可知，一版王玉燕跟一版韋小寶的「版本命運」雷同，一版韋小寶是合陳近南與海大富兩門功夫，而成「武學中從所未有之奇」，王玉燕則因無量玉洞的慕容家家學淵源，而有一身勝於慕容復的武功。然而，在一版隨後的情節中，王玉燕和韋小寶的武功竟都被廢得一乾二淨，成了幾乎完全不會武功的武林人。

【王二指間話】

金庸創作小說時，總會為筆下人物設定其將完成的事功，不過，因為新的靈感與構想在創作過程中會持續湧入，因而彼時設定的小說人物「核心任務」，此時可能又全盤推翻，並重新設定「核心任務」，故事或許會因此前後矛盾。

經由改版修訂，可以將人物在前一版原本設定的「核心任務」刪除，然而，因為「核心任務」而開展的「漣漪情節」卻難以全然刪盡，故而將繼續存在於改版後的小說中，於是就造成了改版後的某些人物「有行為，卻無目的」，也讓讀者難以理解這些人物究竟為何而戰？為誰而戰？

比如《倚天》張無忌在光明頂上，以一人之武功技壓六大門派，而後六大門派旋即為趙敏囚禁於萬法寺，張無忌再傾全教之力，用智用武，救六大門派於縲絏之中，明教的恩澤從此廣及於六大門派。

一版張無忌戮力於向六大門派釋衍及施澤，六大門派銘感於心，因此在萬法寺脫困後，六大門派即公推張無忌為「武林盟主」，張無忌於是就由明教教主，進一步成為號令群雄的「武林盟主」。

成為「武林盟主」之後，張無忌當可效法昔年的郭靖與楊過，率領江湖大軍，驅逐蒙元。但故事進行至此時，金庸可能也發現，若張無忌完成了抗元事功，他就成了抗元領袖，也就不得不入主龍廷，成為「大明太祖」，於是金庸筆鋒一轉，又改變了張無忌在小說中的「核心任務」，改為他的奮鬥目標並不是要驅逐蒙元，而是要復興明教，因此張無忌隨後即放下抗元相關事業，出海去尋謝遜。又為了配合張無忌「核心任務」的改變，金庸修訂二版時，就將一版張無忌榮任

「武林盟主」之事刪除了。

出任「武林盟主」的情節可刪，對六大門派廣施恩德的故事卻無法盡改，然而，沒有了「成為武林盟主，結合六大門派抗元」這個「核心任務」，二版的故事就變成明教基層拼命在抗元，教主張無忌卻拖著明教領導階層在六大門派廣結善緣，與基層教眾完全脫節，這樣的張無忌實在讓讀者摸不著頭腦。

一版《天龍》也出現了類似的問題，在金庸一版的原始構想中，「姑蘇慕容」是雙頭馬車，有截然不同的兩種目標與兩派人馬。一派以慕容博為首，追求的是「興復燕國」，登上九五之尊的大燕皇帝寶座，另一派則以慕容博的妹妹王夫人為首，企盼的是開創「慕容宗」，成為獨霸天下的武林至尊。

目標不同，行為自然也就大為岐異。若以「大燕皇帝」為目標，理當禮賢下士，徵才求將，而若以「武林至尊」為目標，則可威嚇他門，壓制他派。兩派的作法很可能是南轅北轍的。

金庸在一版創作到後段情節時，可能不想讓故事過度龐雜，於是修掉了以王夫人為首的「慕容宗」，並將「大燕皇帝」與「武林至尊」兩種「核心任務」，都改成是慕容博、慕容復父子追求的事功，然而，「大燕皇帝」與「武林至尊」的道路是大相逕庭的，於是導致了慕容博、慕容復父子在小說中的作為活像「精神分裂」。他父子倆理當是以「興復大燕」為目標，卻不斷以「以彼之道，還施彼身」挑釁他門他派，四處樹敵。別人革命建國，是致力於擴大政治版圖，因此「一沐三握髮，一飯三吐哺」，想方設法收羅天下人才，慕容博父子則逆其道而行，他倆廣種惡緣，不斷增加仇家，使得自己不只沒有人才相助，還落入「天下圍攻」的絕境，如果這也算志在復國的作為，只怕這還真是他慕容家父子絕無僅有的「精神分裂復國法」。

第十二回還有一些修改：

一．說起打狗棒法，二版王語嫣道：「打狗棒法的心法我雖然不知，但從棒法中看來，有幾路定是越慢越好」，但王語嫣並未真正見過打狗棒法，新三版因此將「從棒法中看來」改為「從『水閣』中書冊上看來」。

二．王語嫣要寫信託朱碧雙姝交給慕容復，二版王語嫣對慕容復說的是：「千萬別使打狗棒法，只用原來的武功便是，不能『以彼之道，還施彼身』，那也沒法子了。」新三版王語嫣則直接戳破「以彼之道，還施彼身」的真相，改為王語嫣對慕容復說的是：「千萬別使打狗棒法，只用原來的武功便是。甚麼『以彼之道，還施彼身』，本就是說來嚇唬人的，那能真這麼容易施展？」

三．二版唐光雄對王夫人大叫：「大理國幾百萬人，你殺得完麼？」新三版減少了大理國人口，由「幾百萬」改為「幾十萬」。「幾十萬」理當是正確的。

四．富家公子聽小翠說逼人殺妻另娶的慣例後。二版說小翠扳動木槳，划著小船自行去了。這裡可能造成讀者的誤會，以為是小翠自行離開，新三版補寫為小翠將那公子拖上小船，扳動木槳，划著小船自行去了。

五．押段譽下去當花匠後，二版婢女交代：「除了種花澆花之外，莊子中可不許亂闖亂走，你若闖進了禁地，那可是自己該死，誰也沒法救你。」那麼，曼陀山莊的「禁地」究竟是在何處呢？新三版將「禁地」寫實了，那就是「藏書的所在」。

六．段譽在花圃中卜筮能否再見王語嫣，二版說一卜之下，得了個艮上艮下的「艮」卦。新三版改為一筮之下，得了個艮下艮上的「艮」卦。「卜」與「筮」並不一樣，卜是商代的龜卜，要殺生；筮是周代的占筮，用蓍草，不必殺生。金庸在新三版用了更精確的詞語。

七．小茗對王語嫣說起慕容復之事，二版小茗道：「表少爺在洛陽聽到信息，少林寺有一個老和尚在大理死了，他們竟又冤枉是『姑蘇慕容』殺的。表少爺很生氣。」新三版將「表少爺很生氣。」改為「表少爺從來沒去過大理，聽了很生氣。」這句增寫是要確定玄悲之死，絕非慕容復所為。

八．一版玄悲大師的絕技「金剛杵」，是少林七十二絕藝中的第四十八種。二版改為「韋陀杵」，是少林七十二絕藝中的第四十八門。新三版再改為「大韋陀杵」，是少林七十二絕藝中的第二十九門。

九．嚴媽媽向王語嫣說起慕容家姑太太之事，二版嚴媽媽說：「慕容家的姑太太實在對夫人不起，說了許多壞話，誹謗夫人的清白名聲。」新三版嚴媽媽於其後又加說「連太夫人也說上了，更是萬萬不該。」這是要為李秋水之事預埋伏筆。

十．二版嚴媽媽在段譽一行離開曼陀山莊時大叫：「小姐，小姐，慕容家的姑太太說夫人偷漢子，說你……」，最後這句「說你……」，新三版增寫為「說你外婆更加不正經……」。此處增寫還是補埋李秋水的伏筆。

十一．一版段譽在曼陀山莊聞到一股花香，花香似濃似淡，令人難以捉摸，正是昨晚在船中所聞到的那股異香。段譽心想：「此間似乎除了山茶之外，不植別種花卉，難道世間竟有一種山茶，能發出這種古裡古怪的香氣麼？」他好奇心起，當即循著花香追尋而去，走出數十丈後，那股香氣突然間無影無蹤，消失得乾乾淨淨。段譽東南西北的亂走了一陣，再也尋不到這花香的來路。要回原路，卻又忘了記憶路徑。因曼陀山莊的奇異花香後來並未說明來自何處，二版因此將花香之事刪了，改說段譽在花林中信步而行，所留神的只是茶花，忘了記憶路徑，因而回不到小船停泊處。

十二．段譽問王語嫣，外面的人沒人讚她是天仙美女嗎？一版王玉燕道：「我從來不到外邊去，到外邊去幹什麼？我媽媽根本不許我到瑯嬛閣去看書，船窗也是遮得密不通風的。」二版改為：「我從來不到外邊去，到外邊去幹什麼？媽媽也不許我出去。我到姑媽家的『還施水閣』去看書，也遇不上什麼外人，不過是他的幾個朋友鄧大哥、公冶二哥、包三哥、風四哥他們，他們……又不像你這般呆頭呆腦的。」

十三．一版段譽見王玉燕睫毛上有淚珠，心想：「像王姑娘這麼，玫瑰朝露，那才美了。」二版將「玫瑰朝露」改為「山茶朝露」。

十四．王語嫣要求王夫人不傷朱碧雙姝，一版王玉燕至王夫人上房，見王夫人點了一爐香，剛要靜坐入定，情知她這一入定，便有大半天不能打擾於她。二版王夫人沒了入定的功夫，改為王語嫣快步來到上房，見母親正斜倚在床上，望著壁上的一幅茶花圖出神。

十五．一版段譽吸平媽媽內力，是抱住平媽媽頭頸，二版因「北冥神功」不像一版「朱蛤神功」隨處可吸內力，改為段譽是右手抓住嚴媽媽左手手腕。

十六．一版阿朱所居的「聽香小築」，二版改為「聽香水榭」，這是為了配合第十三回回目而做的修改。

包不同以黑色燕字旗收服青城派與秦家寨

——第十三回〈水榭聽香　指點群豪戲〉版本回較

《天龍》姑蘇慕容聲稱要興復大燕國，但縱觀二版《天龍》，慕容博父子除了在武林中製造衝突，企圖引起天下大亂外，對於復國並無任何實際行動。改寫為新三版時，為了讓讀者明白，慕容家族的復國可不是打打嘴砲而已，金庸增寫了數段慕容家族的復國行動，且來看看新三版這一回增寫的慕容家黑色「燕」字旗故事。

且由段譽一行回到阿朱的「聽香水榭」（一版聽香精舍），見到屋中燈火通明，顯有來敵說起。一版段譽自告奮勇要上聽香精舍去察看情勢，阿朱三人懷疑他身懷上乘武功，卻故意裝成文弱書生。王玉燕於是乘段譽不查，左手一拂，手指點向段譽的太陽穴。黑暗之中，段譽竟是茫然不覺，不知危機已在頃刻。阿碧驚噫一聲，阿朱卻知王玉燕只是試探段譽的武功真假。王玉燕的手指離段譽太陽穴不到一寸，段譽兀自不覺，王玉燕於是緩緩縮手，道：「你當真沒學過武功嗎？」段譽微笑道：「那『太陽熔雪功』倘若不算武功，我就是沒學過的了。」

二版這段大幅修改。二版段譽並無犯險的勇氣，王語嫣則是半點武功也無，嬌柔之力，自身難保，更不可能試功於段譽。二版因此改為阿朱問段譽：「你怎知敵人很厲害呢，還是平庸之輩？」段譽張口結舌，說不出話來。

而後，段譽一行聽老顧說起聽香水榭（聽香精舍）有強盜與怪人之事，遂一起進入聽香水榭。進入廳內後，一版說王玉燕和阿朱、阿碧見廳中亂成一團，她三人雖都身負極高的武藝，但均是年輕識淺，不知該當立即動手，還是逼到不得已的時候再打。段譽更是分不清到底誰強誰弱，四個人你瞧瞧我，我瞧瞧你，不知如何是好。

這段二版全刪了，二版王語嫣毫無武功，阿朱與阿碧的武功也及不上司馬林與姚伯當，段譽的「六脈神劍」更無法像一版這般氣隨意走，四人中沒任何一人有極高武藝。

而後，因阿碧的易容被識破，王語嫣便請阿朱、段譽也除去喬裝，回復本來面目。

來到聽香水榭的人是青城派司馬林及秦家寨姚伯當等人，因王語嫣大顯其武學博聞，司馬林與姚伯當爭著請王語嫣回其本家幫派，兩派人馬因此大打出手，而後，包不同現身，並技壓青城派及秦家寨兩派，兩派即先後離開了。

包不同接著說起慕容復之事。

一版包不同說慕容復孤身前往少林寺後，風波惡也前去接應，包不同感覺此事頗有蹊蹺。遂前往青雲莊找鄧百川，又到赤霞莊找公冶乾夫婦，但鄧百川與公冶乾夫婦都不在莊上，兩莊總管均說，他們離莊時去得十分匆忙，也未留下訊息給包不同。

段譽聽包不同說及鄧百川和公冶乾，又談到青雲莊和赤霞莊，似乎有許多莊子相互結盟，聲勢甚大，全都是慕容復的羽翼。

就在此時，公冶乾飛鴿傳訊說，慕容復已和冀晉魯豫的七門派訂下約會，三月廿四日在濟南城中比武論劍，他要叫鄧百川、包不同與風波惡一起趕到。

可知一版故事進行至此時，金庸還未將鄧百川、公冶乾、包不同與風波惡四人設定為「四大家臣」，一版鄧百川四人較像是燕子塢周邊的「莊主聯盟」。

二版則將這段改為包不同在回蘇州的道上遇到風波惡，兩人談起丐幫副幫主馬大元死於其成名絕技「鎖喉功」，認為這一定是有人要嫁禍給「姑蘇慕容」。

就在此時，包不同接到公冶乾的飛鴿傳訊，說西夏國「一品堂」突然來到江南，公冶乾要包不同帶阿朱、阿碧探查此事。

二版公冶夫人不再是武林高手了。此外，經過二版修訂後，故事就能扣接到馬大元之死的相關情節，也能為慕容復易容為西夏武士李延宗預埋伏筆。

談過一版到二版的修訂，再說到二版至新三版的變革。新三版此回最大的修訂，是包不同不再像二版那樣羞辱秦家寨與青城派，新三版改為包不同禮賢下士，將秦家寨與青城派「納編」為「興復大燕」的勢力，且來看看這一大篇幅的修訂增寫。

話說包不同救司馬林於秦家寨的刀下，卻又侮辱司馬林亡父司馬衛，引來諸保昆為護恩師死後名聲而錐擊包不同，但又被包不同所傷，青城派因而全數離去。

二版接下來的故事是，姚伯當見包三先生武功高強，行事詭怪，頗想結識這位江湖奇人，包不同卻看不起姚伯當，並要他滾出去。姚伯當知道自己技不如人，當下躬身行禮，向包不同告辭，想不到包不同說：「我是叫你滾出去，不是叫你走出去。」

姚伯當於是快步向廳門走去，包不同卻瞬間欺到了姚伯當身後，並將姚伯當從後臀提起，雙手一送，姚伯當一個龐大的身子便著地直滾了出去。

二版包不同就是這般不可一世的羞辱姚伯當，然而，此時的慕容家不是致力於「興復大燕」嗎？為何慕容家臣包不同不只不攏絡江湖門派為興燕勢力，還刻意羞辱姚伯當，他是想讓秦家寨日後前來報仇，以消耗姑蘇慕容的實力嗎？

新三版此段做了長達三頁的大修訂，增寫的故事是，司馬林一行要離去時，包不同從胸口取出一枝小旗，小旗是深黑色錦緞，中間繡了個白色圓圈，白圈內繡了個金色的「燕」字。包不同要司馬林收下這面小旗，從此納入姑蘇慕容麾下。

司馬林知道只要一接這面小旗，青城便得了個大靠山，再也不怕蓬萊派的欺壓尋仇，但自此以後，也必須遵奉「姑蘇慕容」的號令，行事不得自由。他權衡利弊後，決意不接令旗，並準備與包不同拼命。

阿朱見狀，連忙替包不同緩頰，她告訴司馬林，慕容復曾吩咐說，雲州秦家寨和四川青城派的各位英雄，都是江湖上的好朋友、好漢子，兩派武功均有獨得造詣，早希望能與之結交為友。最近聽說秦家寨和青城派中有兩位英雄不幸在外給萬惡奸人暗害，慕容復這番出門，就是要去查訪兇手，給秦大爺和司馬老爺報仇。

阿朱的話語讓眾人心頭的氣平復了不少，阿朱接著又說：「慕容公子又吩咐了，倘若秦家寨和青城派的好朋友們受了奸人挑撥，誤會我姑蘇慕容家而前來查問，我們務須好好招待，同仇敵愾，攜手對付敵人。如若我們遇到危難，也當不顧姑蘇慕容家的名頭，直截向姚寨主和司馬掌門求援，他兩位慷慨豪邁，一定肯施援手。這位包三爺，武功是很高的，不過性子太過直爽，我們自己人也常常給他得罪了。但他為人面惡心慈，心裡對誰也沒有惡意。大家知道他脾氣，也從來不會當真計較。他自己知道對不住，心裡抱歉，以後只有對我們更加好些。」

包不同知道阿朱是在給自己打圓場，心想當以慕容家的大業為重，便即雙手抱拳，說道：「兄弟包不同，得罪了好朋友，請大家原諒。否則我家公子回來，必定怪罪！」說著連連拱手。廳上群豪紛紛回禮，臉色登時平和。

王語嫣接著也說，五虎斷門刀六十四招，青字九打、城字十八破，均有缺失不全之處，她願意將兩派招式中不足之處，傾囊相授，一一補足，姚伯當和司馬林聽她這麼說，盡皆大喜過望。

司馬林於是走到包不同跟前，雙手接過小旗，躬身說道：「青城一派今後謹奉慕容氏號令，請包三先生多賜指教。供奉禮敬，籌備後便即送上。」

包不同遞過小旗，恭謹還禮，說道：「司馬掌門，以後咱們是一家人了。適才得罪，兄弟多有不是，這裡誠懇謝過。」

姚伯當隨後也接下了「燕子旗」，並對秦家寨群盜說：「眾位兄弟，咱們秦家寨今後齊奉慕容號令，忠心不二，生死不渝。」包不同笑道：「好極，好極！兄弟言行無禮，作事不當，得罪了好朋友。今後大家是一家人，請各位原諒擔代。」說著抱拳團團作揖。群盜轟笑還禮。

而後兩派人馬即各自離去。

新三版的增寫至此，經由這段增寫，慕容復總算為了復興燕國付出了真正的行動，而不再像二版那樣，空作復國白日夢，就希望大燕國興復起來，讓他當皇帝。

【王二指閒話】

金庸筆下有多位俠士，除了涉足江湖恩怨外，還參與政治革命。在金庸的江湖中，以武林高手之姿，效那陳勝吳廣，擎劍起義的，有《書劍》陳家洛、《碧血》袁承志、《倚天》張無忌、《天龍》慕容復、及《鹿鼎》陳近南等人。

然而，雖然同樣志在「革命」，每個人的目標又各自不同。陳家洛的革命目標是求乾隆自揭漢人身份，「漢人當家」大業即告成功，袁承志反崇禎則是為報父親袁崇煥之仇。陳家洛與袁承志二人志不在龍廷，也無意推翻帝王或朝廷。

與陳家洛、袁承志不同的是，張無忌、慕容復與陳近南的革命，是要推翻前朝，效那唐宗宋祖，改朝換代。不過，此三人的革命又有所差異。陳近南是臺灣鄭氏家臣，他的反清革命是要將朱明或鄭家「真命天子」送入紫禁城做皇帝，而非自己坐上龍廷。張無忌的反元革則只是要弔民伐罪命，推翻元朝暴政，他對皇位並沒有興趣。只有慕容復的「反宋興燕」是真的志在大寶，一心要成為孤家寡人的。

可知陳家洛、袁承志、慕容復、張無忌、陳近南五人雖都在搞革命，但五人中只有慕容復的革命目標是登基為帝。但說來奇怪的是，其他四人都懂得籠絡天下豪傑，擴展自己的革命力量，如陳家洛襄助回族木卓倫抵禦清軍、袁承志施恩於青竹幫及金龍幫等幫派、張無忌義救六大門派、陳近南聯合沐王府等反清組織。在革命的道路上，多一個朋友就多一分助力，這樣的道理陳家洛、袁承志、張無忌與陳近南都明白。可怪的是，慕容復對帝位渴望最強，但在「反宋興燕」的道路上，他卻與其他革命者南轅北轍。慕容復不以收攏人心為革命方略，反以爭強鬥狠、羞辱豪傑為平生樂事。

慕容復本人屢次以「以彼之道，還施彼身」恫嚇威脅其他門派，使得其他門派對他厭惡、仇恨與恐懼，他的家臣也常常惹是生非，比如包不同折辱秦家寨與青城派，風波惡見到人就要打架。慕容家君臣渴望一統天下，卻究如董卓帶著張飛、李逵，四處横行霸道，似乎認為拳頭大，就能逼得天下人聽他的話，奉他為皇帝。革命者得人心方可得天下，此乃千古不易之理，慕容復君臣卻反其道而行，他們自視甚高，鄙夷天下人、冒犯天下人、得罪天下人，搞得人心盡失，卻又期待在毫無人心支持下，登基為皇帝，這樣的革命法還真可說是慕容復及其家臣獨樹一格的「逆向革命法」。

第十三回還有一些修改：

一．見到「聽香水榭」燈火點點，二版阿碧對阿朱道：「這般燈燭輝煌的，說不定他們是在給你做生日。」但這天並未這般湊巧，恰好是阿朱生日。新三版將「做生日」改為「預做生日」。

二．二版阿朱為王語嫣等人易容，用的是「麵粉泥巴」，新三版改為是用「麵粉粽膏」。

三．二版包不同對諸保昆說：「司馬衛生前沒什麼好聲名，死後怕名更糟。這種人早該殺了，殺得好！殺得好！」新三版改為包不同道：「司馬衛生前不肯奉我慕容家的號令，早就該殺了。殺得好！殺得好！」

四．聽到空中傳來鴿子的銀鈴之聲，二版包不同和阿朱、阿碧齊道：「二哥有訊息捎來。」但阿朱、阿碧怎能與公冶乾「兄妹」平輩論交呢？新三版改為阿朱、阿碧齊道：「二爺有訊息捎來。」

五・二版段譽在船上，依稀聽得阿碧說道：「阿朱阿姊，公子替換的內衣褲夠不夠？今晚咱兩個趕著一人縫一套好不好？」阿朱道：「好啊，你真細心，想得周到。」新三版刪去了這段，阿碧不再對慕容復貼心到「內衣褲」上了。

六・段譽一行於船上見「聽香水榭」點點燈火。一版段譽心道：「阿朱所住之處，叫做『聽香精舍』，想來和阿碧的『琴韻小築』是差不多的屋宇，慕容公子對這兩位小婢應該不致於偏心。琴韻小築這般雅緻，聽香精舍中卻是處處紅燭高燒，未免有點兒不倫不類。」二版改為段譽心道：「阿朱所住之處叫做『聽香水榭』，想來和阿碧的『琴韻小築』差不多。聽香水榭中處處紅燭高燒，想是因為阿朱姊姊愛玩熱鬧。」

七・阿朱問老顧來聽香水榭的兩批人是找誰，一版老顧道：「第一批強盜和第二批怪人，都是一進莊來，便問公子爺在那裡。」二版改為老顧道：「第一批強盜來找老爺，第二批怪人來找公子爺。」此處稍怪，一版秦家寨知慕容博已死，二版則雖慕容博刻意宣佈死訊，周知天下江湖，秦家寨卻彷如武陵人與世隔絕，渾然不知。

八・青城派兩四川人經過阿碧身旁時，一版說阿碧陡然間聞到一股奇臭無比的腐臭，似是爛了十多日的臭魚一般。這個臭味所來何因，後來並無正解。二版改為阿碧聞到一陣濃烈的男人體臭。

九・一版說姚伯當身材極是魁梧雄偉，一部花白鬍子長至胸口，左手嗆啷啷的玩弄著三枚鐵膽。二版刪去了「左手嗆啷啷的玩弄著三枚鐵膽」的描述。跟《倚天》假史火龍一樣，姚伯當也於二版刪去了玩鐵膽的說法。金庸書系中玩鐵膽的特徵，當是保留給《書劍》「鐵膽周仲英」。

十・一版說秦家寨姚公望自創五虎斷門刀六十四招。二版將「姚公望」改為「秦公望」。這是要配合「秦家寨」之名。（當然也可把「秦家寨」改為「姚家寨」，但金庸選擇改「姚公望」之姓。）

十一・一版說司馬林是四十餘歲的中年漢子。二版減為三十餘歲。

十二・一版「褚保昆」，二版改姓為「諸保昆」。一版說「褚保昆」五十來歲年紀，比司馬林大了十歲。二版改為「諸保昆」似比司馬林還大了幾歲。

十三・一版說褚保昆性子甚是陰鷙狠毒，生平最恨人嘲笑他的麻臉，有人無意中向他臉上瞥了一眼，若是神色漠然，視如不見，那是他的運氣，假如現出驚詫之色，或是皺一皺眉頭，意示厭憎，褚保昆若不將他弄得半死不活，決不罷休。這一大段二版全刪。

十四．一版包不同制服褚保坤，使的是青城派絕技「左右逢源」這一招，可知包不同也會「以彼之道，還施彼身」，二版刪去了包不同使用青城派絕技之說，二版的「以彼之道，還施彼身」是慕容博父子的獨門絕技，家臣並無此功。

十五．秦家寨的單刀齊擲司馬林，包不同現身來救，一版說包不同兩隻雞爪般又瘦又大的手掌插入刀叢之中，東抓西接，將這十餘柄單刀盡數接在手中。二版刪去了「兩隻雞爪般又瘦又大的手掌」的說法，只說包不同「伸掌插入刀叢之中」。

慕容家的婢女阿碧成了段譽的「小妹子」

——第十四回〈劇飲千杯男兒事〉版本回較

新三版金庸小說的特色之一，就是出現了一種新的男女關係，即「阿哥」（大哥哥）與「小妹子」。

所謂的「小妹子」，於俠士而言，是親暱度介於「情人」與「女性普通朋友」之間的女伴。「小妹子」或有可能愛上「阿哥」（或「大哥哥」），但於「阿哥」（或「大哥哥」）而言，他們對「小妹子」的感情往往是：「我對妳有好感，也願意對你好，但若要我娶你，我還得考慮考慮，畢竟你不是我的首選。」

新三版金庸小說最出色的「三大小妹子」，即《神鵰》郭襄、《倚天》小昭、及《天龍》阿碧三女。這一回說的就是段譽認阿碧為「小妹子」的故事。

且從段譽受包不同等人之氣，一怒而離開「聽香水榭」說起，二版的故事是：

段譽心中氣悶，自行划著小船，離開了「聽香水榭」，向北划去，每划一槳，心中總生出一絲戀戀之感，他不自禁的想到，小舟向北駛出一尺，便離王語嫣遠了一尺。

新三版於此段添油加醬，改為阿碧划船送段譽離開，並大幅增寫段譽與阿碧的新關係。

新三版的情節是說，段譽負氣，欲自行划船離開「聽香水榭」，但他未學過划槳之法，越是出力，小船在湖中轉動越快。阿朱笑說，請阿碧划船送段譽離去，阿碧於是躍上了船，划船送段譽出湖。

船行湖上，段譽坐在船頭，向坐在船尾划槳的阿碧望去。想起自已受到王語嫣輕視，段譽的內心很不是滋味，轉念又想：「要是我一生一世跟一個姑娘在太湖中盪漾，若跟王姑娘在一起，我會魂不守舍，魂不附體；跟婉妹在一起，難保不惹動情亂倫之孽；跟靈妹在一起，兩人從朝到晚，胡說八道，嘻嘻哈哈。若跟阿碧在一起，我會憐她惜她，疼她照顧她。唉，木婉清和鍾靈明明是我親妹子，我卻原本不當她們是妹子。阿碧明明不是我妹子，我卻想認她做妹子……」想到這裡，獃氣發作，不自禁叫道：「小妹子……」

阿碧一怔，問段譽是不是在做夢？段譽道：「是啊，剛才我做夢，夢裡我是你哥哥，你是我妹妹，我見你很乖，就叫了一聲小妹子！」阿碧說她只是個小丫頭，怎配做你段譽的小妹子？段譽則說：「我夜裡做夢就叫你小妹子，日裡沒別人聽見時我也叫，你說好不好？」

阿碧還道段譽出言調戲，因為蘇州人叫女子「妹妹」，往往都當她是情人，她要段譽別亂說笑，段譽卻站起身來，跪在船頭，舉起右手道：「我段譽鄭重立誓，要真正當阿碧姑娘是自己小妹子，決沒半分不正經的歪心腸。如存了歪心，菩薩罰我來世變牛變馬，閻羅王把我打入十八層地獄。我段譽一定規規矩矩的照顧阿碧妹子，決不做半件讓她不開心的事。」說著叩下頭去，碰頭船板，咚咚有聲。

阿碧仍說她當不起段譽的小妹子，但感謝段譽的好意，段譽則說：「我想認你做妹子，那是真的，決沒講笑調戲你的意思。我心裡只想：『我如果有阿碧這樣一個小妹子，那就真太好了。』你怕人家笑，不喜歡我叫你小妹子，那麼我只在夢裡叫，日裡就不叫！」阿碧再次推託，段譽說：「好，那麼咱兩個說好，我在夢裡叫你小妹子，你就答應。我如不叫，你就不答應。」阿碧點點頭，微笑道：「好，就是這樣。」

二版段譽鍾情於王語嫣，新三版段譽則是處處留情，除了娶進門的正宮木婉清、鍾靈、曉蕾外，還認了個可愛的小妹子阿碧，或許哪天他厭倦了大理後宮的皇后嬪妃，還可到江南暗訪他的「小妹子」，甚至再發展出一段情。

【王二指閒話】

關於男女感情的描寫，新三版金庸小說較二版增添了一樣新創意，那就是小說中有幾位女俠成了俠士的「小妹子」。

金庸曾自道他最愛的三種女人，其中一種是「我心中對之有柔情、有愛意、願意終生愛護她的女子（和妻子不同）」，這樣的女人在金庸書中有郭襄、小昭、儀琳、雙兒、阿碧、阿九、程英、公孫綠萼、及甘寶寶等人。在修訂二版為新三版時，金庸將其中的郭襄、小昭、及阿碧三人，增寫成大俠「對之有柔情、有愛意、願意終生愛護」的「小妹子」。

不過，雖然都是大俠的「小妹子」，在金庸「創意不重複」的原則下，三位「小妹子」與大俠的關係都不太一樣，分述如下：

第一位「小妹子」是《神鵰》郭襄。在《神鵰》故事中，楊過曾對郭襄說起他與小龍女甘冒天下大不韙，由師徒晉為夫妻，郭襄聞之拍手叫好，楊過因此深喜這位善解人意的「小妹子」。後來楊過於絕情谷苦候小龍女不到，傷心之下，躍谷自盡，郭襄竟隨之躍下，並持金針要楊過答應她不可自尋短見。平時桀驁不馴的楊過在郭襄面前，竟然乖乖地說：「小妹子自己跳下來叫我不可自盡，我必須聽話。

郭襄與楊過相識時，楊過已近中年，郭襄則是二八妙齡少女。「大哥哥」楊過疼愛郭襄這「小妹子」，其實頗像「慈父」疼愛「女兒」。

第二位「小妹子」是《倚天》小昭。小昭與張無忌於明教秘道中一齊犯險，而後兩人在光明頂上，共同抵禦六大門派。張無忌在此役中，被周芷若刺了一劍，宋青書接著又出手挑戰張無忌。小昭見張無忌有性命之危，願意以身相代，張無忌於是柔聲對小昭道：「以後，你做我的小妹子罷。」

後來小昭以身代母，要回波斯出任明教教主，張無忌心痛地道：「我這時候想通了，在這世界上，我只捨不得義父和小妹子兩個。」可知於張無忌而言，所謂的「小妹子」，就是對於女友的親暱稱呼。

第三位小妹子是《天龍》阿碧。阿碧之所以被段譽喚為「小妹子」，是因段譽在燕子塢被王語嫣及阿朱冷落，又被包不同鄙夷。在段譽心情低落時，只有阿碧對段譽較為友善，段譽因此認阿碧為「小妹子」。

若非身在姑蘇，而是在大理境內，能像阿碧這般對待段譽的女子，恐怕沒有成千，也有上百。而阿碧之所以特別得段譽青睞，就只是像虎落平陽時，感激雪中送炭，給他一塊碎肉的小貓。「小妹子」這三個字，說來只是鎮南王世子段譽給予阿碧的賞賜。

「小妹子」既不是妻子，也不見得是「情人」。同樣是「小妹子」，又有三種完全不同的意義，由此可見金庸在創作上的用心。

第十四回還有一些修改：

一・二版段譽對喬峰道：「小弟在松鶴樓上，私聽到大哥與敵人今晚訂下了約會。」新三版將「今晚」改為「明晨」。

二・喬峰說到江南來是為了慕容復，二版喬峰道：「聽說慕容復儒雅英俊，約莫二十八九歲年紀。」新三版的慕容復年輕了一歲，改為「二十七八歲」。

三・二版喬峰對段譽說馬大元兩個多月前死於非命，新三版將「兩個多月前」改為「半年前」。

四・為防包不同及風波惡與丐幫陷入「打狗陣」中，二版喬峰將風波惡的單刀奪了過來。新三版增寫喬峰將風波惡的單刀「擲在地下」。這才能與後來喬峰以「擒龍功」從地下取刀相扣合。

五．喬峰以內力直透全冠清「中委」、「陽台」兩穴，使之跪倒。而後，二版說喬峰轉過身來，左手在他肩頭輕拍兩下。新三版又加寫「封住了他身上要穴」。

六．面對全冠清叛幫之禍，二版喬峰交代蔣舵主：「你再派人去知會西夏『一品堂』，惠山之約，押後七日。」新三版將「七日」改為「三日」。

七．二版四大長老排序是「宋奚陳吳」，新三版改為「奚宋陳吳」。宋奚兩人對調後，早年曾指點過喬峰武功的矮胖長老即由二版姓奚，新三版改為姓宋。

八．二版白世鏡的外貌是「面色蠟黃的老丐」。新三版改為「臉容瘦削的中年乞丐」。

九．二版傳功長老姓「項」，新三版改為姓「呂」，名叫「呂章」。

十．一版說喬峰三十三四歲年紀，二版改為三十來歲年紀。

十一．一版喬峰惠山之約定的時間是「今晚三更」，但怎會約在互不能明見的三更半夜呢？二版改為「明日一早」。

十二．段譽起初不識喬峰，以為他也是慕容復一夥。一版段譽心想：「他和人家約了在惠山比武拚鬥，對頭必是甚麼冀晉魯豫七門的人物。」二版改為段譽心想：「他已和人家約了在惠山比武拚鬥，對頭不是丐幫，便是甚麼西夏『一品堂』。」

十三．段譽喝酒後，酒水循真氣路線而走，便是六脈神劍中的「少澤劍」。少澤劍本來是一股有勁無形的劍氣，這時他小指之中，卻有一道酒水緩緩流出。一版又說，那烈酒從他的小指的穴道中流了出來，初時段譽還未察覺，跟著無名指的「關衝穴」中，也有酒水流出。二版將這段刪去，二版段譽飲酒後，只從小指出酒，不再雙指齊流。而似段譽這般，以內功逼出渴進肚裡酒水，《射鵰》丘機機也做過。

十四．段譽與喬峰鬥酒後，段譽取出荷包，卻是囊中羞澀。一版喬峰向身旁一個肥肥胖胖的中年富商道：「張大爺，這裡的酒帳，你給咱們結了吧。」那富商道：「當得，當得，難得喬大哥賞面，讓兄弟作這個小東。」說著便從囊中取出取出那一大錠銀子上來。喬峰拱拱手，道：「多謝。」這位張大爺顯然是一版丐幫的金主。二版刪了張大爺，改為喬峰從身邊摸出一錠銀子來，擲在桌上。

十五．段譽與喬峰鬥酒後，一版喬峰拉著段譽的手下樓，兩人接著較起了輕功，段譽而後使出了「凌波微步」，一版接著又說，段譽本來和喬峰手攜著手，按著保定帝所授的法門要訣，收斂內力，那朱蛤神功才不致去吸喬峰的真氣，這時足下一踏「凌波微步」，喬峰只感全身一震，段譽乘機輕輕摔脫了他的手。二版因段譽與喬峰下酒樓時，並未攜手共行，將這段全刪了。一版段譽與喬峰相識之初，稍不留神，就有可能吸其內力，未免太傷結義之情，刪之大宜。

十六・喬峰誤以為段譽是慕容復，一版段譽聽他叫自己「慕容公子」，立即收步。二版段譽無法像一版這般輕功收發自如，改為段譽幾步衝過了他身邊，當即轉身回來。

十七・喬峰與段譽義結金蘭，一版說喬峰比段譽大了十二歲，二版改為喬峰只比段譽大了十一歲。

十八・段譽向喬峰解釋以「少澤劍」於鬥酒中投機取巧之事。一版段譽左手小指一伸，嗤的一聲響，小指的「少澤穴」中衝出一股氣流，激得地下塵土飛揚。二版段譽無法像一版這般收發自如地使出「六脈神劍」，改為段譽向喬峰說明怎生以內力將酒水從小指「少澤穴」中逼出。

十九・一版喬峰說：「聽說慕容復約莫二十五六歲年紀」，二版慕容復增為二十八九歲年紀。

二十・一版「大義分舵」蔣舵主名為「蔣芝東」，二版不敘其名。

二一・風波惡出場時，一版的他說道：「世間最愛打架的是誰？是包三先生嗎？錯了，錯了，那是風波惡風四義。」二版將「風波惡風四義」改為「江南一陣風風波惡」。

二二・一版王玉燕說陳長老使那麻袋的手法，有伏牛山回打軟鞭十三式的勁道，也夾著湖北阮家八十一路三節棍的套子，瞧來那麻袋的功夫是他自己獨創的。二版因將柯百歲由「嵩山派」改為「伏牛派」，遂推骨牌而將陳長老功夫淵源之「伏牛山回打軟鞭十三式」改為「大別山回打軟鞭十三式」，以免兩相混淆。

二三・風波惡中蠍毒後，包不同迎戰矮胖子奚長老，要逼陳長老取解藥。一版說包不同當下施展「擒龍手」的手法，從鋼杖的空隙中著著進襲。但包不同的「擒龍手」有可能與喬峰的「擒龍功」混淆，二版刪去了「擒龍手」之名，改說包不同當下施展擒拿手，從鋼杖的空隙中著著進襲。

二四・風波惡中蠍毒後，段譽搶在喬峰之前要為他吸毒。一版說段譽的五根手指一搭上他的手腕，朱蛤神功的威力自然而然的顯了出來。段譽的嘴巴離他的創口尚有半尺，只見傷口突然泊泊的流出黑水來。段譽一怔，心道：「讓這黑水流去後再吸較妥。」那知他所服食的朱蛤正是天下任何毒物的剋星，兩人肌膚相親，段譽只要不是制住內力不收，風波惡的內力真氣便會給段譽吸了過去。二版段譽的「北冥神功」不復這般神奇了，改為段譽吸出一口毒血，吐在地下，只見那毒血色如黑墨，眾人看了，均覺駭異。段譽還待再吸，卻見傷口中泊泊的流出黑血。段譽一怔，心道：「讓這黑血流去後再吸較妥。」他不知只因自己服食過萬毒之王的莽牯朱蛤，那是任何毒物的剋星，彩蠍的毒質遠遠不及，一吸之下，便順勢流了出來。

二五．丐幫欲結打狗陣對付包不同與風波惡。一版王玉燕道：「包三哥，風四哥，不成了。丐幫這打狗陣我雖知道破法，但功力不逮，奈何他們不得。世上只有『六脈神劍』和『降龍十八掌』兩種功夫，方能破得，兩位及早住手吧。」段譽聽了玉燕之言，得知自己的「六脈神劍」居然可以破得這打狗陣的陣法，心中一凜，不由得大是躊躇：「喬大哥的手下人若是擒捉王姑娘，我助那一面才是？」一轉念間，便即打定了主意：「丐幫人眾對付包不同，我是袖手旁觀，他們若是得罪王姑娘，我卻是非出手不可。」二版王語嫣無法破「打狗陣」，段譽亦無法收發自如的運使「六脈神劍」，這段改為王語嫣叫道：「包三哥、風四哥，不成了。丐幫這打狗陣，你們兩位破不了的，還是及早住手吧。」

二六．假傳幫主號令，騙白世鏡上船的丐幫漢子，一版名為「李三春」，二版改名「李春來」。

陳長老刺殺耶律不魯，原來只是奉行喬峰命令

第十五回〈杏子林中 商略平生義〉版本回較

這一回說的是喬峰義釋四大長老的故事，且來看看版本間的差異。

新三版《天龍》修訂的特色之一，就是強化了丐幫「傳功長老」的角色份量，二版說「傳功長老」是「項長老」，新三版則改姓，增其名為「呂章」。

二版四大長老懷疑喬峰是契丹人，群起背叛喬峰，執法長老白世鏡曉義於幫眾，朗聲道：「眾位兄弟，喬幫主繼任上代汪幫主為本幫首領，並非巧取豪奪，用什麼不正當手段而得此位。當年汪幫主試了他三大難題，命他為本幫立七大功勞，這才以打狗棒相授。」

這段話新三版改為傳功長老呂章所說。新三版將「傳功長老」與「執法長老」稍微做了區隔，「執法長老」白世鏡鐵面無私，專司丐幫法度，「傳功長老」則對丐幫未來走向，用心較深。

而後指責全冠清以全無佐證的無稽之言，煽動人心，背叛喬幫主的人，二版是白世鏡，新三版亦改成了呂章。

接著，喬峰決定自流鮮血，以洗淨四大長老的叛幫大罪，他先當眾細數四大長老的功勳。

二版喬峰以法刀自刺前，對矮胖子奚長老說的是：「想當年汪幫主為契丹國五大高手設伏擒獲，囚於祈連山黑風洞中，威逼我丐幫向契丹降服。汪幫主身材矮胖，奚長老與之有三分相似，便喬裝汪幫主的模樣，甘願代死，使汪幫主得以脫險。」

新三版將「奚長老」與「宋長老」的事蹟對調，因此，喬峰這段話也改成是對宋長老說。

新三版接著增寫矮胖子宋長老大聲道：「幫主，是你從祁連山黑風洞中救我回來的，你怎不說？我萬萬不該叛你。」

義釋矮胖子宋長老後，喬峰接著再釋陳長老。自刺法刀前，喬峰讚陳長老：「刺殺契丹國左路副元帥耶律不魯的大功勞，旁人不知，難道我也不知麼？」

二版陳長老聽喬峰當眾宣揚自己的功勞，心下大慰，低聲說道：「我陳孤雁名揚天下，深感幫主大恩大德。」

新三版增寫陳長老又大聲說道：「幫主，這件大功，我是奉你之命而為。」

喬峰自流鮮血，洗淨四大長老之罪後，「罷黜喬峰」的主謀馬夫人終於出現，二版馬夫人參見喬峰，說的是：「未亡人馬門溫氏，參見幫主。」

二版馬夫人在丐幫自稱是「溫氏」，但她與段正淳在一起時，名字卻是「康敏」，新三版統一用「康敏」之名，因此，新三版馬夫人參見喬峰，說的是：「未亡人馬門康氏，參見幫主。」

二版喬峰細數丐幫的四大長老功績，較像是丐幫密探回報幫主的情資，新三版增寫了喬峰至祁連山黑風洞救回矮胖子宋長老，以及指使陳長老刺殺耶律不魯，這才更能展現喬峰的深入敵營與運籌帷幄。有了這幾句話的增寫，新三版喬峰對於丐幫的全局掌握，就遠勝於二版了。

【王二指閒話】

一版《天龍》修訂成二版時，俠士俠女武功最大的改寫之處，就是段譽從原本靈活使用「六脈神劍」，被改成時靈時不靈，王語嫣則從武功勝於慕容復，被改為完全不會武功。

這樣的改寫牽涉到武俠小說的定律。

武俠小說的俠士呈現其武學層次，往往必須經由「對手」。「對手」有可能是敵人，也有可能是切磋武藝的朋友，無論「對手」是哪一類人，在描述俠士俠女武功的進程時，隨著情節推衍，「對手」的武功都必須由淺入深，循序漸進地呈現出俠士俠女武功的進步，這就是武俠小說的「定律」。

比如《射鵰》郭靖少年時師承江南七怪與馬鈺，學藝小有成就後，先出戰黃河四鬼，接著迎戰梁子翁、楊康等人，而後再經洪七公傳授「降龍十八掌」，以及學得《九陰真經》，最後與黃藥師及洪七功打成平手，此時郭靖的武功即已經達到了「五絕」的水平。

郭靖武功成長的模式就是武俠小說中的典型。

《倚天》張無忌則顯然違反了這個定律，《倚天》故事進展到第二十四回時，張無忌學會了「太極拳」與「太極劍」，再加上先前學過的《九陽真經》與「乾坤大挪移」（一版的張無忌還要再加上三招「降龍十八掌」），張無忌已經囊括了當世所有最高明的武功。

然而，第二十四回並非《倚天》的最終回，因此，張無忌以武功天下第一的層次，仍需繼續與其他武人俠士過招，而若張無忌的對手與之武功層次太過懸殊，故事未免流於枯燥無聊，因此，金庸而後為張無忌安排的對手，不再是比較武功的高低，而是較量武功的「正」與「奇」。從第二十四回之後，張無忌真正的對手使用的都是「詭奇」的武功。

以「詭奇」武術而曾勝張無忌的對手有三撥，第一撥是波斯明教的波斯三使等人，使的是聖火令武功；第二撥是少林寺的渡厄三僧，三人久坐枯禪，心意相通，共使黑索，竟能配合得天衣無縫；第三撥是峨嵋派掌門周芷若，周芷若因得到倚天劍中的《九陰真經》，以及黃藥師的部分絕學，瞬間成為第一流高手，更能挫敗武學上已達至尊之境的張無忌。

按理來說，張無忌融合了「太極拳」、《九陽真經》與「乾坤大挪移」等絕世武功，已然成為武學無上至尊，若再與人過招，張無忌理當都是摧枯拉朽，無人能敵，但這樣的情節未免索然無味，金庸於是安排波斯三使、少林三僧、及周芷若均出奇制勝，以讓情節趣味好看。

然而，「奇而能勝正」、「詭道而能勝王道」並不是武俠小說慣用的定律，創作上也難以一直變出新花樣。比起一再創造出奇致勝，四平八穩地讓俠士漸漸成長，會是更穩妥，也更符合小說定律的創作模式。

一版《天龍》段譽從第十一回起，就能靈活自如地使用「六脈神劍」，一版王玉燕則從出場時，即是武功遠勝慕容復，於各門各派武學無所不窺，武功臻於化境的女俠，但若段譽與王玉燕從故事的前段，就已經達到武功第一流的層次，接下來的情節將很難再塑造足能與之匹敵的敵手，於是就跟張無忌一樣，必須創造使用詭奇之道的對手，才能與之抗衡，但這樣的創作方法顯然是較有難度的，因此，若想讓情節流暢推演，還不如為俠士俠女的武功保留三分餘地，讓他們仍有進步的空間，而非成為絕頂高手，在創造俠士俠女的對手時，也就可以循序漸進，讓武功高明的對手順序登場。或許就是因為這樣的考量，金庸在一版《天龍》故事開展時，竟筆鋒一轉，將段譽從自如的運使「六脈神劍」，變成無法靈活使用「六脈神劍」，王玉燕也從一身高明武功，變成武功內力平平，於是在一版改寫為二版時，金庸索性將段譽的「六脈神劍」改為時靈時不靈，王語嫣則是從一登場，就被改成武功一絲也無了。

第十五回還有一些修改：

一．杏子林中，天色全黑後，二版白世鏡吩咐弟子燃起火堆，新三版改為傳功長老呂章吩咐弟子燃起火堆。

二．二版率先要自我了斷的長老是「吳長風」，新三版改為四大長老之首（白鬚長老，而非矮胖子）「奚山河」。

三．喬峰說要依幫規自流鮮血，洗淨幫眾之罪，白世鏡告訴喬峰須想想是否值得。二版喬峰道：「只要不壞祖宗遺法，那就好了。」新三版喬峰加說：「我流了血，洗脫奚長老之罪。」

四．全冠清被喬峰逐出丐幫，須先解下背上八隻布袋，解到第五隻布袋時，報西夏軍情的丐幫探子快馬進了杏子林來。新三版較二版加寫，全冠清見有變故，便不再解落自己身上布袋，慢步倒退，回入本舵。喬峰心想一時也不忙追究，且看了來人再說。

五．二版汪幫主稱徐長老為「師伯」，新三版改為「師叔」。

六．二版說趙錢孫年紀約三十歲到六十歲之間，新三版改為四十歲到七十歲之間。

七．說起來到江南的原因，二版趙錢孫道：「聽得姑蘇出了個『以彼之道，還施彼身』的慕容復。」新三版趙錢孫先說：「聽說丐幫馬副幫主給人害死。」再說「又聽說姑蘇出了個『以彼之道，還施彼身』的慕容復。」這句增寫是要說明趙錢孫、譚公、譚婆與單正一家到杏子林的主因，就是要澄清馬副幫主的死因。

八．二版馬夫人說她赴「鄭州」求見徐長老。新三版將「鄭州」改為「衛州」。

九．徐長老說起馬夫人交信予他之事。二版單正道：「不錯，其時在下正在鄭州徐老府上作客，親眼見到他拆閱這封書信。」新三版將「鄭州」改為「衛輝」。

十．一版說當全冠清被制服之初，參與密謀之人如果立時暴起發難，喬峰無論如何難以抵擋，即是傳功、執法二長老，大仁、大義、大信、大勇四舵主一齊回歸，仍是叛眾人數居多。二版將丐幫「大仁、大義、大信、大勇四舵主」增為「大仁、大義、大信、大勇、大禮五舵主」。

十一．全冠清說起喬峰之罪，道：「馬副幫主為人所害，我相信是出於喬峰的指使。」一版說喬峰全身一震，驚道：「什麼？」只因他吃驚過度，這句話聲音嘶啞，極是難聽。二版刪掉了「只因他吃驚過度，這句話聲音嘶啞，極是難聽。」三句有損喬峰形象的描述。

十二．一版公冶乾是「玄霜莊」莊主，二版改為「赤霞莊」莊主。一版包不同是「白雲莊」莊主，二版改為「金風莊」莊主。一版風波惡是「赤霞莊」莊主，二版改為「玄霜莊」莊主。二版是以春夏秋冬及青赤金玄四色的次序，重排四大家臣的莊名，即：青雲、赤霞、金風、玄霜。

十三．一版公冶乾自誇掌法「江南第一」，二版改為「江南第二」，第一乃是慕容復。

十四．一版喬峰說公冶乾複姓公冶，單名一個「乾」字。這不是乾坤之乾，而是乾杯之乾，別號叫做「難醉」。二版刪去了「別號叫做『難醉』」之說。

十五．一版喬峰依四大長老排序稱陳長老為「陳三兄」，二版則稱之為「陳長老」。

十六．一版陳長老本名「陳不平」，二版改為「陳孤雁」。

十七．一版傳功長老名為「項保華」，二版刪去其名，只說是「項長老」，新三版再改名為「呂章」。

十八．一版丐幫信使來報的是契丹國軍情，二版改為西夏國軍情。

十九・一版譚公的傷藥是以「冰蠶和白玉蟾蜍」所合成，二版改為「極北寒玉和玄冰蟾蜍」所合成。「冰蠶」移為稍後游坦之練功所用，但「白玉蟾蜍」改為「玄冰蟾蜍」，似乎與《碧血》的「冰蟾」有創意上的重複。

二十・一版譚公見到趙錢孫，道：「李兄，你又來開什麼玩笑？我見了你就心裡不痛快！」由一版可知，趙錢孫原姓「李」，二版將趙錢孫姓「李」之事隱掉，改為譚公道：「我道是誰，原來是你。」

二一・馬夫人於杏子林出現時，一版說喬峰和馬大元除幫中事務之外，平時甚少見面，這位馬夫人不出家門，更是沒有見過。這段二版刪了，因為在後來的故事中，喬峰與馬夫人曾在洛陽百花會中朝過相，並因此種下馬夫人揭破喬峰契丹血統的禍端。

二二・一版馬大元的遺書是在馬夫人身上的包袱中。二版因馬夫人已將遺書呈給徐長老，故而改為是在徐長老包袱中。

二三・趙錢孫回想與譚婆的舊情，一版說趙錢孫追憶這小師妹嬌小玲瓏，愛使小性兒，動不動便出手打人。但前段才剛說譚婆是「又高又大的老嫗」，怎麼一轉眼又變成「嬌小玲瓏」？二版改為這小師妹脾氣暴躁，愛使小性兒，動不動便出手打人。

蘇東坡用計智退西夏「一品堂」高手

——第十六回〈昔時因〉版本回較

有宋一朝，四敵環伺，北有契丹，西有西夏，西南還有吐蕃。《天龍》設定的江湖，正是架構在這個前門有虎，後門有狼的大宋國之上。也就因為大宋國長年積弱，才激使愛國志士喬峰、陳孤雁等紛紛自動加入保家衛國的行列。處在虎狼夾峙下，大宋國彷彿一隻無力的小綿羊，哀哀無告。然而，大宋國當真如此忠厚懦弱，西夏契丹等國又真的會仗勢武力，盛氣凌人嗎？且來看看這一回的故事。

故事要從因喬峰是契丹人之子，丐幫群起反喬峰說起。也在杏子林的智光大師說起雁門關往事。

一版的智光大師道：「三十年前，中原豪傑接到訊息，說契丹國有二百餘名武士，要來搶劫少林寺，企圖將寺中秘藏數百年的武功圖譜，一舉劫去。」

可知一版慕容博在謊報的訊息中，曾明確說出契丹來犯人數是二百餘人，但玄慈等人卻不問契丹所來人數是否與情報吻合，就打著「保寺衛國」的旗號，見人就殺。

二版將慕容博所說的「契丹國有二百餘名武士」，改為語焉不詳的「契丹國有大批武士」。然而，慕容博沒說清楚來犯人數，玄慈等人竟也懶得再去查明來人多少或情報真假，就直接到雁門關大開殺戒。玄慈一行的行動原則是「寧可錯殺一百，不可錯放一人」，見人就殺就對了。

結果，在這一役中，玄慈等人錯殺了蕭遠山之妻。蕭遠山為報殺妻之仇，殺得中原群英全軍覆沒。在瘋狂殺戮之後，蕭遠山跳亂石谷殉妻。一版蕭遠山自盡前，伸出手指，在山峰的石壁上寫起字來，留下遺書。

然而，蕭遠山並非指力高手，二版因此改為蕭遠山從地下拾起一柄短刀，在山峰的石壁上劃起字來。

智光等前輩高人們說出雁門關往事，證實喬峰是契丹人後，喬峰即放下了幫主之位，黯然離去。

豈知喬峰才剛走，西夏「一品堂」高手就前來杏子林挑釁丐幫。

白世鏡向徐長老簡說一品堂之事。一版白世鏡言道：「凡是進得『一品堂』之人，都說是武功天下一品。主理一品堂的堂主，是位王爺，官封征東大將軍，叫做什麼赫連鐵樹，最近他帶領館中勇士，出使汴梁，朝見太皇太后和皇上。朝聘是假，窺探虛實是真。那赫連鐵樹在京師耀武揚威，說要手下的隨從，和我大宋御林軍的軍官比試武藝。咱們御林軍的軍官之中，那有甚麼好手？眼看便要出醜，幸得蘇學士想出了一條計策。」徐長老道：「蘇學士？大蘇學士還是小蘇學士？」白世鏡道：「是大蘇學士蘇東坡了，他向太后奏道，我大宋偃武修文，尚文治不重武功，和鄰國敦睦邦交，不願比試武功。但如西夏人好勇鬥狠，唯力是視，輕看我大宋無人，那麼明年春季，在東京汴梁觀摩我大宋的武學便了。」

徐長老點頭道：「這是個緩兵之計。這一年中，咱們可招聘天下高手，精選勇士，來年與之相敵。」

一版蘇東坡竟然只用幾句話，就免去了西夏與大宋的一場武術較量。二版則將這段蘇東坡建言與西夏訂約明春比武之事刪去了，改為白世鏡只說：「統率一品堂的是位王爺，官封征東大將軍，叫做什麼赫連鐵樹。據本幫派在西夏的易大彪兄弟報知，最近那赫連鐵樹帶領館中勇士，出使汴梁，朝見我大宋太后和皇上。其實朝聘是假，真意是窺探虛實。」

可見與西夏相比，大宋的武力可說不堪一擊，而除了武力強過大宋外，西夏的科技發展也遠勝大宋。丐幫與一品堂一言不合後，西夏人隨即進行「生化戰」，放毒氣。

一版的毒氣叫「紅花香霧」，是一種無色無臭的毒氣，系搜集西夏大雪山毒虫谷中的毒霧製煉成成，平時盛在瓶中，使用之時，自己人先服食解藥，拔開瓶塞，毒水緩緩冒出，任你何等機靈之人，都是無法察覺，待得眼目刺痛，淚如雨下，毒氣早已衝入頭腦。

二版的毒氣改叫「悲酥清風」，可知西夏不只科技遠邁大宋，文學造詣也不輸宋人，連毒氣都有如此清雅飄逸的名字。二版說「悲酥清風」是一種無色無臭的毒氣，系搜集西夏大雪山歡喜谷中的毒物製煉成水，平時盛在瓶中，使用之時，自己人鼻中早就塞了解藥，拔開瓶塞，毒水化汽冒出，便如微風拂體，任你何等機靈之人也都無法察覺，待得眼目刺痛，毒氣已衝入頭腦。中毒後淚下如雨，稱之為「悲」，全身不能動彈，稱之為「酥」，毒氣無色無臭，稱之為「清風」。

而看一版西夏的攻宋方略，真令人大讚西夏是仁義之師。西夏原本可以其虎狼之師進犯大宋，但在大宋御林軍孱弱時，西夏竟同意蘇東坡的一年之約，讓大宋有時間整軍經武。又因為不願摧毀大宋正規軍，西夏才轉而挑戰大宋最強的民間武力集團丐幫。兩造相較，大宋蘇東坡以詐術緩兵欺敵，西夏一品堂則堅持不欺人無備之師。瞧這國際局勢，誰是夷狄險詐之邦，誰是上國仁義之師，已是不證自明。

【王二指閒話】

在「金庸看金庸小說」問答中，有讀者問金庸「您認為哪一部作品中的社團、幫派組織是合理的世界？」金庸的回答是：「前幾日的金庸小說國際學術研討會上，司徒達賢教授曾提出我的小說中的男主角和幫會組織都不懂得管理學，我承認這一點。像丐幫的管理就不太好，那麼大的一個幫派，洪七公卻整天見不到人，所以說，它的管理很差！」

丐幫的相關情節縱貫《天龍》、《射鵰》、《神鵰》與《倚天》，而且份量都頗吃重。在金庸全套小說中，「丐幫」幾乎可說是著墨最多，刻畫最用心的江湖幫派。然而，從「漢胡爭霸四部曲」中來看，「管理很差」還不是丐幫最大的問題，丐幫真正的問題是在於幫眾心中「只有幫主，沒有幫規」，而雖說幫主可以左右丐幫的走向與興衰，但丐幫對於幫主的遴選，並沒有必備的條件。

丐幫並無嚴謹的幫規，幫主的話語，往往就是幫規，幫主的認知則將決定丐幫的發展方向，幫眾幾乎都會無異議的扈隨幫主，比如《射鵰》楊康冒認幫主後，馬上決定丐幫南遷，部份幫眾立即跟隨；再如一版《神鵰》彭長老準備假傳洪七公號令，將丐幫分為南北兩部，因彭長老打著洪七公名號，幫眾亦立時被說服；又如《倚天》史火龍領導的丐幫，雖號稱對漢族「忠義」，卻與反元的革命團體明教為敵，成為明教抗元的掣肘，因而間接鞏固了元朝政權，幫眾也能接受。可見在國家與民族的認同上，丐幫並沒有明確的規範，幫眾大多以幫主的認同為認同。

丐幫幫眾大多追隨幫主的民族認同，然而，丐幫幫規並沒有規定丐幫是「漢人的丐幫」、「金人的丐幫」或「蒙古人的丐幫」，因此幫主要帶領全幫依附哪個國家，似乎都是可以的。

可怪的是，未規定哪一國或哪一民族的人才能當幫主，也未規定必須襄助哪個國家或哪個民族的丐幫，卻在北宋之時，發生了喬峰因出身契丹族，全冠清等幫眾即要以公眾之力，罷免喬峰幫主之位的叛亂事件。

說來喬峰即使出身契丹，也未違反丐幫幫主的資格，因為丐幫從來就沒有規定幫主必須是哪一國人。可知全冠清之所以能扳倒喬峰，並不是因為喬峰是契丹人，而是因為全冠清煽動了幫眾的仇恨心與敵對感。

若以金庸他部小說來佐證，更可確定出身契丹，絕不構成丐幫幫眾罷免喬峰的理由。且由《神鵰》來看，在《神鵰》故事背景的南宋末年，蒙古鐵蹄已快踏足中原，漢族處境遠較北宋更危險，然而，那時的丐幫竟能擁戴黃蓉為幫主。黃蓉何許人也？她是成吉思汗昔年愛將郭靖的嬌妻。

郭靖雖出身漢族，卻在蒙古長大，成吉思汗視如己出。蒙古攻陷花剌子模，造成花剌子模無數家庭家破人亡，郭靖正是成吉思汗手下鷹犬之一。且看郭靖為南宋守襄陽抗蒙古，即使在南宋氣勢最強之時，郭靖也不曾主動出一兵一卒，為南宋爭取更北的國防線，難道郭靖真的沒有任何一絲一毫對於蒙古舊情的考量嗎？

郭靖顯然比喬峰更有心向敵國的可能，但丐幫仍可奉郭靖之妻黃蓉為幫主，也不曾有任何幫眾懷疑郭靖的出身與民族認同。

繼黃蓉與魯有腳之後，耶律齊成為丐幫幫主。耶律齊又是何人？他是蒙古失勢政治人物耶律楚材的兒子。

耶律楚材曾受成吉思汗與窩闊台重恩，後來因忤逆皇后而失意於政壇。出身契丹的耶律齊隨其父親，先入籍蒙古，而後又成為宋人，然而，耶律齊難道真的完全不會感念少年童年時，蒙古大汗眷顧他耶律家的天恩嗎？

比起襁褓時期就從契丹被抱來大宋，在大宋長大，完全不知自己是契丹人，更以身為大宋國民自豪的喬峰，郭靖、黃蓉與耶律齊「通敵」、「容敵」的可能性更高，但喬峰卻被幫眾反叛，黃蓉與耶律齊則能安坐幫主寶座。可知丐幫幫主明明無條件限制，幫眾卻又可以群起鼓動，說幫主違反了某個幫眾認可的條件，因此可以罷黜之。如此沒有組織原則的幫派竟能維持「江湖第一幫」的聲勢，而且數百年不墜，這真只能說是乞丐祖師爺在上天庇佑了。

第十六回還有一些修改：

一．二版智光大師一行到雁門關後，果見十九名契丹武士前來。智光大師說見到先頭幾個契丹武士的面貌，個個短髮濃髯，神情凶悍。新三版增寫為先頭幾個契丹武士的面貌，個個頭頂剃光，結了辮子，頦下都有濃髯，神情凶悍。新三版將契丹人的傳統裝束描述地更詳實。

二．蕭遠山將方大雄摔在道旁，二版說蕭遠山嘰哩咕嚕的不知又說了些甚麼。新三版改為蕭遠山嘰哩咕嚕的又說了些甚麼，其中似有一兩句漢話，但他語音不準，卻聽不明白。新三版增寫蕭遠山授業於南朝宋人，因此理應會說一些漢話。

三．蕭遠山踢中汪幫主與帶頭大哥穴道後，二版蕭遠山到帶頭大哥身前，大聲喝罵。新三版改為蕭遠山到帶頭大哥身前，大聲喝問：「你們為甚麼殺我老婆？」新三版蕭遠山會說漢人的話，只是聲調不正確。

四．智光說起喬峰童年之事，二版智光對喬峰道：「你長到七歲之時，在少室山中採栗，遇到野狼。」新三版將「採栗」改為「採棗子」。

五．二版阿朱身著「淡紅衫子」，新三版改為「淡絳衫子」。

六．喬峰知自己身世後，要將打狗棒交給丐幫，辭去幫主之位。二版喬峰伸手到右褲腳外側的一隻長袋之中，抽了打狗棒出來。然而，打狗棒放在「右褲腳外側的長袋中」，喬峰如何行動自如？新三版改為喬峰伸手到負在背上的一隻長袋之中，抽了打狗棒出來。

七．喬峰陷入是否為契丹人的爭議後，二版是矮胖子奚長老大聲道：「誰願跟隨喬幫主的，隨我站到這邊。」新三版改為吳長老。二版還說，執法長老白世鏡行事向來斬釘截鐵，說一不二，這時卻好生為難，遲疑不決。因白世鏡也是馬夫人姘頭之一，新三版改為傳功長老呂章行事向來穩重，這時更加為難，遲疑不決。

八．喬峰離去後，二版執法長老道：「徐長老，幫主不在此間，請你暫行幫主之職。」新三版將「執法長老」改為「傳功長老」。

九．徐長老問起西夏之事，二版白世鏡道：「西夏國有個講武館，叫做甚麼『一品堂』。」新三版將「講武館」改為「武士堂」。

十・喬峰與單正、譚公譚婆等在杏子林中，天台山智光大師突然也來到。一版智光大師道：「老衲偶經此處，沒想到群英在此聚會，冒昧，冒昧，這就告辭了。」徐長老忙道：「智光大師德澤廣被，無人不敬。咱們今日有一件疑難大事待決，大師適逢其會，實是丐幫之福，當真是請也請不到的。無論如何，要請大師少駐佛駕。」但智光大師竟出現在此時此地，巧合的機率只怕比雷劈還低。二版改為智光大師是應徐長老與單正的邀請前來。

十一・參與雁門關之役的英雄，一版的萬勝刀王香林王老英雄，二版改為萬勝刀王維義王老英雄。

十二・智光說起舊事，一版智光對喬峰道：「到得你十四歲上，遇上了汪幫主，他收你作了徒兒。」二版將「十四歲」改為「十六歲」。

十三・一版王玉燕出言質問馬夫人「那位帶頭大俠的書信和汪幫主的遺令，除了馬前輩之外，本來誰都不知。慢藏誨盜、殺人滅口的話，便說不上。」二版改為阿朱質問。

十四・喬峰決意辭去丐幫幫主之位，打狗棒卻授之無人。一版說自他出任幫主以來，幫中雖不免有心懷叵測之徒，但誰也沒想過要繼任幫主。二版改說是喬峰方當英年，預計總要二十年後，方在幫中選擇少年英俠，傳授打狗棒法。因而無人可接棒。

十五．西夏高手前往杏子林時，先進來八名武士。一版說，徐長老見八人之中，倒有六人是白鬚白髮的老者，身形也大都龍鍾乾瘦，心想：「看來這便是一品堂中的人物了。」二版刪了這段描述。

十六．矮胖子奚長老以鋼杖與雲中鶴過招，奚長老矮胖身材，但手中鋼杖卻長達丈餘，一經舞動，雖是對付雲中鶴這等極高之人，仍能凌空下擊。一版說奚長老的師父教他使這一門長大兵器，本意原是補他身材上的不足，令他發揮膂力渾厚的長處，反矮為高。這段說明二版刪了。

阿朱的金鎖片上寫的是「詩兒滿十歲，越來越頑皮」
——第十七回〈今日意〉、第十八回〈胡漢恩仇　須傾英雄淚〉版本回較

這一回說的是喬峰與阿朱因共度患難而發展出戀情，且來看看「朱峰戀」的故事。

故事要由喬峰被揭破契丹人身世說起。喬峰因被指為是契丹人，故而卸去幫主之職，而後喬峰回少室山，竟發現父母雙亡。他隨後再前往少林寺尋找其業師玄苦大師，玄苦大師一見喬峰，竟誤認喬峰是以重掌擊他胸口的惡徒，當下悲憤氣絕。

玄苦圓寂後，喬峰朗聲呼叫，玄慈方丈等一行人遂來到玄苦所在的證道院。

玄慈問喬峰何人，喬峰自承身份後，一版喬峰接著說玄苦大師是他的受業恩師，玄慈方丈聞言，說道：「甚麼？玄苦大師是你的受業師父？施主難道是少林弟子，那……那太奇怪了。」一版又說，喬峰名滿天下，武林中誰都知道他汪幫主的嫡傳弟子，他自稱少林弟子，玄慈大師幾乎要斥為「荒唐」，只是尊重他的身份，這才將「荒唐」二字，改為「奇怪」。

對照第十六回智光大師提起玄苦傳授童年喬峰武功之事，當時智光曾說「這位少林僧人，乃

是受了咱帶頭大哥的重託，請他從小教誨你，使你不致誤入岐途。」這段話是一版本有的內容，不是二版增寫的。兩相對照即可証實，在金庸的原始構想中，少林玄慈方丈根本不是「帶頭大哥」。

二版因已玄慈確定是「帶頭大哥」，因此玄苦死後，喬峰對玄慈說玄苦大師是他的受業恩師，二版改為玄慈早已知情，也未針對此事詢問。

而後，喬峰因被誤會為殺害玄苦的兇手，遂藏身至「菩提院」，卻意外見到阿朱假扮少林僧竊取《易筋經》之事。

一版阿朱假扮的少林僧法號「智清」，同輩僧人為智光、智淵等，二版將「智清」改為「止清」，同輩僧人則一律取「水」字旁法名，改為「止湛」、「止淵」等。

然而，《天龍》中的少林僧不是「靈玄慧虛」敘輩嗎？怎麼會蹦出來幾位「止」字輩僧人呢？新三版因此再將「止清」改為「虛清」，同輩僧人也改為「虛湛」、「虛淵」等，這些僧人就與「虛竹」一樣，同屬「虛」字輩了。

故事接著述及阿朱至「菩提院」盜《易筋經》。一版藏經處之前的銅鏡上方所鐫的禪偈是「身似菩提樹，心如明鏡台、時時勤拂拭，莫使惹塵埃。」打開銅鏡的密碼則是「身如拂塵」四字。

二版將銅鏡上所鐫的禪偈改成是「一切有為法，如夢幻泡影，如露亦如電，當作如是觀。」開啟銅鏡的密碼則改為「一夢如是」四字。

制服少林僧人後，阿朱果真盜回《易筋經》，卻陰錯陽差傷於玄慈的「劈空神拳」之下，喬峰而後提起「假虛清」阿朱，逃出少林寺。

離開少林寺後，虛清已然軟癱委頓，喬峰伸手到他胸口去探他心跳，只覺著手輕軟，原來這和尚竟是個女子！。

一版喬峰接著從懷中取出火摺一晃，去照智清的臉時，只見他腮邊一點點的都是青色鬚根，喉頭也有喉結，顯然是個男人。這一來喬峰可更加胡塗了，伸手一摸他的光頭，那也是全無虛假。

二版將阿朱有青鬚與喉結之事刪掉了，改說喬峰於黑暗中無法細察此人形貌。

一版阿朱的易容術顯然勝於二版，連「喉結」這樣的細節居然都做出來了。

而後喬峰以清水洗去阿朱的喬裝，才回復她的本來面目。接著喬峰準備抱阿朱到鎮上治傷，因而前往許家集。

喬峰與阿朱投宿許家集的客店，一版說喬峰要為阿朱求醫而無銀兩，阿朱告訴喬峰她懷裡有金釧金鎖片，喬峰伸手從她懷中取了出來，只見那金釧和金鎖片打造得都是十分精緻。鎖片上還鐫著十個字道：「詩兒滿十歲，越來越頑皮。」喬峰微微一笑，心想：「這多半是她十周歲時父母或者伯叔給她的飾物，兑掉了可惜。」於是將那金鎖片放在她枕頭之下，拿了那金釧上街兑了十八兩五錢銀子，請了位醫生來看她傷勢。

一版阿朱金鎖片的詞是用字極俗的「詩兒滿十歲，越來越頑皮。」二版則將之典雅化為「天上星，亮晶晶，永燦爛，常安寧。」

這段故事二版改為喬峰要抱阿朱到市鎮上給大夫醫治，阿朱說她懷裡有傷藥，喬峰伸手將她懷中物事都取了出來，見有一個金鎖片打造得十分精緻，鎖片上鐫著兩行小字：「天上星，亮晶晶，永燦爛，長安寧。」此外還有只小小的白玉盒子，乃是譚公送給阿朱的寒玉冰蟾膏，喬峰於是將藥膏盡數塗在阿朱胸脯上，阿朱羞不可抑，傷口又感劇痛，登時便暈了過去。

一版阿朱延醫治療未果後，喬峰問起阿朱：「詩兒滿十歲，越來越頑皮。這是誰給你的？」阿朱道：「是我爹給的。」提到他爹爹時，阿朱臉上現出難過的神色。喬峰心想大概她爹爹已經過世了，當下便不再問此事。這段情節二版全刪了。

因阿朱傷重，無醫可治，喬峰於是以真氣為她續命。晚上，阿朱要喬峰唱歌哄她入眠，阿朱道：「我小時候睡不著，我媽便在我床邊唱歌兒給我聽。只要唱得三支歌，我便睡熟啦。」喬峰微笑道：「這會兒去找你媽媽，可不容易。」一版阿朱回說：「我媽早死啦。喬大爺，你唱幾支歌兒給我聽吧。」

可知一版阿朱是與親生爹媽度過童年的，由此也可見金庸在一版此時的初構想中，阿朱的親生爹娘絕對不是段正淳與阮星竹這對將小孩送給他人的父母。

二版阿朱的生身父母已改為段正淳與阮星竹，因此阿朱回喬峰的話也改為：「我爹爹、媽媽不知在那裡，也不知是不是還活在世上。喬大爺，你唱幾支歌兒給我聽吧。」

至於阿朱的真實姓名，在第十九回喬峰送阿朱至「聚賢莊」向薛神醫求診時才首度提到。在第十九回中，薛神醫問喬峰道：「這位姑娘尊姓，和閣下有何瓜葛？」喬峰這才想到，他和阿朱相識以來，只知道她叫「阿朱」，卻不知她是否姓「朱」，於是問阿朱：「你可是姓朱？」

一版阿朱微笑道：「我姓阮，單名一個『詩』。只因我性喜穿紅色衣衫，所以公子叫我阿朱。」

一版阿朱童年還是與父母同住的，她自稱名叫「阮詩」，自然就是真名。

二版刪去了「阮詩」之名，阿朱的原名就叫「阿朱」。二版改為喬峰發問後，阿朱微笑道：「我姓阮。」喬峰點了點頭，道：「薛神醫，她原來姓阮，我也是此刻才知。」

最後，喬峰為救阿朱，幾乎命喪「聚賢莊」，但終能將阿朱交給薛神醫醫治。而後，喬峰為蕭遠山所救。朱峰二人傷癒後，重於雁門關相會，阿朱已有意對喬峰以身相委。

一版阿朱對喬峰自道身世，說的是：「喬大爺，我服侍慕容公子，並不是賣身給他的。只因我家中有難，有個極厲害的對頭來找我爹爹尋仇。我爹爹自忖對付不了，便將我寄託給慕容公子的父親，說是做他丫鬟，實則是去姑蘇燕子塢避難。以後我服侍你，做你的丫鬟，慕容公子決計不會見怪。」

由此可知，一版阿朱與爹媽一起生活，至少到阿朱十歲以上，因此才會有爹爹給她的「詩兒滿十歲，越來越頑皮」金鎖片。阿朱的爹媽後來應該是雙雙死於她所說的那位厲害對頭手下，爹媽死前將阿朱交託給慕容博，阿朱才成了慕容家的丫鬟。

二版則因將阿朱的爹媽改成段正淳與阮星竹，阿朱對喬峰說的話也改為：「喬大爺，我服侍慕容公子，並不是賣身給他的。只因我從小沒了爹娘，流落在外，有一日受人欺凌，慕容老爺見到了，救了我回家。我孤苦無依，便做了他家的丫鬟。」又對喬峰道：「今後我服侍你，做你的丫鬟，慕容公子決不會見怪。」

而看一版那「詩兒滿十歲，越來越頑皮」的金鎖片吉語，可以揣想一版阿朱的爹雖然不是才華洋溢的段正淳，但卻是個前衛的創意人，大多數人在孩子的金鎖片上，鐫刻的都是「平安喜樂」、「金榜題名」之類的祝福詞句，阿朱的爹鐫刻的字句卻是期待女兒阮詩「越來越頑皮」，看來這位「阮爺」的思想還真是跳脫窠臼，新穎有趣！

【王二指閒話】

喬峰在《天龍》一書中最主要的故事，就是被馬夫人揭破契丹人血統，從此游移在漢胡認同的苦痛中，最終只能一死解脫。

父母無法選擇，得知自己的生身恃怙是契丹人，或許喬峰只能無奈以對。但令人不解之處是，傳功長老呂章（或二版執法長老白世鏡）曾讚喬峰：「待人仁義，處事公允。」徐長老也說喬峰「行事光明磊落……誅殺過遼國大將」，從他們的話中看來，喬峰對外既是民族英雄，對內也是威德服人，似乎真正做到了「內外圓融」，以一代完人之姿而為丐幫領袖，然而，當喬峰被揭破生身父母之時，不僅丐幫的四大長老馬上起而反他，連友派的少林寺也瞬間將他當作武林惡魔，也就是說，幫內既無人感懷其德，幫外亦無人惦念其功，幫內幫外皆視喬峰如惡臭鮑魚，避之唯恐不及。

從丐幫與其他門派對於喬峰被揭破身世的反應看來，似乎不論幫內幫外，對喬峰本來就不信服，也不信任。

「信任」是一種主觀的心態，當一個人完全信任某個人時，即使對方有流言蜚語，也很可能認為流言全是假的。反之，當一個人打從內心不信任某個人時，只要對方稍有蜚短流長，就很可能相信所有流言都是真的。而從喬峰身陷身世流言時，丐幫及武林人物的反應，讓人感覺丐幫及武林中人顯然原本就不信任喬峰。

這樣的不信任就好像《神鵰》黃蓉之於楊過，楊過是楊康之子，楊康則是奸邪之徒，黃蓉原本就對楊過非常不信任。楊過來到桃花島後，以蛤蟆功傷害武修文，雖是起因於正當防衛，黃蓉仍認為這就是楊過具有邪惡之心的證明，因此立即起意要郭靖送走楊過。此外，《倚天》宋遠橋等武當諸俠對張無忌也極為不信任，他們主觀猜測張無忌一定會被趙敏引入歧途，因此，當宋遠橋等人在山洞旁發現莫聲谷遺體，又與蒙面的張無忌過招，並揭破張無忌的真面目時，馬上不由分說，一口咬定張無忌就是弒叔的兇手。

喬峰被揭破出身時，人人馬上落井下石，視之為瘟神惡魔，由楊過與張無忌的故事可推知，武林中原本就幾乎無人打從內心信任喬峰。於幫外而言，或許喬峰為國建功而不欲人知，也就是說，他並沒有刻意宣揚他的殺敵事功。然而，少林弟子遍武林，喬峰若真有護國佑民的大功，如何能隱藏得密不通風？又或者喬峰所謂殺契丹保大宋，功績也不過那寥寥數起，並未真的功高蓋世？

中原武林各門各派也有可能宥於門戶之見，喬峰武功蓋世，少林等他門他派或許早已眼紅，更樂見其樓起樓塌，因此，喬峰被揭破契丹血緣，各門各派也許正中下懷，於是順水推舟，群起對喬峰唾棄聲討。若真如此，則北宋的中原武林各門各派根本互相傾軋，說什麼同赴雁門，共抗契丹，很可能只是賣弄武藝，圖求美名罷了。

而若由幫內來說，喬峰則顯然是為德不足的，因為一聽說喬峰是契丹人，四大長老馬上起而反之，可知喬峰平日的行為根本未讓四大長老完全信服。

撇開呂章或徐長老的幫內自讚之詞，由幫內幫外對喬峰身陷身世風暴的冷漠與落井下石，可知不論幫內或幫外，對喬峰都沒有完全的信任感，因此一聽說他是契丹人後代，馬上懷疑他會叛幫禍國。或許喬峰並不像傳聞那麼聲威顯赫，名動當世，而是如他自己所說，生平只愛和眾兄弟喝酒猜拳、講武論劍、喧嘩叫嚷。而若要說真正的武林與家國事功，也許就只有屈指可數的幾件，也無法讓人對他完全信任與信服。

第十七回還有一些修改：

一．段譽護持王語嫣離開杏子林，二版說兩人共騎，奔跑一陣，放眼儘是桑樹。「桑樹」應是誤寫，新三版已更正為「杏樹」。

二．救得王語嫣離開杏子林後，新三版較二版加寫段譽心想：「我只管救王姑娘，卻沒去搭救我那阿碧小妹子。我這麼偏心，可見我內心對兩人確然大有分別。」話雖如此，但由新三版段譽一再想起阿碧，已可證阿碧份量大增。

三．二版王語嫣指導段譽抗擊西夏武士，說的是：「你用左手食指，點他小腹『下脘穴』。」新三版王語嫣不再把段譽當左撇子了，將「左手」改為「右手」。

四．漢人武士揚言放火，段譽出指點其背心未果，二版說段譽使的是六脈神劍中的少陽劍劍法。新三版將「少陽劍」更正為「商陽劍」。此因新三版「六脈神劍」是以手三陽、手三陰經脈在指頭的穴道命名，拇指是少商劍、食指是商陽劍、中指是中衝劍、無名指是關衝劍，小指是少衝劍和少澤劍。而關於段譽發「六脈神劍」時靈時不靈，二版的解釋是段譽內力發得出發不出純須碰巧，這一次便發不出勁。新三版說得較具體，改說段譽純靠一股心意之力，若不是全心全意的運使，便發不出勁。

五．李延宗出言要殺段譽，新三版較二版增寫，段譽心中忽然轉過一個念頭：「倘若婉妹見到我如此走向死地，她一定會緊緊拉住我不放，說不定還要和我同死。決不會像王姑娘這般泰然自若、漠不在意。」新三版屢次強調，木婉清對段譽用情較王語嫣深。

六．段譽欲以「六脈神劍」鬥李延宗，但要將真氣從右手五指中迸射出去時，總是及臂而止，莫名其妙的縮了回去。一版解釋說，須知段譽以絕頂難得的奇遇，體內積蓄了當世數大高手的內力，若說要運用自如，他從未學過武功，如何能這般容易？這段解釋二版刪了。新三版則又加解釋說，原來真氣乃隨心意而運，段譽並未練過運使內力之法，若非內心惶急，勁力不出。

七．王語嫣解了毒，說起阿朱、阿碧只怕也已失陷於敵手。新三版較二版增寫，段譽已認了阿碧做妹子，想到她或許會遭難，便要趕去相救。

八．王語嫣中毒後，段譽護持她離開，王語嫣告訴段譽，先到了平安的所在再說。段譽道：「什麼所在才平安？」一版王玉燕道：「到太湖裡去。」段譽辨別方向，太湖是在西邊，當下縱馬向西北角快跑。一版王玉燕較老於江湖，二版則強調王語嫣的純真無知，改為王語嫣道：「我也不知道啊。」段譽心道：「我曾答允保護她平安周全，怎地反而要她指點，那成什麼話？」無法可施之下，只得任由坐騎亂走。

九．王語嫣指點段譽點西夏武士「下脘穴」。一版說段譽在大理學那一陽指神功和六脈神劍之時，於人身的各個穴道是記得清清楚楚的。但段譽應是全段氏皇族唯一學會「六脈神劍」，卻不會「一陽指」的人，二版因此將「一陽指神功」改為「北冥神功」。

十．段譽要展演「凌波微步」給王語嫣看，一版說段譽當下將從石穴銅鏡上學來的步法，從第一步起走了起來。二版將「石穴銅鏡」改為「卷軸」。

十一．王語嫣對李延宗說他若無禮，將來表哥必來給她報仇。一版李延宗道：「姑蘇慕容公子是個乳臭未乾的黃口小子，浪得虛名，有甚麼真實本領？他便是不來找我，我也正要去找他較量較量。」二版這段改為李延宗冷笑道：「慕容公子倘若見到你跟這小白臉如此親熱，怎麼還肯為你報仇？」王語嫣滿臉通紅，說道：「你別瞎說，我跟這位段公子半點也沒……沒有什麼……」。二版慕容復出言譏刺王語嫣與段譽親熱，正能為日後慕容復對王語嫣情斷愛絕埋下伏筆。

十二．李延宗離去後，一版段譽想著王玉燕：「她武功之強，勝我百倍，何必要我跟在身畔？」二版因王語嫣身上毫無武功，改為段譽心想：「她本事勝我百倍，何必要我跟在身畔？」此外，一版又說王玉燕於天下各門各派的武學無所不知，無所不通，可是處世應變的見識半點也無。二版也將此話刪了。

第十八回還有一些修改：

一．阿朱對段譽說喬峰問起段公子，十分關懷。新三版較二版增寫，段譽向阿碧瞧了一眼，覺得沒有救她，頗有歉意，心道：「結拜了兄弟，或者結拜了兄妹的，該當有義氣才成！」

二．段譽答應易容為慕容復，二版段譽心想：「我扮作了她的表哥，說不定她對我的神態便不同些，便享得片刻溫柔，也是好的。」新三版段譽接著又想：「段譽啊段譽，你這無恥小人，想借著旁人身分，賺些溫柔豔福，豈不卑鄙？但王姑娘心中，確是盼我為他表哥效力，佳人有命，豈可不從？」

三．二版說玄苦大師每日夜半方來喬峰家中傳授武功，因此他對少林寺的僧人均不相識。然而，身為天下第一大幫幫主的喬峰，莫非與天下第一大派的少林派老死不往來？喬峰怎能完全不識少林僧？新三版將「均不相識」改為「多數不識」。

四．二版與玄慈方丈同至菩提院的，是達摩院首座與龍樹院首座。新三版將「龍樹院首座」改為「戒律院首座」。

五．二版玄慈的「劈空掌」，新三版改為「金剛劈空拳」。

六．為童年喬峰所殺的許家集大夫二版姓「鄧」，新三版配合所在地「許家集」，改為姓「許」。

七．喬峰想起爹爹媽媽待他十分客氣。二版喬峰接著想：「那寄養我的人是誰？多半便是汪幫主了。」新三版將「多半便是汪幫主了。」改為「多半便是汪幫主，或是那個帶頭大哥了。」

八．「假慕容復」段譽蒙上眼睛，南海鱷神仍擊不上他。一版解釋說，只要南海鱷神是對準他身子攻去，那便永遠碰他不著，但如他也蒙上雙眼，亂抓亂捉，段譽可就危險萬分了。這道理說來甚淺，但著實不易猜想得透。這段二版刪了，倘若南海鱷神與段譽都蒙上眼睛，恐怕兩人連交集都沒有，何來誰能傷誰？

九．西夏人中了「悲酥清風」後，一版慕容復於粉牆上所留之字為：「以彼之道，還施彼身，害人毒霧，原璧歸君。」二版將「害人毒霧」改為「迷人毒風」。

十．眾僧離去後，玄苦大師說道：「佳客遠來，何以徘徊不進？」一版喬峰吃了一驚，自忖：「我屏息凝氣，旁人縱然和我相距咫尺，也未必能察覺我潛身於此。師父耳聽如此，竟似有『天耳通』的神通。」二版將「竟似有『天耳通』的神通」改為「內功修為當真了得」。從《神鵰》、《倚天》到《天龍》，但凡一版有提到「天耳通」或「天眼通」之處，二版一律改去。

十一．青松捧給玄苦的藥，一版是「九轉金剛湯」，二版改為「九轉回春湯」。

十二．喬峰要由「證道院」脫身，遂以左手揮掌擊在守律僧的背心，一版說，這一掌全是陽剛之力，不傷他內臟，但將他一個肥大的身軀拍得穿堂破門而出。二版將「陽剛之力」改為「陰柔之力」。

十三．「假止清」阿朱藏入喬峰所在佛像之後，一版喬峰按住其背心「靈台穴」，二版改為按在他背心「神道穴」上。

十四．一版玄難以「金剛掌」擊喬峰，一掌打在銅鏡之上，只震得喬峰右臂隱隱酸麻。二版刪去「金剛掌」之名，但加寫鏡周屏風碎成數塊。

十五．一版喬峰受了少林高僧（未寫何人）的「劈空神拳」後，再以「亢龍有悔」與玄慈對了一掌。二版改為喬峰受了玄慈的「劈空神拳」後，再以「亢龍有悔」與玄寂對了一掌。

吳長老絕不與喬峰喝「絕交酒」

——第十九回〈雖千萬人吾往矣〉、第二十回〈悄立雁門　絕壁無餘字〉版本回較

這一回說的是喬峰勇闖聚賢莊的故事，且來看看三種版本的差異。

先比較一版與二版，一版鮑千靈、向望天（二版向望海）與祁六於客店中談起喬峰之事，祁六提到喬峰，道：「沒想到他居然出身少林，玄苦大師是他的師父。」一版鮑千靈接著道：「此事本來極為隱秘，本來連少林寺的方丈也不知道。後來喬峰自己這麼說，丐幫中人又傳話出來，大家才知道這前因後果。」

一版創作至此時，金庸顯然仍未將玄慈方丈設定為「帶頭大哥」，故而情節前後矛盾。二版則因已將玄慈設定為「帶頭大哥」，因此鮑千靈的話也改為：「此事本來極為隱秘，連少林派中也極少人知。但喬峰既殺了他師父，少林派可也瞞不住了。」

竊聽得鮑千靈等人所說，薛神醫廣邀群雄，要在聚賢莊商議對付喬峰之事後，喬峰次日即當面向鮑千靈等人放話，說他將至聚賢莊拜莊。

而到底是哪些英雄如此捧薛神醫之場，共同來商議「疑為契丹人的殺親弑師嫌犯喬峰」之事呢？

一版說因時間迫促，來到聚賢莊的，主要都是河南少林寺左近方圓數百里內的人物。少林寺本已發出帖子，邀請天下英雄，共商討對付慕容復的法子，但約定的會期尚有二十餘日，大部份英雄尚在途中。即如段譽之父大理國鎮南王段正淳所率領的英傑，便尚未到達少林寺。但終究已有不少的英雄好漢，性子急些，提早來到河南，或拜會朋友，或遊賞山水，這些人便收到了聚賢莊游氏二雄和「閻王敵」薛神醫邀請的帖子。

二版因無少林寺開英雄大會對付慕容復之事，自亦無江湖豪傑先到聚賢莊商議如何共殲喬峰，再至少林寺討論如何對付慕容復之事。

二版改為因時間迫促，來到聚賢莊的，大都是少林寺左近方圓數百里內的人物。但河南是中州之地，除了本地武人之外，北上南下的武林知名之士得到訊息，盡皆來會，人數著實不少。

至於前來「英雄大宴」的英雄究竟有哪幾位呢？除了向望海、鮑千靈與祁六外，一版陸續到場的，是「鐵面判官」單正和他的五個兒子，譚公譚婆夫婦、趙錢孫、金大鵬、黑白劍史安、及怒江王秦元尊等一干人。

一版大理故事中出場的金大鵬、黑白劍史安、及怒江王秦元尊，這會兒又到聚賢莊跑起了龍套。但金庸可能因筆下人物眾多，已經搞糊塗了，在一版前面的故事裡，秦元尊早已被王夫人殺害，怎又會死而復生，到聚賢莊與宴呢？

二版沒了金大鵬、黑白劍史安、及怒江王秦元尊，繼鮑千靈三人之後出現的，改為「鐵面判官」單正和他的五個兒子，譚公譚婆夫婦及趙錢孫等一干人。

緊接著，少林寺的玄難、玄寂兩大高僧前來，丐幫徐長老、傳功執法二長老、宋奚陳吳四大長老亦隨後到聚賢莊，吳長老還因向望海鐖刺喬峰金蟬脫殼而與之言語有所衝突。

一版說吳長老的兄長為契丹人所殺，生平恨契丹入骨，忽然間聽說自己最敬愛的喬幫主居然是契丹人，懊喪之情，自是難以形容。

二版刪了「吳長老的兄長為契丹人所殺，生平恨契丹入骨」這段。倘使吳長老敵視契丹並非基於愛國心，而只是因為兄長為某個契丹人所殺，即遷怒於契丹全族，這與滅絕師太因孤鴻子之死而遷怒整個明教有何不同？

群雄畢至後，喬峰旋即出現拜莊。來到聚賢莊後，喬峰請薛神醫治療阿朱，並說只要薛神醫願治阿朱，他絕不動薛神醫一根毫毛。

而後，喬峰與群雄喝絕交酒，並開始力戰群雄，一版說喬峰對玄寂辯白：「你們想殺我，光明正大的出手便了，何必加上許多不能自圓其說的罪名？」他口中侃侃道來，手上卻絲毫不停，拳打單叔山、腳踢趙錢孫、肘撞秦元尊、掌擊鮑千靈，說話之間，竟然連續打倒了四人。

二版因已無死而復活的秦元尊，改為喬峰拳打單叔山、腳踢趙錢孫、肘撞未見其貌的青衣大漢、掌擊不知姓名的白鬚老者，說話之間，連續打倒了四人。

這一番廝殺後，一版說趙錢孫倒在地下，斷了一條手臂。二版改為趙錢孫倒在地下，動彈不得。

此外，一版說喬峰顧不得對丐幫舊人留情，紅了眼睛，見人便殺。傳功長老和奚長老竟都死於他的刀下。二版傳功長老沒死，死於聚賢莊喬峰手下的丐幫長老，只有奚長老一人。二版死了矮胖子奚長老，但是傳功長老仍像死了一般，此下不再出現，或許金庸仍然當他已死。新三版死的與二版一樣是奚長老，但新三版的奚長老並不是那位矮胖子，而是白鬚的四大長老之首。

至於把喬峰害得身世淒涼的「帶頭大哥」究屬何人？一版喬峰被救出聚賢莊後，於雁門關與阿朱重逢時，告訴阿朱：「這個帶頭大哥既能率領中土豪傑，自是個武功既高、聲望又隆的人物。他信上稱汪幫主為『劍髯老弟』，年紀至少也在六十開外，說不定已有七十多歲。」

一版莫說喬峰不知「帶頭大哥」是誰，可能連作者金庸也不知「帶頭大哥」是誰。後來書中確定「帶頭大哥」就是玄慈，二版因此將喬峰告訴阿朱的話改為：「這個帶頭大哥既能率領中土豪傑，自是個武功既高、聲望又隆的人物。他信中語氣，跟汪幫主交情大非尋常，他稱汪幫主為兄，年紀比汪幫主小些，比我當然要大得多。」

這是一版到二版喬峰勇闖聚賢莊故事的修訂，二版到新三版也有所修訂，且試析之。

話說喬峰前來聚賢莊拜莊，並與群雄喝絕交酒。二版喬峰與白世鏡喝絕交酒，將阿朱託付與白世鏡時，白世鏡說的是：「喬兄放心，白世鏡定當求懇薛神醫賜予醫治。這位阮姑娘若有三長兩短，白世鏡自刎以謝喬兄便了。」

然而，白世鏡當真能為阿朱賭上性命嗎？新三版改為白世鏡道：「喬兄放心，白世鏡定當出盡全力，求懇薛神醫賜予醫治。白世鏡決不敢忘了喬兄多年眷顧之情。」

白世鏡喝完絕交酒後，丐幫宋長老、奚長老等也過來和喬峰對飲。二版說丐幫的舊人皆與喬峰飲酒絕交。新三版則改為吳長老大聲道：「喬幫主，待會你殺我好了，我到死不跟你絕交，便做了鬼也當你是好朋友！」竟不喝酒。矮胖子宋長老也道：「喬幫主，不論是死是活，你是我的朋友！」喬峰虎目含淚，說道：「好，大家死了也仍是朋友！」

新三版喬峰有了生死之交，但奇怪的是，吳宋兩位長老成為契丹胡狗的好朋友，卻沒成為武林公敵，依舊穩坐丐幫長老之位。

但由新三版刻意創造吳宋二長老力挺喬峰可知，金庸其實是在為漢人集體唾棄喬峰的局勢力挽狂瀾。從金庸書系看來，漢族與游牧民族對於其他民族的包容性確實有很大的差別，比如《書劍》女真族的雍正明知乾隆是由陳世倌手上對調的純種漢人，仍以帝位相授；《射鵰》女真族的完顏洪烈深愛漢女包惜弱，對包惜弱與前夫所生的兒子楊康也百般疼愛，除授予王子之位外，完顏洪烈還希冀楊康繼承大金江山。游牧民族的父親對於漢族養子不只疼愛，還能授予大位。漢族對於異族的孩子，則是趕盡殺絕，必欲除之而後快。

什麼民族泱泱大度？什麼民族又是小鼻子小眼睛？相信小說已經給了讀者答案。

【王二指閒話】

金庸書系中有三場「英雄大宴」，分別是《神鵰》大勝關英雄大宴、襄陽英雄大宴，以及《天龍》聚賢莊英雄大宴。

在這三場英雄大宴中，全國英雄千里迢迢、風塵僕僕自各地趕來，酒足飯飽之際，以「英雄」互稱。然而，這三場大宴，究竟所為何來？

《神鵰》「大勝關」（一版「紫荊關」）英雄大宴是由丐幫邀宴，陸家莊莊主陸冠英出資。這場英雄大宴在發出「英雄帖」，廣邀天下英雄時，並未提到席間將議決何事，但全國英雄接到「英雄帖」後，仍均應邀前往。大宴進行間，才有人發起要「歃血為盟，共抗外敵，結成一個『抗蒙保國盟』。」並推舉一位領導全武林的俠士。

令人不解的是，莫非當時的武林已經呈現向蒙古投誠的態勢？否則丐幫與陸冠英為何要花費龐大的金錢，準備一頓酒席，以確保南宋群俠仍心向大宋，並激發他們的「抗蒙保宋」之情？丐幫難道又真的會以為，請天下英雄吃喝一頓，就能讓全武林心懷感激，並因此奉丐幫「前幫主洪七公」或「黃幫主老公郭靖」為「武林盟主」，並聽其號令嗎？

《神鵰》另一場英雄大宴是襄陽英雄大宴，這次英雄大宴由郭靖黃蓉夫妻出資承辦，他倆辦理此宴，是為了廣聚天下英雄，成為抗蒙的一支勁旅。可怪的是，郭靖守襄陽十數年、練兵十數年，襄陽卻仍無可用之兵。說來郭靖論兵法有《武穆遺書》，論武藝有「降龍十八掌」，只要他能將兵法武藝都傳諸官兵，襄陽軍隊理當是一支勁旅，蒙古人只怕聞風披靡。但不知郭靖是不是平日只唱抗蒙高調，實則疏於教兵，又或是南宋將兵愚如蠢豬，朽木極不可雕。總而言之，當蒙古鐵騎即將兵臨城下之時，郭靖夫妻未將家財拿來犒賞擒殺蒙軍將領的勇士，鼓勵軍士們奮勇殺敵，反而是寄希望於江湖群俠，希望這批為了吃喝臨時趕來襄陽的英雄們，在酒足飯飽之際，自動自發的組成郭靖麾下的一支私兵，而且還比他郭靖親自訓練十多年的正規部隊更有戰力，一舉擊垮蒙古大軍。

《天龍》的英雄大宴則由薛神醫與聚賢莊游驥、游駒兄弟共同承辦，這場英雄大宴更是不可思議。薛神醫廣發英雄帖集結天下英雄，竟是因為丐幫前任幫主喬峰「有可能」是契丹人，而且，在沒有人證之下，喬峰「很有可能」是殺父母、弒恩師的惡魔，在一切都未確定時，全武林竟為了一位「有可能是契丹人的殺親弒師嫌疑犯」而群集討論對付辦法。這麼看來，北宋時代的江湖俠士們平日大概都是吃飽撐著，只要有人來信邀請吃喝，就前往酒足飯飽一頓，或者也可以說，北宋群俠都樂當「白食族」，以及被吹捧為「英雄」，自我陶醉一番。

從小說創作的觀點來看，金庸其實是「醉翁之意不在酒」、「金翁之意不在宴」，說來這三場莫名其妙的「英雄大宴」，邀宴的理由其實並不重要，真正重要的是大宴的結果。

何謂「大宴的結果」？《神鵰》大勝關英雄大宴的結果，是楊過與小龍女大敗金輪國師師徒，從此名揚天下。《神鵰》襄陽英雄大宴的結果，是郭靖廣邀來的天下英雄，共同見證楊過率領江湖俠士盡殲蒙古唐州與鄧州前鋒部隊。《天龍》聚賢莊英雄大宴的結果，是英雄們群集聚賢莊，卻被喬峰殺得七零八落，證實喬峰一人勝過整個武林。

由此可知，金庸創作這三場「英雄大宴」，其實是「金翁之意不在宴，而在塑造絕頂英雄」。所謂「英雄大宴」，飲宴有理由無理由並不重要，甚至編個荒唐的理由也無所謂，因為「英雄大宴」最重要的目的，就是要將天下英雄集合在一起，再由男主角將天下所有英雄比下去，讀者因此就能明白，全武林的俠士加起來仍比不上男主角一人，這也才是金庸創作「英雄大宴」的真正原因。

第十九回還有一些修改：

一．一版薛神醫診斷阿朱中了「大般若金剛掌」，二版改為「大金剛掌」，新三版再改為「大金剛拳」。

二．玄寂問阿朱出手傷她的是誰，二版阿朱心想：「這些和尚都怕我公子，我索性抬他出來，嚇嚇他們。」因而暗指慕容復是傷她之人。新三版改為阿朱想：「喬大爺為了救我，孤身一人與這裡千百位英雄好漢為敵，勢力太過孤單。我如抬出姑蘇慕容的名頭來，嚇他們一嚇，可以大增喬大爺的聲勢。反正少林寺對我家公子本就不大客氣，索性氣氣他們，便又如何？」新三版阿朱的心裡不再只有慕容復，芳心早已被喬峰佔領了。

三．二版阿朱說慕容復約莫二十八九歲，新三版減了一歲，改成約二十七八歲。

四．喬峰力戰游氏雙雄，二版喬峰將大酒罈向游驥擲了過去。游驥雙掌一封，待要運掌力拍開酒罈，不料喬峰跟著右掌擊出，一隻大酒罈登時化為千百塊碎片。新三版將「右掌」改為更有力的「劈空掌」。

五．譚公出掌攻喬峰，二版喬峰叫道：「好一個『長江三疊浪』！」新三版將「長江三疊浪」改為「一峰高一峰」。

六．一版參與聚賢莊之事的武林人「向望天」，可能與《笑傲》「向問天」名字雷同，二版因此改名為「向望海」。

七．喬峰前往拜見鮑千靈、向望海與祁六三人，一版喬峰對鮑千靈道：「當日洞庭湖中一別，忽忽數年，鮑兄風采如昔，可喜可賀。」二版將「洞庭湖中」改為「山東青州府」。

八．說起游氏雙雄，一版說游氏雙雄游驥、游駒二人名頭雖響，終究是退隱已久，近年來少與武林人士來往。若真如一版所說，那麼游氏雙雄怎會有這般興致為「疑似契丹人」的喬峰辦理英雄大宴呢？二版改為游氏雙雄游驥、游駒家財豪富，交遊廣闊，武功了得，名頭響亮，但在武林中既無什麼了不起的勢力，也算不上如何德高望重，原本請不到這許多英雄豪傑。

九．一版阿朱是以本來容貌至聚賢莊，薛神醫見她形貌雖是清秀，卻也不是特異的美麗。二版阿朱則是易容為顴骨高聳的醜女才至聚賢莊，薛神醫見她，感覺容貌頗醜。

十．玄寂認為玄慈不可能掌傷阿朱，一版喬峰順水推舟，說道：「是啊，玄慈方丈慈悲為懷，大德有道，決不能以重手傷害這樣一個幼女。薛神醫和少林派交情素篤，是少林派出手傷了的人，薛神醫諒來也不肯醫治。」二版刪掉了喬峰話中「薛神醫和少林派交情素篤，是少林派出手傷了的人，薛神醫諒來也不肯醫治。」這有可能導致薛神醫不治阿朱的三句話。

第二十回還有一些修改：

一．蕭遠山救喬峰，二版是用「長繩」，新三版改為「長索」。

二．喬峰要北上雁門關時，寫到北宋史事。二版說是時大宋撫有中土，分天下為一十五路。新三版更正為是時大宋撫有中土，於元豐年間之後，分天下為二十三路。

三．二版喬峰在雁門關大叫：「我不是漢人，我不是漢人！我是契丹胡虜，我是契丹胡虜！」新三版改為喬峰大叫「我不是漢人，我不是漢人！我是契丹人，我是契丹人！」二版應較新三版合理，就因此時喬峰仍將「契丹」一族視為「胡虜」，才會陷入「我竟是契丹胡虜」的痛苦中。

四．阿朱說起假扮薛神醫之事後，二版說喬峰想起在少林寺菩提院的銅鏡之中，又忽起這不安之感，而且比之當日在少林寺時更加強烈。新三版增寫為喬峰想起在少林寺菩提院的銅鏡之中，曾見到自己背影，當時心中一呆，隱隱約約覺得有什麼不安，這時聽她說了改裝脫險之事，又忽起這不安之感，而且比之當日在少林寺時更加強烈。

五．蕭遠山至聚賢莊救喬峰時，一版說，只見半空中躍下一人，此人乃是頭下腳上，勢道奇急，砰的一聲響，天靈蓋對天靈蓋，正好撞中了單正的腦袋，兩人同時腦漿迸裂。一版故事前後矛盾，因為後來火燒單家莊時，單正又在莊內被燒了一回。二版因此將「單正」改為「單小山」。

六．蕭遠山將喬峰安置於山洞中後，一版說蕭遠山給喬峰敷的金創藥極見靈效，過得幾個時辰後，血便止了。但血流數時辰，喬峰莫非得了血友病？二版改為蕭遠山給喬峰敷的金創藥極具靈效，此時已止住了血，幾個時辰後，疼痛漸減。

七．與阿朱重逢後，喬峰大讚薛神醫妙手回春。一版阿朱道：「幸虧是你的好朋友白世鏡長老，用尖刀抵在薛神醫的胸膛上，他迫不得已才給我治傷。」一版這說法頗有破綻，一來薛神醫怎能受人脅迫而治病？二來聚賢莊群雄畢至，白世鏡怎能當眾威脅於薛神醫？三來就算白世鏡脅迫薛神醫，群雄焉能不群起攻擊白世鏡？二版改為阿朱道：「幸得你的好朋友白世鏡長老，答允傳他七招『纏絲擒拿手』，薛神醫才給我治傷。更要緊的是，他們要查問那位黑衣先生的下落，倘若我就此死了，他們可就什麼也問不到了。」

八．契丹老漢將死，突然高聲叫號起來，聲音悲涼，有若狼嗥。一版喬峰見狀，想到那日在聚賢莊上，他身上接連中刀，自知將死，想大聲呼叫，只是覺得如此野獸般的狂叫，有失英雄身份，這才勉力忍住。二版喬峰不再這般囿於禮教了，改為喬峰想起那日聚賢莊上，他身上接連中刀中槍，又見單正挺刀刺來，自知將死，心中悲憤莫可抑制，忍不住縱聲便如野獸般的狂叫。

第二十一回〈千里茫茫若夢〉版本回較

玄慈假扮遲姓老人想被喬峰一掌打死

《天龍》的主要情節之一，是喬峰追查當年在雁門關殺害他父母的「帶頭大哥」。那麼，「帶頭大哥」到底是誰呢？二版直到第四十二回時，才由少林寺方丈玄慈自承是「帶頭大哥」。然而，玄慈是「帶頭大哥」一事，先前的情節完全沒有伏筆，因此，即使知道玄慈是帶頭大哥，相信許多讀者都會感覺，這只是為了結「帶頭大哥」一案，才會在故事快結束時，隨手將玄慈編派下來當兇手，相同的情節也可以編派給少林寺任何一位高僧，或任何一位武林人物。

為了改寫這個「玄慈是帶頭大哥，卻毫無伏筆，沒頭沒腦的冒出來」的故事瑕疵，金庸在新三版增寫了近七頁「帶頭大哥」玄慈假扮「遲姓老人」與喬峰過招之事，且來看看這段新三版的增寫。

話說喬峰與阿朱易容改妝後，隨樸者和尚上天台山訪智光大師。山徑上有座涼亭，喬朱二人遂於涼亭中飲茶休息。

阿朱飲茶時，來路上有五人快步上山。這五人年紀均是六十左右，雖年紀不輕，但健步如飛，顯然武功高強。五人均穿灰袍，頭戴灰色棉布帽。

五人走入涼亭，見到喬峰與阿朱，一名老者拱手說道：「在下姓杜，是淮北人氏，這四個都是在下的師弟。這個姓遲，這個姓金，這個姓褚，這個姓孫。」杜姓老者接著說：「喬大爺，我們一直想見你，從河南衛輝跟到山東泰安單家莊，又跟到浙江，幸好在這裡遇上。待會你便又去止觀寺，我們等不及了，只得魯莽上來相見。」

杜姓老者而後請喬峰勿傷智光禪寺性命，又說江湖傳言，譚公、譚婆、趙錢孫、丐幫徐長老、單正父子等諸人，都是因為不肯說出帶頭大哥的名字，以致為喬峰所殺。喬峰則澄清說，他絕沒殺過他們任何一人。

杜姓老者又道：「那位帶頭大哥說道，為了他一人，江湖上已有這許多好朋友因而送命，他自覺罪孽深重。聚賢莊一戰，損傷的人更多。那帶頭大哥說：當年雁門關外那件事，早就該償了自己的性命謝罪，喬大爺若去找他報仇，他決意挺胸受戮，決不逃避……」

喬峰問帶頭大哥是誰，杜姓老者搖頭不說，接著又說，他想跟喬峰對上一掌，以證明憑自己的武功層次，絕非一派胡言之人。而後杜姓老者向喬峰發了一掌，喬峰則以一招「亢龍有悔」與他對掌。兩人掌力甫交，立即回收，互相欽佩。

其餘三位老者逐一與喬峰對掌，由掌法來看，五人顯然都是少林派高手。遲姓老者最後與喬峰對掌，四掌相交之際，喬峰突覺對方掌力忽爾消失，不禁大吃一驚，驚惶中忙回收掌力，他明知此舉危險萬分，對方若乘機加強掌力擊來，自己將受重傷，但為怕傷及遲姓老者，喬峰仍冒險收掌。喬峰撤掌後，遲姓老者也急速撤掌，並對喬峰鞠躬致敬，說道：「多謝喬幫主大仁大義，助我悟成這『般若掌』的『一空到底』。」

而後，五名老者即走出涼亭，向來路而去。

這位遲姓老人就是「帶頭大哥」玄慈，在第四十二回中，玄慈說起這段舊事，告訴蕭遠山：「蕭老施主，雁門關外一役，老衲鑄成大錯。眾家兄弟為老衲包涵此事，又一一送命。老衲曾束手坦胸，自行就死，想讓令郎殺了我為母親報仇，但令郎心地仁善，不殺老衲，讓老衲活到今日。老衲今日再死，實在已經晚了。」

有了這段增寫，對於因「帶頭大哥」而起的連環命案，玄慈就不再是完全置之不理了。

「雁門關血案」另一令人不解之處，就是玄慈曾誤殺十九名契丹武士，心中毫無悔意，但錯害了蕭遠山一家，他卻終身帶著罪愆。難道對玄慈來說，武功高手命較值錢，一般武士在玄慈心中只是不起眼的螻蟻？

關於這個疑惑，新三版也有了修訂。

新三版增寫蕭峰問智光大師，宋遼邊界上連年攻戰，宋朝武人埋伏雁門關殺了他父母，這應該是極為尋常之事，為什麼智光大師與趙錢孫說起此事時，會如此痛悔？

智光對蕭峰說，他父親蕭遠山當年是遼國皇后屬珊大帳的親軍總教頭，武功算是遼國第一。親軍總教頭雖然職位不高，但當年契丹的皇帝、太后都喜愛武功，對蕭遠山很是賞識。每逢宋遼有甚爭議，蕭遠山總是向皇帝與太后進言，勸他們不要動武用兵，宋遼之間因此才能維持長久的和平。

蕭遠山力勸遼主與宋朝和好之事漸漸傳開，宋朝大臣和武林首腦均知蕭遠山對宋遼和平所做的貢獻，因此，帶頭大哥、智光大師與丐幫汪幫主發現他們害死的是蕭遠山，均感萬分抱愧，又怕沒有蕭遠山從中勸諫，遼宋戰事再起。

新三版這段增寫長達三頁，內容可說饒具巧思。這段增寫一來說明了玄慈等人為何殺害蕭遠山會充滿罪惡感，二來也為書末蕭峰以一己之命換來遼宋和平，做出「子承父志」的解釋。

這一回二版還有一處破綻，就是阿朱假扮白世鏡，從馬夫人口中騙取「帶頭大哥」的真實姓名，哪知馬夫人將計就計，反將阿朱一軍，告訴阿朱「帶頭大哥」就是段正淳，喬峰與阿朱也就信其所言。

這還真是怪了！書中明明說段正淳四十來歲，五十歲不到，他怎可能在三十餘年前當「帶頭大哥」，帶領汪幫主等人前往雁門關呢？難道少年段正淳可以號令名震江湖的汪劍通等人？蕭峰與阿朱又莫非腦殘，怎會相信馬夫人這種近乎笑話的謊言呢？

新三版增寫馬夫人說「帶頭大哥」就是段正淳後，阿朱沉吟了片刻，說道：「弟妹，聽說那段正淳現今不過中年，但雁門關外一役，總有三十年了吧，只怕年歲不到。」馬夫人問道：「白長老，你見過段正淳嗎？」阿朱道：「我沒見過。」馬夫人道：「我曾聽先夫說起過，鎮南王段正淳風流好色，年紀一大把，卻愛扮作少年人去勾引女子。他內功深湛，五六十歲的人，卻練得四十來歲模樣。其實呢，白長老，他比你還大上好幾歲呢！」

新三版馬夫人幾句謊言，就把阿朱唬弄過去了，阿朱或許好騙，但奇怪的是，老江湖的蕭峰竟也相信。莫非蕭峰當丐幫幫主，真的是每天喝酒猜拳，否則怎會連天南第一名家大理段氏的底細都渾然不知？

【王二指間話】

金庸書系中有三大懸案，即《射鵰》桃花島江南五怪命案、《倚天》荒島殷離血案，以及《天龍》雁門關蕭峰父母誤殺案。金庸為了這三樁懸案推理過程精彩，在佈置謎面時，盡量做到不露蛛絲馬跡，想讓讀者對謎底大吃一驚。

然而，三大懸案在二版故事中，均被讀者指出情節的安排有所破綻，新三版因此大加修改，讓三大懸案的推理過程更加周延。

《射鵰》「桃花島江南五怪命案」因為隨生隨解，破綻較少，二版主要的「bug」，一是朱聰見到歐陽鋒，立刻紙上示警，寫字傳閱，說「事情不妙，大家防備（「西」字起首三劃）」。金庸可能忽略了江南六怪中有個瞎眼的柯鎮惡，理當無法傳讀警訊。二是南希仁中了蛇毒，臨死前要告訴郭靖血案兇手，寫的竟是「殺……我……者……乃……十」，前面四個字筆畫既多，又無關痛癢，真正急著要說的兇手「楊康」，則是寫個「十」字，就斷了氣，這實在有違常理。

金庸原本是要誤導讀者與郭靖去認為，殺江南五怪的兇手就是東邪黃藥師，然而，這個謎面的「bug」實在太明顯，新三版因此改為韓小瑩死前在黃蓉母親的棺蓋上寫了個「十」字，南希仁死前寫的則是「西」字的起首三劃。經過新三版修訂後，推理過程就周延多了。

《倚天》「荒島殷離血案」則是要誤導讀者與張無忌都認為，殺害殷離的就是趙敏，因此二版張無忌在荒島醒來時，見到的是殷離奄奄一息、周芷若頭部受創、趙敏失蹤、倚天劍與屠龍刀消失。直到最後真相大白，張無忌才知道這一切都是周芷若自導自演。

然而，以趙敏的聰慧，周芷若怎可能瞞天過海，在眾人的飲食中下「十香軟筋散」而不為其所知呢？新三版於是增寫，張無忌一行人上了荒島後，趙敏因身體受傷，又海行疲累，到了荒島上即昏睡不醒。而後趙敏醒來，說要幫周芷若一起做飯，周芷若則要趙敏再睡一下，趙敏因此沒參與做飯，周芷若也就能順利下毒了。

經過新三版修訂後，故事的邏輯變得周延，然而，趙敏的嫌疑卻也大幅減少了，倘使趙敏真的這般體虛無力，她又怎可能瞞過張無忌與謝遜兩大高手，殺殷離、傷周芷若，再帶走極為沉重的倚天劍與屠龍刀呢？

《射鵰》與《倚天》兩段推理情節是要先誤導讀者認為兇手是黃藥師與趙敏，最後再讓讀者恍然大悟，發現自己「想錯了」，因此，即使故事鋪陳有「bug」，仍是大醇小疵。《天龍》「雁門關蕭峰父母誤殺案」則是在一版故事剛開始敘述這段情節時，連金庸自己都沒有構思出兇手是誰，因此一版玄慈知道喬峰是玄苦弟子，還大吃一驚，可見玄慈絕不可能是「帶頭大哥」。又因為沒有設想出兇手「帶頭大哥」的真實身份，因此，在知情者譚婆、趙錢孫、單正等連番慘死後，即使「帶頭大哥」號稱在江湖中名聲顯赫，仍始終龜縮不出，毫無為當年的錯誤承擔的意願，這顯然是很大的「bug」。

新三版為了解決這個破綻，增寫玄慈等五大少林僧假扮遲姓老者等五老人與喬峰一一對掌，玄慈假扮的遲姓老人還決意受喬峰一掌而死，然而，為了維持二版的故事，玄慈仍繼續隱瞞身份，不敢自承是「帶頭大哥」。

新三版這一增寫，看似做到了補埋伏筆，不再像二版，直到第四十二回才沒頭沒腦的揭破「帶頭大哥」就是玄慈，改寫之後的玄慈似乎也有願意出面解決舊事了。然而，經過新三版改寫之後，玄慈的人格更加不堪，想來這個昔年在關外見人就殺的殺人狂，有膽殺人，沒膽認錯，朋友捨命為他包庇，他卻連出面認錯的勇氣都沒有，只敢偷偷摸摸的偽裝成遲姓老人，還想被喬峰一掌誤打死了帳。想來玄慈在少林寺渡人無數，卻不知如何渡己，連認錯道歉負責的勇氣都沒有，還真是忝為一代高僧了。

第二十一回還有一些修改：

一・喬峰與阿朱至為衛輝，徐長老已為人所殺。二版說靈堂中人人痛罵喬峰，卻不知他便在身旁。新三版再加寫，有幾個武功較強的七袋弟子悄悄議論，說喬峰既已打斷了徐長老前胸肋骨，擊碎了五臟，何以又再斷他後背肋骨?。

二・二版譚公之死，是咬舌自盡。但咬舌出血，實難致死，新三版因此在譚公咬舌後，再加寫譚公「右手將譚婆的玉釵對準自己的咽喉插入」，這才氣絕而死。

三・譚公、譚婆、趙錢孫三人俱亡後。二版喬峰想：「我掩埋了三具屍體，反顯得做賊心虛。」當下出得船艙，回上岸去。新三版改為喬峰尋思：「我掩埋三具屍體，反顯得做賊心虛，然譚氏伉儷和趙錢孫的名聲卻不可敗壞。」於是在船底踩出一洞，出了船艙，回上岸去。而後，當喬峰出衛輝時，道上已聽人傳得沸沸揚揚，契丹惡魔喬峰如何忽下毒手，害死了譚公夫婦和趙錢孫。新三版較二版增寫，多半這三人忽然失蹤，眾人尋訪之下，找出了沉船。

四・樸者和尚來引蕭朱二人上天台山時，掌櫃道：「止觀寺的老神僧神通廣大，屈指一算，便知喬大爺要來。別說明後天的事瞧得清清楚楚，便是五百年之後的事情，他老人家也算得出個十之六七呢。」二版說喬峰知道智光大師名氣極響，一般愚民更是對他奉若神明。新三版則對智光大師預知蕭峰要來之事做了解釋，新三版加寫樸者和尚道：「倒不是我師父前知。我師父得到訊息，知道兩位要前來光降敝寺，命小僧前來迎接，已來過好幾次，曾去過幾家客店查詢。」至於報訊者是誰?顯然就是新三版增寫，玄慈等假扮的遲姓等五老人。

五·二版智光大師寫給蕭峰之字是：「萬物一般，眾生平等。聖賢畜生，一視同仁。漢人契丹，亦幻亦真。恩怨榮辱，俱在灰塵。」這段偈語最大的瑕疵是，智光竟將「漢人契丹」以「聖賢畜生」相比。新三版因此將智光的字改為「萬物一般，眾生平等。漢人契丹，一視同仁。恩怨榮辱，玄妙難明。當懷慈心，常念蒼生。」

六·阿朱勸蕭峰到雁門關外打獵放牧，蕭峰問阿朱：「我在塞外，你來瞧我不瞧?」二版阿朱低聲道：「我不是說『放牧』麼?你馳馬打獵，我便放牛放羊。」新三版阿朱再加說：「兩個人天天在一起，一睜眼便互相見到了。」新三版阿朱跟周芷若一樣，情話綿綿，毫不掩飾。

七·阿朱考慮要扮何人以騙得馬夫人，二版阿朱道：「全冠清身材太高，要扮他半天是扮得像的，但如在馬夫人家中躭得時候久了，慢慢套問她的口風，只怕露出馬腳。」新三版將「全冠清身材太高」改為「全冠清口音古怪」。單是身材太高應該難不倒阿朱，畢竟她也扮過喬峰。

八・阿朱以白世鏡的執法長老身份說要為馬夫人做主，二版喬峰聞之，暗讚：「丐幫幫主被逐，副幫主逝世，徐長老被人害死，傳功長老給我打死，賸下來便以白長老地位最為尊崇了。她以代幫主的口吻說話，身份確甚相配。」新三版刪掉了「傳功長老給我打死」一句，新三版的傳功長老不只沒死，而且有了名字「呂章」。在新三版中，傳功長老呂章極有地位，將左右丐幫走向。

九・阿朱說趙錢孫知殺馬大元的真兇，二版阿朱並告訴馬夫人「那趙錢孫道：『去年八月間……』」新三版將日期說得更準確，「去年八月間」改為「去年八月十五」。

十・馬夫人試探「假白世鏡」阿朱，二版問的是：「你愛吃鹹的月餅，還是甜的？」然而，「月餅」是元末明初才出現的應時點心，北宋照理尚無，新三版因此將「月餅」改為「中秋餅子」。

十一・馬夫人伸指戳破窗紙，意指「帶頭大哥」之武功。二版阿朱道：「嗯，這門點穴功夫麼？少林派的金剛指，河北滄州鄭家的奪魄指，那都是很厲害的了。」二版阿朱完全猜對了，「帶頭大哥」就是少林高僧。為了不讓阿朱猜對，新三版將「少林派的金剛指」改為「崆峒派的金剛指」。

十二．喬峰與阿朱至單家莊，見單家已燒為白地。阿朱安慰喬峰道：「單正武藝高強，屋子燒了，決不會連人也燒在內。」一版喬峰歎道：「早知如此，那日在聚賢莊中不該殺了單伯山和單仲山。」喬峰的話二版刪了，聚賢莊喬峰大開殺戒乃藉酒後狂力，怎能明辨何人該殺？喬峰又怎能預知單家之禍？

十三．引領喬峰與阿朱上天台山的，一版叫「苦茶和尚」，二版改為「樸者和尚」。

十四．智光大師將蕭遠山石壁留書之拓本取予喬峰，喬峰所見契丹文字，一版說是彎彎曲曲，形如蝌蚪。金庸在一版連載時可能誤把契丹文字想成蒙古字或滿文了。二版更正為契丹文字筆劃奇物，模樣與漢字也甚相似。

十五．「假白世鏡」阿朱說趙錢孫知道殺馬大元的真兇是誰，馬夫人顫聲道：「他怎會知道？他怎會知道！你胡說八道，不是活見鬼麼？」而後，一版說，只聽得兩人似乎糾纏了一下，跟著嗤的一聲，扯破了衣衫，蕭峰吃了一驚，只怕阿朱的衣衫被撕，露出了馬腳，伸頭往窗裡一探，只見馬夫人一手掩在胸前，原來是她的衣衫扯破了。蕭峰暗叫：「阿朱這小妮子真是荒唐！怎麼好端端的，會將人家寡婦的衣衫也撕破了？」這段二版全刪。一版這段或許是阿朱想以馬夫人的貞節相脅，因而扯破其衣衫，企圖迫她說出帶頭大哥是誰。

十六・一版阿朱問馬夫人「帶頭大哥」姓名，馬夫人直指是段正淳。二版增寫一大段，說馬夫人要說出「帶頭大哥」時，蕭峰幾連自己心跳之聲也聽見了，卻始終沒聽到馬夫人說那『帶頭大哥』的姓名，過了良久，卻聽得她輕輕歎了口氣，說道：「天上月亮這樣圓，又這樣白。」蕭峰明知天上烏黑密佈，並無月亮，還是抬頭一，尋思：「今日是初二，就算有月亮，也決不會圓，她說這話是什麼意思？」只聽阿朱道：「到得十五，月亮自然又圓又亮，唉，只可惜馬兄弟卻再也見不到了。」馬夫人道：「你愛吃鹹的月餅，還是甜的？」蕭峰更是奇怪，心道：「馬夫人死了丈夫，神智有些不清楚子。」阿朱道：「我們做叫化子的，吃月餅還能有什麼挑剔？找不到真兇，不給馬兄弟報此大仇，別說月餅，就是山珍海味，入口也是沒半分滋味。」

阿朱要蕭峰說喜歡她很多很多

——第二十二回〈雙眸粲粲如星〉版本回較

二版《天龍》蕭峰與阿朱的戀情，方才開始，旋即結束，讀者難免感覺迴腸盪氣、意猶未盡。新三版因此對「朱峰戀」大為加料，且來看這回增寫的新情節。

話說阿朱假扮白世鏡，自馬夫人口中套出「帶頭大哥」就是段正淳後，兩人並肩走在信陽古道。阿朱對蕭峰說，他若孤身前去找段正淳，實在萬分凶險。新三版增寫阿朱接著說：「大哥，段正淳同伴眾多，一句話能調動千軍萬馬，你可不可以聽智光禪師的勸，不去找他報仇？你說捨不得讓我孤另另的在世上沒人照顧，那時你還不及想，現下來得及了……」說到這裡，已臉紅到了耳根。

蕭峰左手伸過，一把將她摟在懷裡，說道：「你放心，我今後出手，再不會掌上無力，讓對手來將我打得肋骨齊斷，心肺碎裂。嘿嘿，聚賢莊我都去了，還怕那帶頭大哥聲勢浩大麼？」

阿朱眉毛一軒，輕聲道：「大哥，聚賢莊是不同的。」蕭峰問：「怎麼不同？」阿朱道：「你忘了麼？去聚賢莊，是送阿朱去治傷啊，就算龍潭虎穴，那也去了。大哥，那時你心裡有沒有已經有點兒喜歡阿朱呢？」蕭峰呵呵大笑，道：「已經有點兒了吧？」阿朱側頭道：「我要你說不是有點了，是已經很多很多！」蕭峰微笑道：「好，已經很多很多！」阿朱道：「他們不知，我大哥第一愛喝酒，第二愛打架。」蕭峰搖頭道：「錯了，你大哥第一愛阿朱，第二才愛喝酒，第三愛打架！」阿朱笑道：「好，多謝你啦。」

增寫的這段情節加深了蕭峰與阿朱之間的纏綿柔情。

除了這段增寫外，新三版而後又增寫了近八頁的內容，描述阿朱與蕭峰的戀情，並簡述李秋水背夫他戀丁春秋，以及慕容博廣知各門各派武學之事。

這段故事是說，蕭峰與阿朱在信陽酒店喝酒時，巧遇包不同、雲州秦家寨寨主姚伯當、以及青城派諸保昆。包不同將蕭峰、阿朱二人帶離客店，至城牆邊樹下說話。

包不同而後支開姚伯當與諸保昆，向蕭峰談起丁春秋，他說丁春秋與姑蘇慕容家有點兒瓜葛。聽說丁春秋年輕時是個師門叛徒，拐帶了師父（無崖子）的情人（李秋水），兩人遠遠逃到蘇州，隱居起來。兩人逃出來時，不但帶了女兒，還偷了大批武功秘笈，天下各家各派的功夫都記載在內。他們在蘇州建了一座藏書庫，叫做「瑯嬛玉洞」。這個女兒長大之後，嫁了個姓王的少年，自己也生了個女兒，就是王語嫣。王語嫣就是因為看了丁春秋盜來的武功秘笈，才會廣知五虎斷門刀、青字九打、城字十八破……等武功。

王夫人的丈夫，也就是姓王的少年，有個姊姊嫁給了慕容博。慕容博為了鑽研武功，以前也常去「瑯嬛玉洞」借書看。後來慕容博去世，王夫人和慕容夫人不合，兩家就極少來往了。

包不同接著說道，近日青城派掌門司馬林被丁春秋的徒弟俘虜了去，秦家寨也被丁春秋的徒弟硬奪去了二萬兩銀子，丁春秋門人約青城派和秦家寨次日到桐柏山下作了斷，又因為青城派和秦家寨已經歸附姑蘇慕容，包不同因此必須前往桐柏山解決此事。

包不同說完後，蕭峰與阿朱決意隨包不同前往桐柏山下迎戰星宿派門人。

第二日一早，蕭峰與阿朱來到桐柏東北的山下，包不同與姚伯當、諸保昆以及秦家寨、青城派眾人隨後來到，而後，星宿派門人駕著十幾輛大車前來。車停之後，跳下十個人來，又從車中牽下一個反縛雙手，垂頭喪氣的人，此人正是青城派掌門司馬林。

青城派諸保昆首先殺出要救司馬林，星宿派亦走出一人，即星宿派五師哥，此人身材魁梧，滿頭黃髮，他踏步上前，左手輕輕揮出，拍在諸保昆右頰上。諸保昆面頰立時變成墨黑，高高腫起。

接著，星宿派弟子大又走出一人，即二師哥摩雲子（二版原名「獅吼子」，新三版改名為

「摩雲子」），此人身材瘦削，獅鼻闊口，他下令點火燒了司馬林，星宿派門人於是燒起火堆，將司馬林往火堆中推去。包不同見狀，要衝上去救司馬林，不料摩雲子左掌推出，一股勁風吹起火頭，燒向包不同，包不同瞬間衣衫著火，連頭髮也燒著了，阿朱要為包不同撲打身上的火頭，火頭竟也燒上了阿朱頭髮。

蕭峰見狀，揮出一掌，火堆中飛出一個火頭，向摩雲子背心燒去。蕭峰再出一掌劈空掌，正中摩雲子胸口，摩雲子吐出一大口鮮血，委頓在地。

那五師兄搶在摩雲子身前相護，雙掌舉起，蕭峰不等他發出掌力，呼的一掌猛力拍出，五師兄雙臂臂骨折斷，身子向後翻出，口中噴血，坐在地下，站不起來。星宿派門人見狀紛紛奔逃，霎時只剩摩雲子和五師兄坐在地下，沒法逃走。

星宿派門人慘敗在蕭峰手下，於是放了司馬林，並將從秦家寨搶得的銀兩歸還給蕭峰。而後，星宿派門人扶起摩雲子與五師哥，爬上大車離去。

秦家寨和青城派眾人紛紛向蕭峰道謝。蕭峰心想總算幫了慕容公子一個忙，以後帶了阿朱北上，不再回來，也就心安理得。

而後，包不同問阿朱說：「我這個妹夫便是丐幫喬峰嗎？」阿朱點了點頭，道：「三哥，慕容家待我和阿碧很好，從小把我們養大，就當自己女兒一樣，待你們也好，就像是自己兄弟。我本該好好報答。但我這一生一世，已跟定了蕭大哥，他死也罷，活也罷，我心裡總之再沒第二個男人了。」

包不同微微一笑：「喬幫主武功高強，跟得過！你以後連公子爺也不想，連我也不想？」阿朱伸掌在自己頭頸裡做個砍下頭來的姿式，斬釘截鐵的道：「不想！」包不同右手大姆指在她鼻尖前一挺，表示：「好極！」

阿朱道：「三哥，還請你對阿碧妹子說一聲，要她好好保重，也找個真正對她好的男人。」包不同哈哈一笑，手一揮，轉身揚長而去。

新三版為「朱峰戀」加料後，阿朱就跟周芷若一樣，從二版的含蓄保守，變得滿口情話。她又要蕭峰說喜歡她很多很多，又跟包不同說她一生一世跟定了蕭峰，談吐隨意，毫不拘束。

在金庸的創作技法中，「言語謹守禮法」向來是漢家女孩的特色，一、二版出身大宋的阿朱，言語也很保守，新三版則將阿朱改得前衛開放。或許阿朱是鮮卑族慕容家的婢女，長居燕子塢中，渾然不知宋人對女子的禮教約束，因此說話才如此自在隨意！

【王二指間話】

金庸將一版小說修訂為二版時，為求情節精緻、緊湊而好看，屢將一版的人物與武功刪除或修改。然而，小說情節環環相扣，只要有一個環節更動，相關情節必然也須連鎖修正，否則難免會留下破綻。

比如一版《射鵰》楊過的生母是遭楊康逼姦成孕的秦南琴，修訂成二版時，金庸或許考慮秦南琴在《射鵰》中的故事，就只有暗戀郭靖，以及被楊康逼姦成孕兩段主要情節。為求人物簡化，二版刪除了秦南琴，改為穆念慈在楊康的花言巧語下，以身相委，而後生下楊過。

二版《射鵰》將秦南琴與穆念慈兩人的故事合而為一，卻留下了破綻。破綻之處就在於，一版郭靖與黃蓉於武寧見到流落江湖的秦南琴與楊過母子，郭靖贈秦南琴百兩黃金，黃蓉贈一串明珠及血鳥，兩人就離開了。這樣的情節在一版是合理的，因為秦南琴暗戀郭靖，黃蓉當然不能將秦南琴母子接回照顧。但二版將秦南琴改為穆念慈，郭靖與黃蓉見她母子流落江湖，依然只贈了穆念慈一些銀兩，便遠離而去，實在不太合理。

《射鵰》另一處改版留下來的破綻，是王重陽以「一陽指」制服歐陽鋒。在一版《射鵰》

中，王重陽的獨門絕技是「一陽指」，「一陽指」也是制服歐陽鋒「蛤蟆功」的不二法門，為了讓段皇爺也習得「一陽指」，王重陽遠赴大理，以「一陽指」與段皇爺的獨門武功「先天功」做交換。而後王重陽假傳死訊，騙得歐陽鋒來盜《九陰真經》，即是以「一陽指」制住歐陽鋒。

金庸後來在創作《天龍》時，將段譽的獨門武功設定為「六脈神劍」，「六脈神劍」是指功，為了配合「六脈神劍」，也將大理段氏的獨門武功改為同為指功的「一陽指」。

《天龍》做了修改後，《射鵰》也需連鎖更動，二版《射鵰》於是將王重陽的獨門絕技改為「先天功」，段皇爺的獨門武功改為「一陽指」，又因只有「先天功」才能克制「蛤蟆功」，王重陽因此遠赴大理，以「先天功」交換段皇爺的「一陽指」，讓段皇爺學會「先天功」。但改寫之後，二版出現了破綻，那就是王重陽臨死前制服歐陽鋒的，竟還是一版的「一陽指」。

二版《天龍》也有改版留下的破綻，破綻之一是，一版無量山石洞所藏武功秘笈都是出自慕容家前人，又因慕容家前人盡集各門各派武功秘笈，慕容博及其姊妹王夫人，以及他們的子女慕容復與王玉燕，都能博學武笈。二版改為無量山「瑯嬛福地」所藏武書，均是逍遙派無崖子及李秋水所有，這麼一來，李秋水的女兒王夫人坐擁武籍，王夫人的女兒王語嫣因此博學武籍，當屬合理，但慕容博、慕容復父子也博知各門各派武學，就不知為何了。

新三版改版的重點之一，就是修補二版留下的「改版bug」，因此新三版《射鵰》增寫穆念慈見到郭靖黃蓉甜蜜，內心感覺自憐悲苦，故而婉拒了郭黃二人同行的邀約。可知不是郭黃二人不願照顧穆念慈母子，而是穆念慈拒絕了郭黃二人。新三版《射鵰》也將王重陽臨死前制服歐陽鋒的武功，改成「附有先天功的『一陽指』」。新三版《天龍》還增寫包不同說：「慕容老爺為了鑽研武功，以前也常去『瑯嬛玉洞』借書看。」

部份讀者看新三版，常有稱金庸「補丁」之說，若由上述新三版增寫，以彌補二版漏洞而言，稱「補釘」亦可，然而，補丁若能補得漂亮，補得毫無罅漏，不也就證明了金庸的文學功力！

第二十二回還有一些修改：

一．蕭峰想起段譽後，二版說大理國段氏乃是大理國姓，段譽從來不提自己是大理國王子，蕭峰和阿朱決計想不到他是帝皇之裔。新三版在「蕭峰和阿朱決計想不到他是帝皇之裔」之下，再加一句「是段正淳之子」。

二．發現盜得的《易筋經》是梵文寫就後，蕭峰原要交還阿朱，二版阿朱道：「放在你身邊，不是一樣？難道咱們還分什麼彼此？」新三版改為阿朱道：「放在你身邊妥當些，不會給人搶了去。」

三．阮星竹救得阿紫後，喚段正淳去看阿紫，二版段正淳快步搶進屋內，阿朱身子一閃，也搶了進去，比阮星竹還早了一步。蕭峰跟在阮星竹身後，直進內堂，但見是間女子臥房，陳設精雅。若照二版的寫法，蕭峰隨意進陌生女子閨房，豈非粗魯無禮之極？新三版改為蕭峰與阿朱隨段正淳進了方竹林，阿紫躺在竹屋前面的平地上，阮星竹正在手忙腳亂的施救。

四．段正淳來到小鏡湖，二版說是因段正淳奉皇兄之命，前赴陸涼州身戒寺，查察少林寺玄悲大師遭人害死的情形，發覺疑點甚多，未必定是姑蘇慕容氏下的毒手，等了半月有餘，少林寺並無高僧到來，便帶同三公范驊、華赫艮、巴天石、以及四大護衛來到中原訪查真相。新三版改為段正淳奉皇兄之命，前赴陸涼州身戒寺，查察少林寺玄悲大師遭人害死的情形，不久即得悉愛子為番僧鳩摩智擒去，不知下落，心中甚是焦急，派人稟明皇兄，便帶同三公范驊、華赫艮、巴天石、以及四大護衛來到中原，盼救出段譽，再訪查玄悲大師被害的真相。來到蘇州時，逗留甚久，其後得大理傳訊，知段譽已回大理，這才放心，於是逕往中州一帶，續查玄悲大師一事。新三版如此寫法較圓滿，也交代了段譽的去處。

五．褚萬里死於段延慶棒下，二版段正淳右膝跪下，垂淚道：「褚兄弟，是我養女不教，得罪了兄弟，正淳慚愧無地。」新三版將「右膝跪下」改為「雙膝跪倒」。

六．段正淳所使的「段家劍」劍招，二版的「金馬騰空」，新三版改為「天馬騰空」，二版的「碧雞報曉」，新三版改為「晨雞報曉」。

七．段正淳與段延慶以「段家劍」相鬥，段延慶喉間咕咕作響，猛地裡右棒在地下一點，身子騰空而起。但段延慶不就是因喉頭受傷，方以腹語術說話的嗎？新三版將段延慶「喉間咕咕作響」改為「肚腹間咕咕作響」。

八．段延慶不敢以腹語與蕭峰對談，一版段延慶在青石板上寫著：「閣下和我有何仇怨？既殺吾徒，又來壞我大事。」十八個字。二版改為「閣下和我何仇，既殺吾徒，又來壞我大事。」十六個字。新三版再改為「閣下和我何仇」六個字。

九．阿朱提起慕容博舊事，一版阿朱說慕容老爺說過：「少林派的七十二項絕技，那也平平無奇，我不但會使，也都會破，都算不上什麼了不起。」二版慕容博不再這般託大了，改為慕容博道：「少林派七十二項絕技，自然各有精妙之處，但克敵制勝，只須一門絕技便已足夠，用不著七十二項。」

十・蕭峰聞慕容博死於壯年之事，道：「可惜薛神醫不在左近，否則好歹也要請了他來，救活慕容先生一命。」一版接著說，蕭峰和慕容氏父子雖然素不相識，但聽旁人說起他父子的言行性情，不禁生出欽慕之心，當日他所以出手相救阿朱，主要也是如此。一版在慕容復登場前，多次強調「北喬峰」神交「南慕容」之事，但因書中後來將慕容復設定成反面人物，二版將這些「神交」之事盡刪。二版將一版說的「當日他所以出手相救阿朱，主要也是如此。」改為「再加上阿朱的淵源，更多了一層親厚之意。」

十一・冒死盜得的《易筋經》是梵文，蕭峰勸阿朱道：「得失之際，那也不用太過介意。」一版阿朱突然跳了起來，說道：「有了！有了！我猜想有一個人能識得梵文，這是個番僧，他自己本事也是極大。」阿朱所說之人就是鳩摩智。二版將阿朱想起鳩摩智之事全刪了，倘真把梵文《易筋經》交給鳩摩智翻譯，不怕鳩摩智像郭靖一樣，譯出一部《易筋假經》嗎？那蕭峰豈不跟歐陽鋒一起成了「雙瘋」？

十二・一版的古篤誠用的兵器是「一柄」大斧，二版改為「一對」大斧。

十三・一版董思歸的兵器是「鋤頭」，二版改為「熟銅棍」。

十四・蕭峰問傅思歸大惡人用甚麼兵刃傷他，一版董思歸道：「是根竹棒。」一版說蕭峰又是一凜：「竹棒？難道是我慣使的打狗棒麼？」二版改為傅思歸答蕭峰道：「是根鐵棒。」

十五・阿紫出現於小鏡湖時，一版蕭峰見她只十五六歲年紀，比阿朱尚小著一兩歲，一雙大眼烏溜溜地，蕭峰一眼瞧去，竟和阿朱有三分神似。二版不再這麼急於告訴讀者她倆是親姊妹了，改為蕭峰見她只十五六歲年紀，比阿朱尚小著兩歲，一雙大眼烏溜溜地，滿臉精乖之氣。

十六・一版說阿朱見阿紫活潑天真，每隻手腕腳踝上各戴金鐲銀鐲一隻，一共是八隻鐲子，一動身子，八隻鐲子互相撞擊，便發出叮叮噹噹的聲音，又是詭異，又是好玩。金庸在一版此處應還沒思及阿紫偷「碧玉王鼎」之事，否則走起路來這般叮叮噹噹，星宿派怎能抓她不到？這段二版全刪。

十七・識破阿紫師承後，一版蕭峰對阿紫道：「你怎麼不用無形粉、腐骨散、極樂刺、穿心釘？」二版將「腐骨散」改為「逍遙散」，以更符合丁春秋的逍遙派出身。

十八・一版稱丁春秋為「星宿海老魔」，二版改為「星宿老怪」。

十九・一版說段正淳的元配夫人舒白鳳，文武雙全，出身大理當地的貴族世家，偏偏是妒念極盛，不許段正淳去娶二房。二版改為段正淳的元配夫人刀白鳳，是雲南擺夷大酋長的女兒，段家與之結親，原有攏絡擺夷、以固皇位之意。其時雲南漢人為數不多，倘若不得擺夷人擁戴，段氏這皇位就說什麼也坐不穩。擺夷人自來一夫一妻，刀白風更自幼尊貴，便也不許段正淳娶二房。二版將段正淳不能娶二房的理由，說明得更詳實。

二十・褚萬里與段延慶戰到最後，褚萬里將銅棍棒向敵人力擲而出，去勢力甚勁。段延慶鐵杖點出，正好點在銅錢棍腰間，只輕輕一挑，銅棍便向腦後飛出。一版說，這是「四兩撥千斤」的神技。旁觀眾人，心底不自禁都喝一聲采。這段二版刪了，眼見褚萬里已將命喪當場，眾人怎能再為敵人的神技喝采？

二一・蕭峰納悶段正淳與段延慶為何均不使「六脈神劍」。一版解釋說，殊不知大理段氏諸高手中，段正淳只是個二流腳色。他兒子段譽會使「六脈神劍」，他自己可連一脈神劍也不會，別說六脈了。二版將這段大貶段正淳的說法刪了。

二二・段延慶棒插段正淳左肩，接著右手鐵棒直擊段正淳腦門，大理三公護主攻出。一版說段延慶早料到大理群臣定會一擁而上，左手竹杖看似呆滯不動，其實早已運足內勁，護住了周身各處要害。當范、華、巴三人的兵刃攻上之時，段延慶毫不退避，左手竹杖一橫，封住了三股兵刃的來路，右手竹杖仍是直取段正淳的腦門。金庸在一版忘了段延慶是下肢殘障之人，導致寫得段延慶太過神異，雙手各自攻敵，竟成了飄浮在空中。二版大理三公前攻時，改為段延慶早已料到此著，左手鐵棒下落，撐地支身，右手鐵棒上貫足了內勁，橫將過來，一震之下，將三股兵刃盡數蕩開，跟著又直取段正淳的腦門。二版段延慶只能一手迎敵，另一手仍須拄杖，這才是肢障者的使招方式。

二三・蕭峰將南海鱷神丟入小鏡湖，一版阿紫向南海鱷神說這是「捉龜功」，二版改為「擲龜功」。

阿朱性命垂危，蕭峰狂吻阿朱

——第二十三回〈塞上牛羊空許約〉版本回較

一版阿朱在小說前段與後段，竟有著不同的名字與出身，且來看看一版的說法。

在第十八回喬峰見到阿朱身上的金鎖片時，曾問阿朱：「詩兒滿十歲，越來越頑皮。這是誰給你的？」阿朱道：「是我爹給的。」。而後喬峰為救阿朱，將她帶到聚賢莊，求診於薛神醫，那時喬峰問起阿朱的名字，一版阿朱說的是：「我姓阮，單名一個『詩』。只因我性喜穿紅色衣衫，所以公子叫我阿朱。」再後來，一版阿朱又對喬峰自道身世：「我服侍慕容公子，並不是賣身給他的。只因我家中有難，有個極厲害的對頭來找我爹爹尋仇。我爹爹自忖對付不了，便將我寄託給慕容公子的父親，說是做他丫鬟，實則是去姑蘇燕子塢避難。」

可知一版阿朱原本設定的身份是：姓名叫「阮詩」，因喜穿紅色衣衫，在慕容家被喚為「阿朱」。阿朱至少十歲以上才離家，因此有「詩兒滿十歲，越來越頑皮」的金鎖片。離家的原因則是因為有個極厲害的對頭來找她爹爹尋仇，這才避難至慕容家當丫鬟。

一版至二版的變革由蕭峰自段延慶手下救得段正淳說起。救得段正淳後，一版蕭峰質問段正淳：「段先生，我問你一句話，請你從實回答。當年你曾在雁門關外，做過一件於心有愧的大錯事，是也不是？」段正淳滿臉通紅，隨即臉上一片慘白，低頭道：「不錯，段某生平為此事耿耿於心。大錯鑄成，難以挽回。」

一版還讚蕭峰「是個極為精細的人，行事絕不莽撞，當下又舉引雁門關外之事，問他一遍，要他親口答覆，再定了斷。」

一版的故事刻意製造巧合，導致人工斧鑿的痕跡太明顯。說來怎麼可能這麼湊巧，段正淳做過的虧心事，剛好就在雁門關外？

二版改為蕭峰問段正淳道：「段王爺，我問你一句話，請你從實回答。當年你做過一件於心有愧的大錯事，是也不是？雖然此事未必出於你本心，可是你卻害得一個孩子一生孤苦，連自己爹娘是誰也不知道，是也不是？」段正淳回蕭峰：「不錯，段某生平為此事耿耿於心，每當念及，甚是不安。只是大錯已經鑄成，再也難以挽回。天可憐見，今日讓我重得見到一個當沒了爹娘的孩子，只是……只是……唉，我總是對不起人。」

二版蕭段兩人的對話，蕭峰說的自己，段正淳則以為他說的是阿紫，兩人雞同鴨講，卻又句句相扣，誤會得極其合理。

而後，蕭峰約了段正淳當晚三更於青石橋上相會，阿朱則假扮段正淳來會蕭峰。蕭峰一掌將阿朱打成重傷。

阿朱在重傷將死之時，向蕭峰道出她的身世，說她見到阿紫肩上，刺了一個與她一樣的「段」字，又聽阮星竹三人的對話，方知自己是段正淳與阮星竹的女兒。一版阿朱還提到：「阿紫還有一個金鎖片，跟我那個金鎖片，也是一樣的，上面也鑄著十個字：『阿詩滿十歲，越來越頑皮。』阿詩，阿詩，我從前以為是我自己的名字，卻原來是我媽媽的名字，我媽媽便是竹林小屋中的那個阮……阮星竹。這個鎖片，是我外公在我媽媽小時候給她鑄的，她生了我姊妹倆，給我們一個人一個，帶在頸裡。」

一版這一段與第十八回的說法完全扞格，第十八回明明說金鎖片是爹爹給的，這一回又變成媽媽給的。此外，「阮詩」這名字，在第十八回是阿朱的真名，這一回又變成了阮星竹的名字。更奇怪的是，阮星竹不就叫「阮星竹」嗎？這又不是外號，怎麼會說「阮星竹」名叫「阮詩」？況且阮星竹從未說過自己還有另一個名字叫「阮詩」，阿朱是如何得知的？

二版將阿朱的話改為：「阿紫還有一個金鎖片，跟我那個金鎖片，也是一樣的，上面也鑄著十二個字。她的字是：『湖邊竹，盈盈綠，報來安，多喜樂。』我鎖片上的字是『天上星，亮晶晶，永燦爛，長安寧。』我……我從前不知道是什麼意思，只道是好口采，卻原來嵌著我媽媽的名字。我媽媽便是那女子阮……阮星竹。這對鎖，是我爹爹送給我媽媽的，她生了我姊妹倆，給我們一個人一個，帶在頸裡。」

阿朱接著又說起，段正淳棄她母女三人而去，阮星竹遂將她送了給人家，但盼日後能夠相認，因而在她姊妹肩頭都刺了個『段』字。一版阿朱又道：「收養我的人只知道我媽媽姓阮，又因為我帶的金鎖片上有個『詩』字，就叫我作『阮詩』。其實，其實，我是姓段……」二版《天龍》刪去了不知是阿朱還是阮星竹名字的「阮詩」，改為阿朱道：「收養我的人只知道我媽媽姓阮，其實，其實，我是姓段……」

阿朱最後終於掌傷無治，溘逝長逝。蕭峰原欲自殺殉阿朱，卻意外在阮星竹房中見到段正淳所書條幅，由字體判斷，段正淳絕非「帶頭大哥」，因而決定活下來續查「雁門關血案」真兇。一版段正淳所寫的宋詞是「沁園春」，詞為：「漆點填睚，鳳梢侵鬢，天然俊生。記隔花瞥見，疏星炯炯，倚欄凝注，止水盈盈。端正窺簾，夢騰並枕，睥睨檀郎長是青。端相久，待嫣然一笑，密意將成。困酣長被鶯驚。強臨鏡，婆娑猶未醒。憶帳中親見，似嫌羅密，尊前相顧，翻怕燈明。醉後看承，歌闌鬥弄，幾度孜孜頻送情。難忘處，是鮫綃揾透，別淚雙零。」

這一闋詞是元人邵亨貞的作品《沁园春·美人眉》，怎可能為北宋的段正淳所書？

二版改為段正淳所書之詞為「少年遊」，詞為：「含羞倚醉不成歌，纖手掩香羅。偎花映燭，偷傳深意，酒思入横波。看朱成碧心迷亂，翻脈脈，斂雙蛾。相見時稀隔別多。又春盡，奈悉何？」

這一闋詞是北宋張耒的作品，創作此詞年代雖未必早於段正淳書寫之時，卻總是同在北宋。但可怪的是，張耒這闋詞是送給許州官妓劉叔奴所用，莫非在段正淳心中，阮星竹就像是「玩過即丟」的妓女？

看過一這闋詞，一版說蕭峰讀書有限，文理並不甚通，一闋詞中倒有七八個字不識得，但也看得出是一首風流豔詞，描寫女子眼睛之美，上片說男女兩人定情，下片說到分別。此外，一版蕭峰檢視此條幅，又發現「紙質黃舊，那是寫於十幾年前的了。」

二版的詞改了，蕭峰的反應也改為「他讀書無多，所識的字頗為有限，但這闋詞中沒什麼難字，看得出是一首風流艷詞，好似說喝醉了酒含羞唱歌，怎樣怎樣，又說相會時刻少，分別時候多，心裡發愁。」二版蕭峰並未檢查紙質與年代。

而後阮星竹回到小屋，蕭峰請阮星竹一刀殺了他以贖誤殺阿朱之罪。阮星竹因已聽過阿紫所述阿朱是她親姊姊的來龍去脈。一版阮星竹泣道：「便是一刀將你殺了，也已救不活我那苦命的孩兒。阿朱啊……我在雁門關外將你送了給人，總盼望天可憐見……」這時蕭峰的腦筋頗為遲鈍，過了片刻，才心中一凜，問道：「什麼在雁門關外？」阮星竹哭道：「你明明知道，定要問我，阿朱……阿朱是我的私生女兒，我不敢帶回家去，在雁門關外送了給人。」蕭峰顫聲道：「昨天我問段正淳，是否在雁門關外做了虧心之事，他直認不諱，你卻滿臉通紅，問我怎地知道。這雁門關外的虧心事，便是將阿朱……送與旁人嗎？」阮星竹怒道：「我做了這件虧心事，難道還不夠？你當我是什麼惡女人，專門做虧心事？」

這段與一版第十八回阿朱所說「只因我家中有難，有個極厲害的對頭來找我爹爹尋仇。我爹爹自忖對付不了，便將我寄託給慕容公子的父親，說是做他丫鬟，實則是去姑蘇燕子塢避難。」顯然前後矛盾，阿朱說的是她爹將他送給姑蘇的慕容博，阮星竹卻說她千里迢迢到雁門關外送走阿朱。

一版為了讓蕭峰誤會段正淳就是害死父母的元兇，才讓段正淳說出曾做過「雁門關外的虧心事」，也就是將阿朱抱到雁門關外送人，但這樣的文學技巧實在太粗糙。阿朱是慕容家的丫鬟，這可是千真萬確的事實，阮星竹怎可能先把阿朱送到雁門關外，阿朱再回到姑蘇？難道阮星竹是要先把阿朱送給契丹人，再由契丹人轉贈慕容博嗎？

二版改為聞蕭峰之言，阮星竹泣道：「便一刀將你殺了，也已救不活我那苦命的孩兒。喬幫主，你說我和阿朱的爹爹做了一件於心有愧的大錯事，害得孩子一生孤苦，連自己爹媽是誰也不知道。這話是不錯的，可是……你要打抱不平，該當殺段王爺，該當殺我，為什麼卻殺了我的阿朱？」這時蕭峰的腦筋頗為遲鈍，過了片刻，才心中一凜，問道：「什麼一件於心有愧的大錯事？」阮星竹哭道：「你明明知道，定要問我，阿朱……阿朱和阿紫都是我的孩兒，我不敢帶回家去，送了給人。」蕭峰顫聲道：「昨天我問段正淳，是否做了一件於心有愧的大錯事，他直認不諱。這件虧心事，便是將阿朱……和阿紫兩個送與旁人嗎？」阮星竹怒道：「我做了這件虧心事，難道還不夠？你當我是什麼壞女人，專門做虧心事？」

二版一改，蕭峰錯認段正淳為「帶頭大哥」，情節顯然就周延多了。

看過一版到二版修訂，接著再看二版到新三版的變革。

新三版此回針對四十多歲的段正淳如何能在三十年前領導雁門關殺敵事件，再一次彌補破綻，蕭峰約段正淳至青石橋上比武時，新三版較二版加寫蕭峰一直瞪視段正淳，瞧他回答時有無狡詐奸猾神態，但見他一臉皮光肉滑，鬢邊也未見白髮，不過四五十歲之間，要說三十年前率領中原群豪在雁門關外戕害自己父母，按年歲應無可能，但一轉眼間，見阮星竹凝視段正淳的目光中充滿深情，便似趙錢孫瞧著譚婆的眼色，心中一動：「那趙錢孫明明七十多了，只因內功深湛，瞧上去不過四十來歲。段正淳以六十多歲年紀，得以駐顏不老，長保青春，也非奇事。」

此外，新三版也對蕭峰的「鐵漢柔情」大為加料。阿朱瀕死前，告訴蕭峰，她所以甘代段正淳受死，是因為「大理段家有六脈神劍，你打死了他們鎮南王，他們豈肯干休？」二版蕭峰聞言，恍然大悟，不由得熱淚盈眶，淚水跟著便直灑了下來。

新三版蕭峰的感情更加豐沛，改為蕭峰恍然大悟，說道：「你用自己性命來化解這場怨仇，是為了要救我性命！阿朱，你如死了，我一個兒活著又幹甚麼……」聲音嗚咽，語不成聲，淚水直洒了下來，他低頭去親吻阿朱的嘴唇，驀地裡嘗到一股鹹味，原來，兩人的淚水混在一起，都流到了唇邊。

新三版這一增寫，蕭峰就變成了情感豐沛的男人。二版蕭峰只知傷心，卻不懂男女間的愛如何表達，這與蕭峰自道的「我從小不喜歡跟女人在一起玩，年長之後，更沒功夫去看女人了。」似乎較吻合。新三版改為蕭峰動情時會自然的親吻愛侶，這倒有點不像蕭峰了。

在青石橋上誤殺阿朱後，蕭峰再次看到段正淳於阮星竹房內所留條幅，這才驚覺「帶頭大哥」決非段正淳，遂立意追查真兇。

新三版蕭峰的追兇行動較二版積極，而除了蕭峰更積極調查「帶頭大哥」的真實身分外，新三版丐幫也在傳功長老呂章領導下，更積極追查副幫主馬大元命案真相。新三版這回加寫了近三頁內容，增說蕭峰與丐幫查案之事。

增寫的內容由蕭峰跟隨阿紫留下的記號，追縱至馬大元家裡寫起。新三版說，蕭峰先到一家小客棧，喬裝為虯髯大漢。此時，他忽然聽聞丐幫弟子以切口說，傳功長老呂章令幫眾速至韓家祠堂。

蕭峰也前往韓家祠堂，他閃身從後門中挨進，縮在祠堂中安置靈牌的板壁後方，要聽聽丐幫這些首腦，在自已遭逐出幫之後，如何處分幫中大事？

只聽得吳長風說白世鏡到南陽去了，又有一人說，丐幫群集就是為了對付蕭峰。蕭峰登即醒悟：「我一路來到信陽，悲痛之中並沒改裝，定是給丐幫中人見到了。徐長老、趙錢孫等在衛輝殞命，人人以為是我下的手，現今我二次又來，丐幫自當設法對付。」

而後，蕭峰聽得傳功長老呂章說：「喬峰來到信陽，十之八九，是去找馬夫人晦氣。」又說：「喬峰武功高強，聚賢莊上那麼多英雄好漢，也奈何不了他，何況咱們這裡只區區十來個人。但馬夫人是馬副幫主的遺孀，她不顧自己的性命，為本幫立了這麼個大功，咱們就算性命不在，也當顧全義氣，盡力護她。要不然請馬夫人移居別處，讓喬峰找她不到，也就是了，倒不一定非跟喬峰動手不可。」

丐幫幫眾聽呂章說不須跟喬峰動手，均如釋重負。眾人於是前往馬夫人居所，呂章而後發出號令：「到了之後，大家埋伏在屋子外面，不論見到甚麼變故，誰都不可以動彈出聲，聽到我發令『動手』，這才出手拼命，」眾人肅然奉命。蕭峰見狀，擔心馬夫人被蓋幫藏起來，於是趕在丐幫之前，抵達馬夫人所居之處。

新三版增寫至此，跟二版不同的是，新三版丐幫有了過渡時期的領導者，即傳功長老呂章。二版丐幫在喬峰卸下幫主之位後，即呈現無人領導的「斷頭」狀態，新三版丐幫則因為有呂章領導幫眾，丐幫也就群龍有首，不再是一盤散沙了。

【王二指閒話】

金庸筆下極其可怪又可議的創作之一，就是「女扮男裝」。《射鵰》黃蓉、《書劍》李沅芷，與《天龍》阿朱，即都曾「女扮男裝」。

說來一個人若是易容改裝，為了怕被識破，大多會低調行事，但金庸筆下這幾位女子妝扮成男人後，不只不低調行事，還反而大搖大擺的以男相現身江湖。可怪之處是，諸女化妝成男人，竟皆無人可辨，彷彿她們真的「變身」成了男人。

《射鵰》黃蓉初出場時，書中說：「那少年約莫十五六歲年紀，頭上歪戴著一頂黑黝黝的破皮帽，臉上手上全是黑煤，早已瞧不出本來面目，手裡拿著一個饅頭，嘻嘻而笑，露出兩排晶晶發亮的雪白細牙，卻與他全身極不相稱。眼珠漆黑，甚是靈動。」

見到這樣的黃蓉，郭靖即彷彿喬峰遇上了段譽一般，將他當作「黃賢弟」，真心結交，然而，郭靖並非沒有女性朋友，他甚至還有個未婚妻是蒙古公主華箏。當郭靖與黃蓉地北天南暢聊時，莫非黃蓉聲音低沉，或聲如破鑼，以致男女難辨，否則郭靖怎會不知其是男是女?

《書劍》陳家洛也曾錯以為女扮男妝的李沅芷是真正的男人，因此，當陳家洛見到李沅芷摟住霍青桐肩膀，並在她耳邊輕聲低語，行為曖昧時，立刻醋意大生。

郭靖有可能因為性格直魯，對男女之辨不太敏感，也可能因為他在蒙古長大，誤以為漢人男子亦有可能聲若黃鶯，所以才將黃蓉當作「黃賢弟」，但陳家洛可是貨真價實的海寧人，自小在江南長大，怎可能男女不分？莫非李沅芷生具男相，因此才看不出她是少女？

類似黃蓉、李沅芷這樣「女扮男妝而無人可辨」的故事於金庸書系中屢次出現，或許金庸與讀者也都覺得太荒誕，因此修訂新三版時，金庸將李沅芷的情節做了修改，改為陳家洛早懷疑李沅芷是女扮男裝，只是覺得男裝的李沅芷還是比自己俊美，因此心生不悅，也對霍青桐始終心懷芥蒂。

至於《天龍》阿朱化妝成段正淳，以致被蕭峰掌擊而死之事，則是荒誕之極。荒誕之處就在於，即使阿朱的女扮男裝之術極其神奇，可以讓她變成外貌跟段正淳的完全一樣，臉上的泥巴麵粉既能表現出自然的表情，腳下再加裝的假腳也能自然的走路，但阿朱與段正淳的內力相差十萬八千里，這可是無法化妝出來的，蕭峰又怎可能辨別不出。

蕭峰「聽聲辨人」的功力，僅僅在第二十三回中就出現了兩處。一處是阿朱死後，蕭峰在阮星竹屋中，「忽聽得小鏡湖畔有兩人朝著竹林走來。這兩人相距尚遠，他凝神聽去，辨出來者是兩個女子。」由此可知以腳步聲來辨男女，對蕭峰來說毫無困難。

另一處是朱丹臣來向阮星竹報訊，說段正淳有急事，今日不能回來。朱丹臣到來之時，書中寫道，「來路上傳來奔行迅捷的腳步之聲，蕭峰心道：『這人不是段正淳，多半是他的部屬。』

果然那人奔到近處，認出是那個在橋上畫倒畫的朱丹臣。」由此更可明白蕭峰根本已確知段正淳的內力於步行時發出的聲響。

由此二處情節可知，蕭峰的功力當可由腳步之聲明確判斷來人是否為段正淳，而就算無法如此明確，蕭峰至少可以輕易的分辨出來人是男是女。

那麼，在青石橋上，蕭峰又為何完全辨不出「變身」成「段正淳」的，就是與她朝夕共處，腳步與功力他都瞭若指掌的阿朱呢？或許只能說青石橋邊雷聲太大，打得蕭峰暫時不只聽障，也有點智障了。

第二十三回還有一些修改：

一．蕭峰一掌對「假段正淳」擊出時。新三版為呼應「玄慈五老人」的增寫情節，較二版增說，蕭峰鑒於天台山涼亭中與姓遲老人對掌，心中敬重對方，危急中急忙收掌，若非對方掌力全空，自己已然骨折筋斷，幾乎與阿朱就此死別，此後答允了阿朱，與人對掌時決不容情，這一掌雖非出盡全力，卻也神完氣足，剛猛之極。這段加寫似乎全為刻意呼應「玄慈五老人」而來，因而有些「蛇足」，想來蕭峰與遲姓老人對掌，是與陌生老人較藝，心中並無殺念，但青石橋上掌擊段正淳，是悲憤交加，殺意甚熾，怎還有心思慮及「對方掌力全空」之事？

二．蕭峰一掌將「假段正淳」擊摔出去，二版蕭峰一怔：「怎地他不舉掌相迎？又如此不濟？」新三版增為蕭峰一怔：「怎地他不舉掌相迎？又如此不濟？難道又是『一空到底』麼？」這又是刻意呼應「玄慈五老人」的增寫情節。

三．阿朱說起段正淳是她親爹，又說了她假扮段正淳來密會蕭峰之事後，已是氣若游絲。二版說蕭峰掌心加運內勁，使阿朱不致脫力，垂淚道：「你為什麼不跟我說了？要是我知道他便是你的爹爹……」可是下面的話再也說不下去了，他自己也不知道，如果他事先得知，段正淳便是自己至愛之人的父親，那便該當如何。新三版再增寫，蕭峰這時卻知，冤仇再深再大，也必一筆勾銷。世上最要緊的，莫過於至愛者的性命，連自己的命也及不上。

四．見到段正淳所書條幅後，二版蕭峰想起「帶頭大哥」的字跡「歪歪斜斜、瘦骨稜稜」，新三版改為「帶頭大哥」的字跡「飛揚挺拔、瘦骨稜稜」。

五．秦紅棉母女進蕭峰所在的阮星竹小屋時，二版蕭峰自管苦苦思索：「到底『帶頭大哥』是不是段正淳？智光大師的言語中有什麼古怪？徐長老有什麼詭計？馬夫人的話中有沒有破綻？」新三版蕭峰的思緒在「到底『帶頭大哥』是不是段正淳？」之下加了一句「天台山道上那五位老者對我真沒惡意嗎？」

六．阮星竹進竹屋時，二版說驀地裡見到四個人或坐或站，都是一動也不動。但阿朱已死，豈能坐或是站？新三版改為四個人或坐或站，或身子橫躺，都是一動也不動。

七．蕭峰前往馬夫人家時，二版說只行出五六里，北風勁急，雪更下得大了。新三版刪去了下雪之事。二版而後說到，蕭峰見到阮星竹母女伏在馬家東北側，秦紅棉母女伏在屋子的東南角上。這時大雪未停，四個女子身上都堆了一層白雪。新三版因已無下雪之事，刪去了「這時大雪未停，四個女子身上都堆了一層白雪」之說。

八．阿朱重傷時，對蕭峰說起心事，一版蕭峰道：「阿朱，我明白了十之七八啦，你受傷不輕，我抱你去躲雨，慢慢設法給你醫治。」一版蕭峰在此傷痛之時，竟還有心思想及「躲雨」？二版改為蕭峰道：「我明白啦，我馬上得設法給你治傷。」沒提到「躲雨」。

九．阿朱逝後，蕭峰猛擊石欄杆，致使一片石欄杆掉入了河裡。一版還說「蕭峰的自己的心似乎也隨著那欄杆掉入了河裡。」二版刪了此說。

十．秦紅棉帶同女兒木婉清到小鏡湖。一版說木婉清自從發覺段譽是她同父的兄長，好事難諧之後，憤而出走，在江湖上又幹了些殺人放火的勾當。秦紅棉聽到訊息，尋去和女兒會合，一齊到小鏡湖畔來。這段大損木婉清形象的描述二版刪了。

十一・阮星竹稱秦紅棉為姊姊，秦紅棉喝道：「誰要你這賤人叫我姊姊？」一版而後說，阮星竹的性子甚是狡猾，不似秦紅棉那麼急躁莽撞，她一時猜不到秦紅棉到此何事，又怕這個情敵和段正淳相見後舊情復燃。二版刪去了「阮星竹的性子甚是狡猾，不似秦紅棉那麼急躁莽撞」這貶損阮星竹的語句。

蕭峰假扮馬大元鬼魂，迫白世鏡說出殺馬大元真相

——第二十四〈燭畔鬢雲有舊盟〉回版本回較

一代大俠蕭峰只因不願看馬夫人一眼，滿足她的虛榮心，竟從丐幫幫主被害得天下無容身之處。

且來看看這一回蕭峰揭破馬夫人密謀的大改寫。金庸在修訂新三版這一回時，將二版蕭遠山脅迫白世鏡說出殺馬大元真相之事，改為由蕭峰揭破馬夫人的毒計。新三版修訂範圍多達十二頁，以此回而言，閱讀新三版跟閱讀二版的讀者，可說讀的是兩本完全不同的書。

先看二版的故事，二版是這麼說的：

馬夫人與段正淳調情時，預謀殺段正淳，將匕首插在段正淳胸口，而後白世鏡進屋。當白世鏡決意去推段正淳胸口的匕首時，馬夫人啊的一聲驚叫。白世鏡知道來了敵人，因此無暇再去殺段正淳。此時燭火熄滅，但白世鏡、段正淳、馬夫人、蕭峰都察覺到房中多了一個武功極高的人。

這人擋門而立，雙手下垂，面目卻瞧不清楚，一動也不動的站著。白世鏡霎時從懷中取出一

柄破甲鋼錐，向那人胸口疾刺過去。那人則伸手抓向白世鏡喉頭，白世鏡當下嚇得魂不附體，因為這一招正是已故馬大元的絕招「鎖喉擒拿手」。

白世鏡閃開後，屋內一片沉寂，然而，那人竟毫無呼吸之聲。白世鏡再舉錐向他腿上戳去，那人卻直挺挺的向上一躍避開。馬夫人見這人身形僵直，上躍時膝蓋不彎，不禁脫口而呼：「殭屍，殭屍！」

而後，那人一隻大手抓住白世鏡後頸，再抓向白世鏡喉頭，兩根冰冷的手指挾住了他喉結，漸漸收緊。白世鏡驚怖無已，叫道：「大元兄弟，饒命！饒命！」馬夫人尖聲大呼：「你……你說什麼？」白世鏡叫道：「大元兄弟，都是這賤淫婦出的主意，是她逼我幹的，跟我……跟我可不相干。」馬夫人怒道：「是我出的主意又怎麼？馬大元，你活在世上是個膿包，死了又能作什麼怪？老娘可不怕你。」

白世鏡這時更確定此殭屍就是馬大元，於是叫道：「大元兄弟饒命！你老婆偷看到了汪幫主的遺令，再三勸你揭露喬峰的身世秘密，你一定不肯……她……她這才起意害你……」那人隨後將白世鏡的喉管捏碎，白世鏡當下氣絕而亡。

捏死白世鏡後，那人即轉身出門，瞬間無影無蹤。

蕭峰立時出門追去，追了兩個時辰，始終無法追上，那人卻也無法拋得脫他。眼見天色漸明，蕭峰問那人能否一起喝酒，交個朋友，那人歎道：「老了，不中用了！你別追來，再跑一個時辰，我便輸給你啦！」說完緩緩向前行去，蕭峰也就停步不追了。

新三版將這一大段改寫為：

蕭峰藏身馬家屋外，竊聽段正淳與馬夫人說話時，忽然傳來腳步聲響，原來是丐幫人眾到來。雖說丐幫幫眾已奉命不可出聲動手，蕭峰仍在他們每一個人後心腰間「懸樞穴」上點上重重一指，使得丐幫十多人均身不能動，口不能言。

而後，段正淳面臨將遭白世鏡所殺的危機，大叫：「白長老，白長老！馬大元找你來啦！」蕭峰遂乘勢假扮馬大元進屋去，蕭峰進屋後，段正淳知道是背後助己之人到了，便即大叫：「他是馬大元，他是馬大元！白長老，你串通他老婆，謀殺親夫，馬大元向你討命來啦！」。

白世鏡見到易容後的蕭峰，持錐向他刺去，蕭峰則抓住白世鏡後頸。丐幫諸人只聽彷似馬大元的蕭峰開口說道：「馬大元是不是你殺死的？你不說，我即刻捏死你！」白世鏡毫無抗拒能力，喘息道：「是……是這賤淫婦出的主意，是她逼我幹的，跟我……跟我可不相干。」

蕭峰與白世鏡的對答，屋外群丐盡聽得清清楚楚。而後，蕭峰心想，他已不是丐幫中人，心想白世鏡所犯惡行，當由幫中長老親自審理，於是伸手點了白世鏡幾處穴道，然後轉身出門。他在屋前解了群丐受封的穴道，又解了阮星竹等四女穴道，而後即閃入黑暗之中。

丐幫群豪與阮星竹等人而後進屋，阮星竹等人為段正淳治傷後，段正淳一行即先離去。而後，呂章要躺在地下、動彈不得的白世鏡說出真相，白世鏡說，去年八月十四，他到馬大元家作客，馬大元喝醉了，馬夫人即來誘惑他，兩人因此有了肉體關係。

馬夫人接著白世鏡的話說，她去年端午節在家裡看到一封汪幫主的密信，偷偷打開一看，竟是汪幫主的遺命，內容說的是蕭峰是契丹人的孩子。

馬夫人又說，這可是攸關大宋千萬百姓，及丐幫數萬好兄弟的安危性命的大事，但她知道馬大元對蕭峰素來有情有義，因此不能告訴馬大元。馬夫人問大家：「我是婦道人家，不懂大事，這裡要請問呂長老和諸位長老兄弟，我該當怎麼辦才是啊？」

呂章回道：「那你就去尋徐長老說明一切，請他作主。要不然，就來找白長老，或是找我。」馬夫人長嘆一聲，淚水滴了下來，說道：「小女子運氣太壞，沒先來找呂長老，我先去找徐長老，唉，只道他德高望重，在幫裡人人敬重，誰料得到……誰料得到……」

呂章問道：「怎麼？徐長老顧念喬峰的名譽聲望，功勞能為，不肯主持公道麼？」馬夫人微微一笑，道：「那倒不是。小女子千料萬料，卻也料想不到徐長老是個老色鬼……」她此言一出，吳長老伸掌在桌上重重一拍，說道：「徐長老是我幫人人敬重的老英雄，他人已過世，你莫汙蔑他老人家的名聲！」

馬夫人低聲道：「吳長老教訓得是。徐長老人死為大，他的事我也不說了。吳長老，男子漢大丈夫，無論他如何英雄了得，這酒色財氣四大關口，都是難過得很的。常言道：『英雄難過美人關』，不管他是十四五歲的娃娃，還是八九十歲的老公公，見了我都不免要風言風語，摸手摸腳，只好說爹娘不積德，生了我這麼副模樣，教我一生吃盡苦頭就是了！」說著珠淚雙流，人人見了憐意大增，均想：「那日在杏子林中，徐長老力證喬峰是契丹胡人，多半便因在馬寡婦身上佔了便宜所致。唉！這個小淫婦挨上身來，只怕連泥菩薩也軟倒了，倒也怪徐長老不得。」

吳長老恨恨的道：「徐長老一生英雄豪傑，仁義過人，卻也敗壞在你這淫婦手裡。」馬夫人道：「白世鏡是我勾引他的，那不錯。徐長老我可沒勾引，他老人家這麼一臉子正經，我可不敢。不過他老人家的手要伸到我身上，我可閃避不了啊！我既不閃躲，他就幫著我對付喬峰啦！後來他們兩個老色鬼撞在一起，爭風吃醋，誰殺了誰，我婦道人家，可不敢多問了。」

吳長老大怒，問白世鏡徐長老是不是他殺的，白世鏡承認了，呂章歎道：「大家說徐長老是喬峰殺的，豈不是冤枉了他？」吳長老再問白世鏡，馬大元是不是也是他殺的，白世鏡也承認了。

吳長老對白世鏡說：「馬大元是你殺的，徐長老也是你殺的。可是咱們都冤枉了喬峰。這兩件事情，須得向眾兄弟們分說明白。本幫行事向來光明磊落，不能在這些大事上冤枉了好人！」眾人聽了，都不禁點頭。

蕭峰聞言，也暗暗吁了口長氣，受枉多時，含冤莫白，此刻方得洗雪部分冤屈。

想不到呂章接著竟說：「可是這件事的真相若洩露了出去，江湖上朋友人人得知我們窩裡反，為了個女子，殺了一個副幫主，殺了一個德高望重的長老，再冤枉自己的幫主，把他趕下台來，再處決一位執法長老，咱們丐幫的聲名從此一塌糊塗，一百年也未必能重振翻身。兄弟們走到江湖上，人人抬不起頭來。各位兄弟，喬峰是契丹胡人，那不錯吧？可沒冤枉他吧？」

眾人齊聲稱是。呂章又道：「是丐幫的聲名要緊呢？還是喬峰的聲名要緊？」眾人都道：「當然是丐幫的聲名要緊！」呂章於是要幫眾絕不可洩漏此事，誰敢洩漏即殺誰。吳長風雖心中不服，但見餘人都順從呂章的說話，自己勢孤，若再有異言，只怕立有性命之憂，悻悻然便不再爭辯了。

蕭峰聽得丐幫眾人只顧念私利，維護丐幫名聲，卻將事實真相和是非一筆勾銷，甚麼江湖道義、品格節操盡數置之腦後，本來已消了不少的怨氣又回入胸中，只覺江湖中人重利輕義，全然不顧是非黑白，自己與這些人一刀兩斷，倒也乾淨利落。

馬夫人而後說要幫大家沖茶，於是繞到屋後，蕭峰見她想逃，搶前點了她後心穴道，將她抱到大樹上。接著，蕭峰即聽到呂章等人將白世鏡處決了。

新三版增寫的一大段至此。

至於馬夫人力指蕭峰偷進馬家，企圖湮滅他是契丹人的證據，無意中掉落馬家的摺扇是怎麼來的呢？

經蕭峰與馬夫人私下對質，二版蕭峰問馬夫人，摺扇是白世鏡偷的嗎？馬夫人道：「那倒不是。老色鬼說什麼也不肯做對不起你的事。是全冠清說動了陳長老，等你出門之後，在你房裡盜出來的。」

新三版陳長老不再是賊了，改為馬夫人道：「全冠清甚麼全聽我的了，先去偷了你的摺扇……」

一版《神鵰》有個練「壽木長生功」，長居棺材，形同僵屍的瀟湘子，二版刪了。二版《天龍》也有個「僵屍」蕭遠山，新三版也刪了。民間傳說中頗為怪力亂神的「僵屍」，金庸本想以「武功高手」來做解釋，卻在改版中將之全數刪除，看來金庸確實是要讓他的小說跟怪力亂神完全絕緣了。

【王二指閒話】

若以郭靖所說的「俠之大者，為國為民」為「大俠」的標準，月旦金庸書系中的俠者，蕭峰比起郭靖、楊過、張無忌、令狐冲，甚至韋小寶，顯然都是等而下之的。身為《天龍》中「第一大俠」的蕭峰，打從出場之後，就一直困在仇天恨海、兒女情長之中，除了最後以自己的死阻止了遼帝耶律洪基南侵，維持遼宋和平外，實在找不出蕭峰還有任何「俠之大者，為國為民」的俠蹟。整部《天龍》將蕭峰的武功神而化之，卻又將蕭峰塑造地彷若一頭遭困的大熊，不論蕭峰武功智謀再高，都難以創造為國為民的俠行。

蕭峰的處境是幾位主角俠士中最困難的，打從一出場，蕭峰就困在民族衝突中，大宋武林容不下他，回歸契丹後，大遼皇帝又要逼他南征，致使蕭峰在兩相夾殺下，只能自我了結。

金庸筆下的主角俠士，幾乎都處身民族或族群的矛盾之中，蕭峰卻是處境最艱難的一個，比如郭靖是蒙古人的「金刀駙馬」，南宋將士卻能能信任他，讓他在襄陽對抗蒙古；楊過以巨奸大惡楊康之子的身份行走江湖，洪七公、黃藥師等前輩大俠仍對他充滿善意；張無忌領導反元的明教，但在身負重傷時，元朝大將汝陽王看在趙敏面上，對張無忌也無非殺不可之心；韋小寶出身漢族，在明珠、索額圖等滿人當國時，他仍能獲得滿人皇帝康熙的信任。只有蕭峰是陷在民族與族群衝突中，沒有任何一個族群容得下他的。

金庸讓蕭峰困鎖在的民族衝突中，難以展現俠行，卻仍希望蕭峰也能有「俠之大者，為國為民」的俠者聲名。然而，蕭峰在《天龍》一書中，確實沒有任何特別的俠蹟足以比得上郭靖、楊康、或張無忌等人，即使智光大師說蕭峰在擔任幫主前，曾為丐幫立下「七大功勞」，或「連創丐幫強敵九人」，但想來這些「功勞」也不是甚麼赫赫之功，因為在蕭峰遭難時，根本無人提起蕭峰的昔日功蹟，可知這些「大功勞」並無特別令人緬懷之處。

金庸在改寫二版為新三版，或許也為蕭峰是否能位列俠班頗傷腦筋，因此為蕭峰的俠行大為加料。在《天龍》一書中，蕭峰的人生以被揭露契丹出身為分水嶺，被揭露契丹出身前，蕭峰還有丐幫中人稱頌的俠蹟，被揭露契丹出身後，蕭峰受宋遼兩方夾殺，即難能再有「為國為民」的俠行。金庸的加料原則於是以「揭破出身契丹」為分界，往前增寫蕭峰的俠行，往後增寫蕭峰查案的主動出擊。

新三版將陳長老刺殺契丹左路副元帥耶律不魯，改成是奉蕭峰之命而為，矮胖子宋長老假扮汪幫主而遭囚於祁連山黑風洞，也改為是由蕭峰所救。至於追查「帶頭大哥」，二版蕭峰一路挨打，新三版則改為蕭峰主動脅迫白世鏡說出真相。

新三版的修改即使能為蕭峰的「俠行」加分，只怕也很有限，畢竟陳長老、宋長老的舊事已經「往事如煙」，並非讀者共同參與的情節，無法令人印象深刻；而逼迫白世鏡說出真相，也不過是私人恩怨，不論被動或者主動，對蕭峰的俠行都不會有特別的加分。可知新三版的增寫只是聊勝於無，就算有這些增寫，蕭峰還是難以成為「為國為民」的一代大俠。

第二十四回還有一些修改：

一．竊聽段正淳與馬夫人的對話時，二版蕭峰忽聽得身側有人腳下使勁踏著積雪，發出擦的一聲響。新三版改為此時未下雪，因而「使勁踏著積雪」也改為「踏住落葉」。

二．馬夫人對段正淳下的藥，二版稱「十香迷魂散」。但可能因「十香迷魂散」與《倚天》的「十香軟筋散」名字太過雷同，新三版改為「七香迷魂散」。

三．蕭峰問馬夫人是誰傷她，馬夫人道：「是那個小賤人，瞧她年紀幼小，不過十五六歲，心腸手段卻這般毒辣……」蕭峰失驚道：「是阿紫？」二版馬夫人道：「不錯，我聽得那個賤女人這麼叫她。」新三版因阮星竹已隨段正淳東去信陽，改為馬夫人道：「不錯，她是這麼說的：『你到陰世去告我狀好啦！我叫阿紫！』」

四．二版蕭峰問馬夫人的是：「你為什麼要害死馬大哥？」新三版因蕭峰已知馬大元之死的來龍去脈，改為問的是：「你先跟我說，署名在那信上的，是甚麼名字？」以及「你害死馬大哥，為何要嫁禍於我？」

五．馬夫人罵蕭峰，說他就算是皇帝，也不見得有什麼了不起。二版蕭峰道：「不錯，就算是皇帝，又有甚麼了不起？我從來不以為自己天下無敵，剛才……剛才那個人，武功就比我高。」新三版因將白世鏡由二版的蕭遠山所殺，改為是遭蕭峰所制，新三版遂將蕭峰之言改為：「不錯，就算是皇帝，又有甚麼了不起？我從來不以為自己天下無敵，倘若真有本事，也不會給人作弄到這地步了。」

六．馬夫人要蕭峰將她抱在懷裡，好好瞧她半天，才要告訴他帶頭大哥的名字。二版說「別說她所說的條款並不十分為難，就算當真是為難尷尬之極的事，也只有勉強照做。」但深愛阿朱的蕭峰，當真覺得抱馬夫人在懷裡並不為難嗎？新三版改為蕭峰所想為「這大秘密一日不解開，自己一生終究難以過得安穩。」

七．阿紫說不敢回師父那裡，二版阿紫說的理由是她拿了師父的「一部書」。但阿紫拿的不是「神木王鼎」嗎？干書何事？新三版更正為阿紫說她拿了師父「一樣練功夫的東西」。

八．一版馬夫人對蕭峰說的故事是，她七歲那一年，快過年了，爹爹趕了家養的那口豬，到市集上去賣，答應她買塊花布，回家給她做套新衣服。想不到她爹回來時，少了一隻衣袖，臉上腫起了一大塊，肩頭又不住流血，顯然是給人打了一頓。馬夫人問：「爹爹，我的花布呢？」她爹說因為他欠祝家財主錢，賣了豬的錢，給祝家財主搶去了。馬夫人聽完，即為了無法買新衣服而放聲大哭。二版改為馬夫人說她七歲那一年，她爹爹準備在臘月將家養的羊與雞拿到市集上賣，再剪塊花布，回來給馬夫人縫套新衣。想不到有天晚上，羊跟雞都被狼吃了，馬夫人要她爹去向狼奪回羊，她爹在山崖上滑了一交，摔傷了腿。馬夫人因此大為失望，並又哭又叫的嚷：「爹，你去把羊兒奪回來，我要穿新衣，我要穿新衣！」

九．馬夫人要殺段正淳，段正淳假裝看到馬大元鬼魂，出言恐嚇，一版段正淳道：「那是誰啊，身子高高的，眼中卻在流淚……」然而，「身子高高」並非馬大元獨有的特徵，一時之間馬夫人若無法意會，便嚇她不倒，二版改為段正淳道：「那是誰啊，衣服破破爛爛的，眼中不住的流淚……」

十．白世鏡以破甲鋼錐刺蕭遠山，一版說白世鏡使一招「光射斗牛」，正是他生平得意的絕技之一。二版刪了此招。

十一．蕭遠山手抓白世鏡後頸後，一版說蕭遠山的大手重重的壓了下來，白世鏡急運全力與之相抗，但自己越是使力，下壓的力道越重。他先是彎下了頭，跟著彎腰，頭頸中便似放了一塊千斤巨石一般，幾乎要將他的身子壓得折為兩截。這段二版全刪，若照一版這段說法，蕭遠山與白世鏡的內力彷若老鷹壓小雞，懸殊未免太大。

十二．追趕殺死白世鏡的蕭遠山而去時，阮星竹、阿紫、秦紅棉、與木婉清四女仍為蕭峰點住穴道。二版蕭峰離去前，俯身在躺在腳邊的阿紫肩頭拍了一下，解開了她的穴道，其餘三女的穴道則待時間過後，自行解開。一版阿紫的穴道則非蕭峰所解，一版的故事是蕭峰追趕蕭遠山而不得後，返回馬家，見阮星竹、阿紫、秦紅棉、木婉清四女全都也不見了，蕭峰問馬夫人誰解開了諸女的穴道，馬夫人說是阿紫的三師哥，也就是星宿海老魔的門下弟子。新三版則將四女的穴道改為全為蕭峰所解。

十三．一版蕭峰對馬夫人說：「你是我的弟婦。」二版將「弟婦」改為「嫂子」。

十四．蕭峰問馬夫人：「我那把扇子，是白世鏡盜來的？」一版馬夫人到：「哈哈，正是。」二版改為馬夫人道：「那倒不是。老色鬼說什麼也不肯做對不起你的事。是全冠清說動了陳長老，等你出門之後，在你房裡盜出來的。」金庸每修訂一次，馬夫人就多「睡」一人，一版馬夫人只與白世鏡「睡」過，造反蕭峰的陰謀全出於白世鏡，二版馬夫人又「睡」了全冠清，全冠清因此成了謀反發起人，新三版馬夫人再「睡」了徐長老，徐長老於是成了謀反的促成者。

阿紫愛上了星宿派大師哥摘星子

——第二十五回〈莽蒼踏雪行〉版本回較

二版《天龍》阿紫一生只鍾情於一個蕭峰，一版阿紫則跟她爹段正淳一樣花心，共愛過摘星子、蕭峰、游坦之三個男人。一版這一回就有阿紫對摘星子表白愛慕之情的故事，且來看看一版的情節。

說到阿紫，得先談談阿紫學藝的星宿派，且來看看不同版本的星宿派門人獅鼻人。

一版阿紫的二師哥獅鼻人（二版原名號為「獅吼子」，新三版改為與「摘星子」名號同系之「摩雲子」）武功顯然是較為詭異高明的，一版獅鼻人出場時，蕭峰見到的獅鼻人是「身法極是怪異，行路膝蓋不曲，兩條腿便似是兩根木頭一般，在雪地中走，便如滑雪一般。」二版減少了獅鼻人的詭奇度，只說他「在雪地中走來」。

而後，獅鼻人進了蕭峰與阿紫所在的酒店，並飲食阿紫預先擺下的菜餚，一版說獅鼻人最奇的是他吃鯉魚不吐骨頭，也不怕刺，嘰嘰格格的咀嚼一頓，將魚骨咬爛，都吞入肚中。二版刪了獅鼻人這「鯉魚連刺吃」的奇事。

而後，阿紫以毒酒向獅鼻人相邀，以考較獅鼻人功力，獅鼻人當下將一大碗酒喝乾，一版蕭峰見狀，認為獅鼻人是練就了星宿海老魔的「化毒大法」，喝酒前將兩隻大姆指插入酒中，以化毒大法化去酒中劇毒，而即使化不乾淨，些少酒毒飲入腹中也無大碍。

二版刪掉了「化毒大法」這門武功。而旋即會被蕭峰大傷的獅鼻人，二版也不再誇大他的功力了。蕭峰見他飲毒酒而無碍，二版改為蕭峰所想是獅鼻人喝酒前將兩隻大拇插入酒中，以大拇指上所藏解毒藥物，化去了酒中劇毒。

獅鼻人飲下阿紫考他的毒酒後，一版還說，阿紫知道這位二師哥已得師父所學的六七成，武功比自己高出甚多，萬萬不是他敵手。

然而，星宿派弟子不是學武各憑本事，互不聞問嗎？阿紫如何得知丁春秋的功力，又如何得知獅鼻人的功力？還能計算出獅鼻人得丁春秋功力的六七成呢？

二版改說阿紫眼見二師哥不聲動色的喝乾毒酒，使毒本領比自己高出甚多，至於內力武功，更萬萬不是他敵手。

再說到星宿派的功夫，一版說星宿派武功極是陰毒狠辣，三十六套拳腳器械之中，沒一招是留有餘地，敵人只要中了，非死也必重傷，傷後受盡荼毒，而死時也必慘酷異常，是以他們這一派同門師兄弟從來不相互拆招練拳。要知一拆招必分高下，而一分高下便有死傷。師父徒弟之間，也從不試演功夫。

二版刪去了星宿派「三十六套拳腳器械」之說，想他丁春秋高深莫測，焉能讓弟子們清楚自己所有的武功招式？

一版接著又說，阿紫親眼見過這位二師哥在川藏邊境連殺七名大盜，手法之辣實是令人驚心動魄，她雖膽大，卻也心中隱隱感到寒意。

二版將這段說法刪了，想來屬性為邪派的星宿派，若還到川藏邊境殺大盜，豈不是跟追殺「藏邊五醜」（川邊五醜）的洪七公一樣，都成了正義的化身。

最後，蕭峰為阿紫出頭，獅鼻人為蕭峰所傷，即結束了阿紫與獅鼻人的鬥法。

故事繼續接到大師哥摘星子逼阿紫交出星宿派寶物的情節。一版的寶物叫「碧玉王鼎」，是一隻五寸來高的小玉鼎，通體綠色；二版改為「神木王鼎」，是一隻六寸來高的小小木鼎，深黃顏色。

解決獅鼻人之事後，蕭峰離開阿紫，阿紫旋即為星宿派門人鐐銬相加，大師哥摘星子隨後來到了星宿派眾人所在的山谷。

一版大師哥是個二十二三歲的少年人，二版改為二十七八歲的年輕人。一版尾隨星宿派門人至山谷的蕭峰，見到摘星子，心想：「這人年紀雖輕，卻是個勁敵，怪不得星宿派令人聞名喪膽，確有了不起的人才，這人已是如此，星宿老魔更是厲害了。有這樣的人到來，要救阿紫，倒非易事。」

藉蕭峰之口大讚摘星子的這段想法，二版全刪了，想來蕭峰連出掌都不需，單是以內力傳送阿紫，就能將之大敗的摘星子，在蕭峰眼中，怎稱得上是「勁敵」？

因為阿紫盜了師門寶物，摘星子決定痛懲阿紫。對阿紫出招前，摘星子先放綠火燒熔了阿紫的腳鐐手銬，還對阿紫道：「小師妹，你出招吧，你殺了我，你就可以做大師姊了。星宿派中，除了師父之外，誰都要聽你的號令了。」

一版阿紫回摘星子：「我就是打得過你，我也不會殺你。」摘星子道：「為什麼？」阿紫道：「因為……因為……我心中歡喜你。」

她此言一出，摘星子心中一凜，蕭峰也是心頭一震，誰也料不到，她居然會說出這句話來。過了好一會，只聽摘星子笑道：「你小小年紀，懂得什麼喜歡不喜歡？我是有妻之人，難道你不知道嗎？」阿紫道：「你……你……你英俊瀟洒，武功又高，有沒有妻子，有什麼相干？我……

我就是喜歡你。」摘星子嘆了口氣，說道：「要是你不犯這麼大的罪，我收你做小星，那也不妨。現下……嗯……我是愛莫能助了。小師妹，你出招吧！」

一版阿紫果得老爹段正淳真傳，當眾告白，絕不臉紅。不過，故事而後發展，阿紫很快就成了「大哥的女人」，她愛上了蕭峰，而既然愛上了蕭峰，當然得為蕭峰「精神守貞」，不應愛過別的男人。二版因此將兩人的對話刪改為阿紫道：「我小小女子，一生一世永遠不會武功蓋過你，你其實不用忌我。」摘星子歎道：「要是你不犯這麼大的罪孽，我自然永遠不會跟你為難，現下……嗯……我是愛莫能助了。小師妹，你接招吧！」

最後，因蕭峰以內力暗助，阿紫大勝摘星子，慘敗後的摘星子低聲道：「我認輸啦。你……你別……別叫我大師哥，你是咱們的大師姊！」

一版阿紫對摘星子道：「大師哥，剛才我求你饒了我，你狠心不肯，現下怎麼說？」摘星子道：「我……我……我該死！你說過喜歡我，我回去殺了我家裡的婆娘，即刻娶你為妻，永遠聽你的號令，不敢有違。」

眾弟子一聽摘星子這幾句話，登時鴉雀無聲，面面相覷，各人心中均想：「啊喲，不好！小師妹說過心中喜歡大師哥，他答應殺了妻子，娶她為正室，小師妹自然十分歡喜。他二人成婚之後，還分什麼你我？誰做星宿派傳人都是一樣，這位大師哥可得罪不得。」那排行第七的師弟忙大聲道：「是啊，大師姊，你嫁了大師哥，那是再好也沒有了，郎才女貌，武林中誰不豔羨？若不是大師哥這等人才，原是誰也配不上你。」

又一人搶著道：「大師姊，大師兄的武功比你雖是差些，但當世除你之外，他也算是第二了。他以後一定聽你的話，說什麼也不敢違背，這事我可以一力擔保。」另一人道：「妙極，妙極！將來你二人生下孩子，自然順理成章的做星宿派下一代傳人，從此傳子傳孫，萬代不絕，真當是武林中最大的美事。」眾人你一言，我一語，拼命的迎合討好。蕭峰在岩石之後聽著，心道：「阿紫喜歡這個人，嫁了他倒也是天造地設的一對。倘若不是他星宿派中的自己人，別人原也忍耐不住這些無窮無盡的下流言語。」他向阿紫瞥了一眼，只見她臉上笑嘻嘻的，顯然是十分歡喜，心道：「這是她自己情願，我對阿朱是有了交代啦。她從此有了歸宿，再也不必我去理她。」

他正想起身走開，只聽阿紫道：「大師哥，你是真心喜歡我，還是迫於無奈，只好殺妻娶我？」摘星子道：「真心，真心，自然真心！若有半分假意，教我天誅地滅，不得好死。」眾弟子齊聲附和：「我瞧大師哥當然是真心，大師姊如此人才武功，誰也求之不得啊。」「大師哥要殺師嫂，若是下不了手，小弟倒可代勞。」「呸！大師哥為什麼下不了手！他對大師姊是一片真心，當然要親手去幹掉那個賤婆娘才是，要你來討什麼臭好？」阿紫道：「剛才我求你饒我性命，怎麼你又不肯？」摘星子道：「這個……這個……我……我是跟你開開玩笑的……」適才和蕭鋒一場相拼，他內力已然耗盡，這時眾弟子不論是誰向他挑戰，他都是無力與抗，只有盼望阿紫饒了一命，但恢復元氣之後，得找各人算帳。阿紫道：「本門規矩，更換傳人之後，舊的傳人該當如何處置？」摘星子額頭冷汗涔涔而下，顫聲道：「大大……大師姊，求你……求你……」阿紫格格嬌笑，說道：「我真想饒你，只可惜本門規矩，不能壞在我的手裡。大師哥，我小時候是喜歡過你的，後來卻瞧著你越看越討厭了，你知不知道？」摘星子垂頭道：「是，是！」

阿紫道：「大師哥，你出招吧！有什麼本事，盡力向我施展好了。」

一版這長達兩頁的內容，二版全刪了，二版將這段刪改為阿紫笑眯眯的向摘星子道：「本門規矩，更換傳人之後，舊的傳人該當如何處置？」摘星子額頭冷汗涔涔而下，顫聲道：「大大……大師姊，求你……求你……」阿紫格格嬌笑，說道：「我真想饒你，只可惜本門規矩，不能壞在我的手裡。你出招吧！有什麼本事，盡力向我施展好了。」

而後阿紫即以一道碧燄重傷了摘星子。

重挫摘星子後，阿紫隨蕭峰北上，一版蕭峰問了阿紫對摘星子的戀情，蕭峰道：「你說過從前喜歡你大師兄的，如何便殺死了他？」阿紫道：「要是我不殺他，終有一日給他瞧出破綻，那時候你又未必在我身邊，那我的性命不就送在他手裡麼？我要活命，那是非殺他不可。」蕭峰道：「你喜歡他，過得幾年，年紀長大了，嫁了給他，他怎麼還會殺你？」阿紫道：「他答應我去殺他妻子，如果我做了他妻子，將來有人叫他殺我，他自然也是一樣，而且，我覺得嫁了他也沒什麼好玩。」蕭峰心想：「這時候又來說孩子話了，和人家做夫妻，乃是終身大事，有什麼好玩不好玩的？這孩子說她不懂事吧，卻又十分的工於心計。說她懂事，可又莫名其妙的儘是闖禍胡鬧。」

二版刪掉了阿紫愛過摘星子的情節，一版峰紫兩人的這段對話自然也隨之刪了。

說過一版到二版的變革，接著再看新三版此回的改寫。

關於「神木王鼎」的功用，新三版有了新的說法，二版蕭峰問出塵子「神木王鼎」有甚麼用，出塵子的說法是：「這座神木王鼎是本門的三寶之一，用來修習『化功大法』的。師父說中，中原武人一聽到我們的『化功大法』，便嚇得魂飛魄散，要是見到這座神木王鼎，非打得稀爛不可，這……這是一件希世奇珍，非同小可……」

新三版改為出塵子道：「這座神木王鼎是本門的三寶之一，用來修習『不老長春功』和『化功大法』的。師父說『不老長春功』時日久了，慢慢會過氣，這神木王鼎能聚集毒蟲，吸了毒蟲的精華，便可駐顏不老，長保青春。我師父年紀不小，卻生得猶如美少年一般，便靠了這神木王鼎加功增氣，這……這是一件希世奇珍，非同小可……」

至於「神木王鼎」的構造又是如何呢？二版說鼎側有五個銅錢大的圓孔，木鼎齊頸處有一道細縫，似乎分為兩截。新三版則將「五個銅錢大的圓孔」改為「三個銅錢大的圓孔」。

新三版的改版重點之一，就是把王語嫣改成惟重外貌的膚淺女人，也因此配不上段譽。新三版在星宿派加入了「不老長春功」，即是要為第五十回王語嫣求「不老長春」的美麗外貌先埋伏筆。

一版阿紫愛過摘星子、蕭峰、游坦之三個男人，二版改為只鍾情於蕭峰，但段正淳的花心神功可沒失傳，金庸在新三版中，將原本專情於王語嫣的段譽，改為花心於木婉清、鍾靈、曉蕾諸美女，雖然段正淳生前始終不知段譽是段延慶之子，而非他段正淳親生，然而，十多年長居鎮南王府，長沐乃父之風，難免耳濡目染，段譽終也成了一代獵豔高手，段正淳有子如此，也算是神功有後，足堪告慰了。

【王二指閒話】

金庸在《神鵰》故事中，一意要破除宋人「師生不能婚配」的禮教觀念，然而，「師生不能婚配」並不算是最嚴苛吃人的禮教，因為若想破除這個「潛規則」，只要破門出派，另投明師，先前的師生關係就告結束，而後，不管是男師父愛女弟子，還是男弟子愛女師父，都大可比翼雙飛去。

較之「師生不能婚配」這則禮教，宋代還有另一則真正吃人不吐骨頭的禮教，那就是「烈女不事二夫」，這則禮教金庸可是從一版、二版到新三版都奉行不悖的。

與「烈女不事二夫」相對應的禮教觀是「忠臣不效二主」，「忠臣」約束的是男性，「烈女」約束的則是女性。然而，金庸對男性是比較寬容的，比如《射鵰》郭靖既曾為成吉思汗征討花剌子模，也曾為南宋守襄陽，《神鵰》耶律齊既曾兩代受成吉思汗大恩、也曾擔任反蒙的丐幫幫主，《天龍》蕭峰既曾任反遼的丐幫幫主，也曾任遼國南院大王。郭靖、耶律齊與蕭峰都曾投敵營，事二主，還成為敵營的名臣名士，可知金庸絕對不會以「不效二主」的標準，來要求筆下俠士當「忠臣」。

然而，對於「烈女」的要求，金庸可就嚴格之極了。「不事二夫」、夫死不能再醮，是宋儒的禮教標準，金庸的禮教觀則比宋儒還嚴苛，他要求的是，女俠除了男主角之外，絕不能再愛戀、暗戀、心儀、或愛慕其他男人，即使是在認識主角俠士之前都不可以。可知「肉體守貞」若是宋儒約束女人的標準，「精神守貞」或「心靈守貞」即是金庸要求筆下女俠的準則。

在一版金庸小說中，女俠的愛情還是稍微自由的，比如《神鵰》小龍女與楊過誤會分開後，遇上公孫止時，還能對公孫止「微感傾心」。《倚天》周芷若在光明頂上，也可以用傾慕之極的眼光瞧著宋青書。《天龍》阿朱在認識喬峰前，最愛的是她家公子慕容復，阿紫則在愛上蕭峰前，曾喜歡過星宿派的摘星子，愛上蕭峰後，也還一度喜歡游坦之化身的「王星天」。至於王語嫣在愛上段譽前，一心都在表哥慕容復身上，這則是三個版本都一樣的。

大俠的女人在與大俠共譜戀曲前，心中竟還有過別的男人，這違反了金庸慣有的「精神貞操」原則。或許金庸真有愛情上的潔癖，因此在改版時，針對未「精神守貞」的女俠做了以下兩種型式的修改：

一、刪去舊戀情：二版《神鵰》改為小龍女從未對公孫止傾心，小龍女同意委身公孫止，只是為了忘掉楊過；二版《倚天》改為周芷若從沒多放一眼在宋青書身上；二版《天龍》也將阿朱與阿紫姊妹改為心中都只有一個蕭峰，姊妹倆從不曾喜歡過慕容復、摘星子或游坦之。

二、修改戀情結果：曾經心儀過兩個以上男人的，就不是精神上的「烈女」，而既然不是「烈女」，又怎配得起「大俠」？或許就是因為這個原因，金庸在新三版痛懲王語嫣，將王語嫣從段譽的皇后娘娘鳳座貶下來，改為王語嫣遭段譽所棄，最後到精神分裂的慕容復身邊去。

在「七年改版十五部，金庸說：減肥成功」這篇報導中，提到「《鹿鼎記》中七女共事一夫的結局，金庸覺得不符合人性，認為『不夠愛』韋小寶的阿珂、方怡、蘇荃，甚至是打打罵罵的建寧公主，都應該『「跑了才對」。不過金庸搖搖頭說，『改下去沒完沒了』，現在他一心專注於歷史研究之中，『暫時』放她們一馬吧。」然而，於此四女而言，與其說「不夠愛」，還不如說她們犯了非「烈女」、或非「貞女」的大罪，阿珂愛過鄭克塽，方怡愛過劉一舟，蘇荃嫁過洪安通，建寧也許配過吳應熊，既然精神上曾愛過別的男人，她們又怎配得上男主角？可知金庸若真有機會再修訂第四版，只怕這四女還當真得被驅逐出韋小寶的妻子之列了。

第二十五回還有一些修改：

一．關於星宿派二師哥摩雲子（二版獅吼子）的外貌，二版說他四十來歲年紀，雙耳上各垂著一隻亮晃晃的黃大環，獅鼻闊口，形貌頗為凶狠詭異，顯然不是中土人物。新三版將「顯然不是中土人物」改為「一個大鼻子尤為顯著」。

二．摩雲子出場後，新三版此回為與第二十二回呼應，增寫蕭峰昔日相助包不同與星宿派相鬥，認得此人是阿紫的二師哥，但當時自己化了妝，這人此時見面不相識。

三．星宿派二師哥二版名號是「獅吼子」，新三版改為「摩雲子」。

四．阿紫將毒酒交給摩雲子喝，摩雲子直喝下肚。二版蕭峰吃了一驚，心道：「這人難道竟有深厚無比的內力，能化去這等劇毒？」新三版蕭峰已知摩雲子武功層次，想法也改為：「這人內力並不甚高，如何能化去這等劇毒？」

五．阿紫的笛音引來了星宿派三師哥、四師哥、七師哥、八師哥，新三版較二版加寫，這干人領頭的是個胖子（三師哥），當日相助包不同在桐柏山會鬥，便曾見過。當時蕭峰易容改裝，此時重見，他們便不識得。而關於三師哥，二版只說是個「胖胖的中年漢子」，新三版則有了名號「追風子」。

六．離開阿紫與星宿派四弟子後，二版蕭峰在周王店歇宿，新三版改為蕭峰在郾城以南的馳口鎮歇宿。

七．為星宿派所擒後，二版說阿紫雙手被鐵銬銬住，新三版改為雙手給反綁了。這是為了配合摘星子將要燒除阿紫的綁縛而做的更動，二版摘星子以綠火燒斷阿紫的鐵銬與腳鐐。但若能燒斷金屬，摘星子的綠火溫度實在太高，新三版改為阿紫被繩索反綁，摘星子的綠火也改為燒斷繩索，就合理得多。

八．二版的摘星子身著「白衣」，新三版改為「麻衣」，以與其他星宿派門人服色一同。

九．蕭峰旋開「神木王鼎」，二版是以小指與無名指挾住鼎身，以大拇指與中指挾住上截木鼎向左一旋。但此動作似乎不夠自然，新三版改為蕭峰以左手緊緊拿住鼎身，以右手大姆指與食指挾住上半截木鼎向左一旋。

十．獅鼻人要阿紫回去，阿紫不肯，一版獅鼻人道：「你既執意不肯回去，那就將這兩件東西給我。」但阿紫不是只盜了一件「碧玉王鼎」嗎？哪來「兩件」？二版改為獅鼻人道：「你既執意不肯回去，那麼就把那件東西給我。」

十一．摘星子以火燄與毒藥懲處辦事不力的三、四、七三位師弟，一版摘星子道：「這是小號的『練心彈』，只練七七四十九天，期滿之後，痛苦自去。你們經歷一番練磨，耐力更增。」二版將「練心彈」改為「鍊心彈」，並將「只練七七四十九天，期滿之後，痛苦自去」之說刪了。

十二．阿紫為吸引蕭峰前來探看，在雪地中裝死，蕭峰走上兩步，突然一怔，只見她嵌在數寸厚的積雪之國，身旁積雪竟全不融化，莫非果然死了？一版解釋道，按常理說，她身子是熱的，在雪中伏了這麼久時光，身旁的雪定然融為雪水，現下積雪分毫不減，莫非她果然是死了？二版刪了這解釋。

十三．阿紫突然將口中暗器射向蕭峰，一版說蕭峰心念一閃，想到星宿派的餵毒暗器定是厲害無比，毒辣到了極點，若是中在身上，活命之望可說是微乎其微，右手一揚，一股渾厚雄勁之極的掌風劈了出去。但在此命懸一絲之際，蕭峰當真還能這般細細思考嗎？二版改為蕭峰想也不想，右手一揚，一股渾厚雄勁之極的掌風劈了出去。

阿朱逝後，蕭峰與阿紫私訂終身

——第二十六回〈赤手屠熊搏虎〉版本回較

這一回說的是蕭峰回歸契丹祖國的故事，且來看看不同版本的差異。

話說蕭峰為救阿紫，北走女真，卻意外與遼國皇帝耶律洪基相鬥，並擄得耶律洪基。

耶律洪基甘為蕭峰的奴隸，書中解釋說，契丹人和女真人都有慣例，凡俘虜了敵人，便是屬於俘獲者私人的奴隸。關於契丹與女真的風俗，一版還說，其實不論東西南北，野蠻部族中都有這般規矩，所有的奴隸，都是俘虜來的敵人。二版將這段全刪掉了。

將「契丹」與「女真」說成「野蠻部族」，或許一版《天龍》的年代許可，但時至今日，卻是萬萬不可了。

為蕭峰所擄後，一版耶律洪基向蕭峰說道：「主人，你英雄了得，我受你俘獲，絕無怨言。你若放我回去，我以黃金三車、白銀三十車、駿馬三百匹奉獻。」

但身為皇帝的耶律洪基，計數豈能如此馬虎？「一車」能裝多少，莫非要自由心證？

二版將耶律洪基的「自贖之金」，改為：「你若放我回去，我以黃金五十兩、白銀五百兩、駿馬三十匹奉獻。」

因為計數單位已改，一版完顏阿骨打的叔父頗拉蘇漫天要價：「你是契丹大貴人，這些贖金大大不夠，蕭兄弟，你叫他送黃金三十車、白銀三百車、駿馬三千匹來贖取。」二版也將贖金部分改作「蕭兄弟，你叫他送黃金五百兩、白銀五千兩、駿馬三百匹來贖取。」

聽聞頗拉蘇的要價，耶律洪基一口答應，帳中一干女真人聽了都是大吃一驚，幾乎不相信自己的耳朵。一版說要知契丹、女真兩族族人雖然文化低落，知識不開，但相互交往之際卻是說一是一，說二是二，從無說過的話後來不作數之事。

這裡跟前段一樣，又將契丹與女真說成文化低落的野蠻民族。為了維持小說在民族觀點上的平等性，以免落入「藐視其他民族」的爭議，二版將這段改為契丹、女真兩族族人撒謊騙人，當然也不是沒有，但交易買賣，或是許下諾言，卻向來一是一，說二是二，從無說後不作數的。

最後，耶律洪基送來了黃金五千兩、白銀五萬兩、錦緞一千匹、上等麥子一千石、肥牛一千頭、肥羊五千頭、駿馬三千匹，此外尚有諸般服飾器用。

一版說，蕭峰看了禮單，不禁嚇一大跳。可知一版蕭峰是識得契丹文字的，二版則為強調蕭峰的粗曠性格，改為蕭峰接了禮單，對室里隊長笑道：「費心了，你請起吧！」打開禮單，見是契丹文字，便道：「我不識字，不用看了。」而後由室里報告禮單內容。

談過一版到二版的變革，再說新三版的改寫，新三版此回修訂最多的部分，是為蕭峰與阿紫的感情加溫。

話說阿紫受蕭峰一掌所傷後，在蕭峰照顧下好了幾分，遂與蕭峰並騎出遊。二版說兩人並騎，阿紫倚在蕭峰胸前，不花半點力氣。新三版再加說，此時的阿紫頗為溫順，往日乖戾再不復見，蕭峰從她身上，隱隱也看到了一點阿朱的影子，午夜夢迴，見到秀麗的小臉躺在自己身邊，幾乎覺得阿朱死後復活，悽苦之情，竟得稍減。

而對於雪白的臉蛋仍是沒半點血色，面頰微掐，一雙大大的眼珠也凹了進去，容色極是憔悴，身子更是瘦骨伶仃的阿紫。二版蕭峰心想：「她本來是何等活潑可愛的一個小姑娘，卻給我打得半死不活，變得和骷髏相似，怎地我仍是只念著她的壞處？」

新三版蕭峰對阿紫印象變得比二版更好，這段蕭峰的心思新三版最後加寫三句：「這大半年來，她性情溫和體貼，只怕從前的刁惡脾氣都已改好了。」

而後，阿紫問蕭峰知不知道她為甚麼用毒針傷他，蕭峰搖了搖頭，道：「你的心思神出鬼沒，我怎猜得到？」二版阿紫歎了口氣，道：「你既猜不到，那就不用猜了。」

新三版將阿紫的話加寫為：「你既猜不到，那就不用猜了。總而言之，我不是想殺你，如真有人要殺你，我會捨了性命救你。阿朱待你有多好，阿紫絕不比姊姊少了半分。」

新三版不只阿紫勇於示愛，在蕭峰心中，也將阿紫當作「阿朱的影子」。也就因為如此，新三版蕭峰對於阿紫，也較二版曖昧。

關於蕭紫兩人的感情，當蕭峰與阿紫陷入楚王的叛國風暴，面臨性命之憂時，先是阿紫向蕭峰道：「姊夫，我本來不明白，姊姊為甚麼這樣喜歡你，後來我才懂了。」接著，新三版阿紫再較二版多向蕭峰道：「因為你全心全意的待人好，因此我也像姊姊一樣的喜歡你。」阿紫再一次坦然告白。

而後，新三版較二版加寫：阿紫低頭沉思，突然一本正經的道：「姊夫，我不是怕回去受師父責罰，他最多不過殺了我，殺就殺好了。我是捨不得你，我要永永遠遠陪在你身邊。在你心裡，將來也要像愛惜阿朱那樣愛惜我。」蕭峰只道這也是孩子話，況且明天陪著義兄死了，又有甚麼將來，此時不忍拂她心意，便點了點頭。阿紫雙目登時燦然生光，歡喜無限。

蕭峰承諾對阿紫，要像愛阿朱一樣愛惜她，而所謂「阿朱式的愛惜」，當然就是願與之結為夫妻，可知新三版蕭峰確實是跟阿紫「私訂終身」了。新三版阿紫對蕭峰的愛並不是一廂情願的，經她一再向蕭峰示愛告白後，終於贏得了蕭峰的愛情。

【王二指閒話】

在金庸系列小說中，只要武俠故事與歷史相扣，金庸總會把江湖人物的武門拉抬成國際間的武術之爭。

中國有武林高手，契丹、女真、蒙古等外族也有武林高手，在金庸書系中，外族領導族群與武力高手的關係概分兩類：

一、領導族群即是武學團體：如《書劍》女俠霍青桐即是回族族長木卓倫的女兒；又如《天龍》保定帝段正明、鎮南王段正淳等大理皇族，都是武功高手，其部屬高昇泰及三公四衛，亦都是身負武功的國家重臣。

二、領導族群供養武林高手：外族王室對待武林高手，跟中國最大的不同是，為求國家武力的精進，外族王室往往奉武林高手如上賓，並盡力籠絡武林高手為攻擊或防禦的軍事力量。如《射鵰》完顏洪烈尋找《武穆遺書》時，即求助於歐陽鋒、靈智上人、彭連虎、沙通天、侯通海等武林高手。再如《神鵰》忽必烈南征時，奉金輪國師為蒙古國師，並吸納尼摩星、瀟湘子、尹克西、麻光佐等江湖好手，共同為蒙古效命。又如《倚天》汝陽王府中，不僅有來自西域金剛門的阿二、阿三，亦有出身中土的成崑、玄冥二老、方東白。此外，《天龍》遼帝耶律洪基企圖南征時，也有意任命武學高手蕭峰為平南大元帥。

外族的武林高手似乎總是為其政府國家效命，中國則不然，在中國的民間，有少林派、武當派之類的武術團體，也有黃藥師、楊過這樣的武學高手，這些團體與俠客都不是聽命於政府的。按理說來，中國「藏武於民」，國民的平均武藝水平理當遠勝於外族，然而，從《天龍》到《倚天》，自北宋到元末，中國的武功水平從來都比不上契丹、西夏、吐藩、女真、蒙古等，任何一個外族。

若以武俠小說而論，中國的平均武功水平會低於外族，原因或許是：

一、中原武人擅於藏私：《天龍》慕容博妄言欺騙玄慈一行時，曾說契丹人將豪奪少林寺秘笈，並於軍中教習，這雖只是慕容博的誑語，卻也顯出契丹人樂於分享的民族性。反觀宋人的少林寺，口頭上說無緣大慈同體大悲，內在卻總藏私心，更不可能將少林秘笈獻給北宋軍隊，以增強北宋武力。這並不唯少林派獨然，武當、峨嵋、華山、丐幫等等，也都如此，各門各派皆以擁有獨門秘笈，得以傲視武林為榮，至於國家軍隊能否提昇武術水平，他們完全不關心。

二、中原武人善長內鬥：中國雖有民間武力，但武術團體並未能將武力拿來對付異族，而是以互相爭鬥，稱霸中國為樂。因此，南宋的全真教一意壓倒古墓派，元末的丐幫與明教互相掣肘，少林派則與武當派互爭高下。這些幫派不肯團結為國，一心只想從中原武林的爭霸中勝出，成為「武林至尊」。

三、中原武林器小不能容人：成吉思汗知郭靖為漢人，仍以「金刀駙馬」相許，忽必烈明知楊過是漢人，仍邀其參與謀殺郭靖的計劃，反觀北宋武人，一聞蕭峰是契丹人，馬上群起排擠，人人欲殺蕭峰而後快。中原武林無法接納外族俠士，排他性極強，因此更強化了與外族的對立。

中國武人往往將「愛國」掛在嘴上，表面上也願意合組「抗蒙保國盟」之類的愛國聯盟。然而，不聽口號，光看成果，中國有了這些武林高手，整體武力仍比外族孱弱，可知比起幫派的私利，「國家」與「民族」於各門各派而言，根本是微不足道的！

第二十六回還有一些修改：

一・二版說蕭峰打老虎，是雙掌齊出，這一招「排雲雙掌」正是蕭峰的得意功夫。但蕭峰的得意功夫不是「降龍廿八掌」嗎？怎麼又變成了「排雲雙掌」？新三版改為蕭峰右掌運勁推出，這一招「見龍在田」正是蕭峰的得意功夫。

二・蕭峰隨完顏阿骨打返其部落，二版說一路向西，走了兩天，到第三天午間，蕭峰見雪地中腳印甚多。阿骨打連打勢，說道離族人已近。但若「一路向西」，豈非走到大遼國去了，新三版改為「一路向東」。

三・蕭峰警告耶律洪基：「你膽敢不說？我手掌在你腦袋上這麼一劈，那便如何？」時，一版是左手一翻，從腰間拔出佩刀，右指在刀刃上一彈，錚的一聲，一柄精鋼鑄成的好刀登時斷為兩截。但蕭峰又不是黃藥師，怎麼也會「彈指神通」？二版改為蕭峰左手一翻，從腰間拔出佩刀，右掌擊向刀背，拍的一地聲，一柄刀登時彎了下來。然而，擅長「降龍廿八掌」，平日少用兵器的蕭峰，身上又怎能有「佩刀」？新三版改為蕭峰左手一翻，從腰擲出半截斷矛，右掌擊向矛身，拍的一地聲，半截斷矛登時彎了下來。

四・蕭峰與耶律洪基結義時，一版耶律洪基笑道：「在下耶律基，卻比恩公大了一十一歲。」二版改為「比恩公大了一十三歲。」新三版再改為「比恩公大了八歲。」

五・蕭峰給耶律洪基看他胸口的狼頭，二版耶律洪基一見大喜，說道：「果然不錯，你是我契丹的后族族人。」新三版耶律洪基加說為：「你是我契丹的后族姓蕭的族人。」

六．說起「星宿海」，二版阿紫說：「我們的星宿海雖說是海，終究有邊有岸。」新三版阿紫改說：「我們的星宿海雖說是海，其實是一大片沼澤和小湖而已。」

七．至女真族送禮的契丹隊長，一版原無名字，二版有了名字，即「室里」。

八．蕭峰與阿紫至大草原，一版說草叢間虎豹豺狼種種野獸甚多，蕭峰隨獵隨食，無憂無慮。但身居食物鍊頂端的虎豹猛獸真有這麼多嗎？二版改為草叢間諸般小獸甚多，蕭峰隨獵隨食，無憂無慮。

游坦之以小黑毒蛇偷襲蕭峰
——第二十七回〈金戈蕩寇鏖兵〉版本回較

在一版金庸小說中，「蛇」是一種特別的象徵，但凡小說中出現邪惡的、陰森的、冷酷的、詭異的、或靈巧的角色，金庸都佐之以「蛇」，亦即配給他們養蛇馭蛇的技能。在一版小說中，以「養蛇」而知名的角色，包括《射鵰》歐陽鋒、歐陽克父子、裘千仞、秦南琴、《神鵰》楊過、《天龍》鍾靈、游坦之、波羅星、及《鹿鼎》洪安通等人。

因為招式太過用老，金庸在二版修訂時，盡可能將「惡人、怪人養蛇」的相關情節刪改掉，除了歐陽鋒與洪安通因「蛇」在其身上有難以去除的特殊意義外，二版將「蛇」的相關情節能刪即刪，包括刪去了秦南琴一角，楊過不再玩蛇，裘千仞也刪去了養蛇的情節，一版鍾靈養的「青靈子、金靈子」雙蛇，二版則改為「閃電貂」。

這一回改版時，也刪去了游坦之養蛇的情節，且來看看一版到二版的更動。

話說蕭峰因平叛有功，官封南院大王。走馬上任後，一日，屬下官兵打草穀來獻，聚賢莊游氏雙雄游駒之子游坦之亦在俘虜群中。游坦之對蕭峰說他有則秘密，要向蕭峰面稟，蕭峰於是請他上前來說。

一版接下來的故事是：游坦之探手入懷，抓了一隻通體漆黑的小蛇，向蕭峰臉上擲來。蕭峰馬鞭一揮，將那黑蛇擊落。想不到黑蛇竟飛身而起，一口咬在蕭峰坐騎的前腿之上，那馬登時斃命。

游坦之搶上前去，從馬身上拾起小蛇，又向蕭峰擲來。蕭峰見這條小蛇毒性如此厲害，當下不敢怠慢，運勁於鞭，拍的一聲，重重擊了出去。那蛇被鞭子擊中，居然不死，直飛出數十丈外，落在雪地之中，略一扭曲，一鑽便不見了。

蕭峰見這小黑蛇毒性兇得異乎尋常，心想游坦之不過十六七歲年紀，居然有這麼精良的治蛇本事，可說難得。

蕭峰再低頭一看，只見自己所乘的白馬倒在雪地之中，全身轉黑，竟爾變成了一匹黑馬，心下更是駭然。

這一大段情節二版全刪改了，二版游坦之不再是善於馭蛇的少年，這段故事改為：游坦之將手中之物猛往蕭峰臉上擲來。蕭峰馬鞭一揮，將那物擊落，白粉飛濺，卻是小小布袋。那小袋掉在地下，白粉濺在袋周，原來是個生石灰包。這是江湖上下三濫盜賊所用的卑鄙無恥之物，若給擲在臉上，生灰末入眼，雙目便瞎。

一版與二版游坦之偷襲蕭峰的方法不同，阿紫的反應也隨之不一樣，一版阿紫見游坦之以小黑蛇襲擊蕭峰，對蕭峰道：「姊夫，這小子歹毒得緊，他想用毒蛇害你，咱們也用些毒虫來給他些苦頭吃吃。」

二版游坦之改丟生石灰包，阿紫也改為先對游坦之說：「小鬼，做瞎子的滋味挺美，待會你就知道了。」再轉頭向蕭峰道：「姊夫，這小子歹毒得緊，想用石灰包害你，咱們便用這石灰包先廢了他一雙招子再說。」

二版游坦之不養蛇了，但不養蛇之後，改丟生石灰包，情節與《鹿鼎》韋小寶耍無賴，以生石灰包迷瞎史松的故事雷同。如果「蛇」象徵的是「陰森」，「石灰」象徵的是「無賴」，游坦之的整體形象就由一版的「陰森」，變成了二版的「無賴」。

【王二指閒話】

俠士們學武都有各自的動機，動機可以概分為兩類：

第一類：有所為而學：有些俠士是為了某個目的才學武，如《射鵰》郭靖與《碧血》袁承志都是為了報殺父之仇才學武，《天龍》蕭峰是為了抗遼衛宋而學武，《書劍》陳家洛則是為了恢復漢家天下方學武，這幾位俠士學武的目的都很明確。

第二類：無所為而學：有些俠士學武並無特別目的，只是為了學武而學武。如《神鵰》楊過拜小龍女為師，拜師之後，小龍女教武，楊過即學武，對楊過來說，學武似乎只是好玩，《倚天》張無忌學《九陽真經》及「乾坤大挪移」時，也只是為了學武而學武，不曾想過學以致用。這類俠士學武並不是為了報仇雪恨或保家衛國，於他們而言，學武更像是遊戲，。

學武沒有目的的俠士在學成之後，也可能以武功保家衛國或濟世救人，比如楊過曾以武功殺蒙哥，張無忌也曾以武功救過六大門派，然而，楊過、張無忌在學武之初，並沒想過要以武功來殺敵建功。

「無所為而學」的俠士較不會問自己學武所為何來，「有所為而學」的俠士則較可能在學武之後受挫時，自問為什麼要學武？比如郭靖在黃蓉失蹤、母親自殺後，就曾自問「我一生苦練武藝，練到現在，又怎樣呢？連母親和蓉兒都不能保，練了武藝又有何用？我一心要做好人，但到底能讓誰快樂了？母親、蓉兒因我而死，華箏妹子因我而終生苦惱，給我害苦了的人可著實不少。」

郭靖後來在黃蓉的陪伴下，走出了內心的陰霾。若與郭靖相較，蕭峰因學武而導致的痛苦更為深沉，因為蕭峰學武的初衷就是為了保衛大宋，消滅契丹人，但他最後竟然發現自己就是契丹人，從此即陷入了該護持大宋，還是該捍衛契丹的矛盾中，最後只能自我了斷，以一條性命同時償還了宋人與契丹人。

學武的動機，往往會左右俠士的思維，當動機與現實有所衝突時，即可能陷入痛苦的深淵，可知俠士們學武之後稱不稱意，往往決定於學武前的發心。

第二十七回還有一些修改：

一．述及叛逆之首楚王耶律涅魯古之父耶律重元，二版說耶律重元乃當今皇太叔，官封天下兵馬大元帥。新三版再加說，本來遼國向例，北院治軍、南院治民，但皇太叔位尊權重，既管軍務，亦理民政。

二．皇太叔向叛軍大聲道：「楚王挑動禍亂，現已伏法。皇上寬洪大量，饒了大家的罪過。各人快快放下兵刃，向皇上請罪。」新三版而後較二版加說一句「叛軍長官將他的話傳了下去」，這是為了避免讀者以為皇太叔也有如蕭峰一般的強勁內力，聲量足以蓋過大軍。

三・阿紫向蕭峰說，他可以將丐幫中人全殺了。聞阿紫之言，二版說蕭峰想起在聚賢莊上和眾舊友斷義絕交，豪氣登消。新三版增寫為蕭峰想起在聚賢莊上和眾舊友斷義絕交，又想起在馬大元家中，丐幫諸人為了維護丐幫聲名，仍將罪愆加在他頭上，不由得豪氣登消。這是要與新三版第二十四回的大幅增寫相呼應。

四・一版說，蕭峰內心實是愛大宋極深而愛遼國極淺，如果丐幫讓他做一名無職份、無名份的光袋弟子（比一袋弟子更低，背上無麻袋的低級幫眾），只怕比之在遼國做什麼南院大王更為心安理得。二版將「光袋弟子」改為「三袋弟子」，新三版又將「三袋弟子」改回「光袋弟子」。

五・阿紫說段正淳與大理臣屬評蕭峰為「忘恩負義，殘忍好色」，再說起阮星竹論段正淳的話。二版阿紫道：「她說我爹爹也是忘恩負義，殘忍好色，只不過他是對情人好色負義，對女兒殘忍無情，說甚麼也不及你。我在一旁拍手贊成。」新三版為求符合「忘恩負義，殘忍好色」的字詞，將二版的「對女兒殘忍無情」改為「對女兒殘忍忘恩」，雖是用詞相契了，但詞意卻較不通順。

六．提到上京是遼京國都時，新三版較二版加括弧註解：「即今內蒙自治區臨潢。」二版又說，其時遼國是天下第一大國，比大宋強盛得多。新三版再加說「疆域也較大宋大了一倍。」二版接著說，上京城中民居、店鋪，粗鄙簡陋，比之中原卻大為不如。新三版又加說「文化器用更遠遠不及。」總而言之，新三版要讓小說更符合歷史真實。

七．蕭峰來到上京後，新三版較二版增說：皇太后和皇后得知蕭峰是后族人氏，大為欣喜，問起他的出身來歷。蕭峰卻瞠目難答，雖知自己父親名叫蕭遠山，當年是皇后麾下屬珊大帳的親軍總教習，但恐說了出來，牽扯甚多，既不知父母親屬現下尚有何人，與皇太后、皇后是親是疏，而如朝廷得知自己父母是為宋人所害，說不定要興兵南下為己報仇。他便推說自己從小給宋人擄去，不知身世，含含糊糊的推搪了事。

八．耶律洪基傳授蕭峰利用南朝間諜，二版耶律洪基道：「南人貪財，卑鄙無恥之徒甚多，你命南部樞密使不惜財寶，多多收買便是。」新三版耶律洪基增說為：「南人貪財，卑鄙無恥之徒不少，好在南朝每年貢來歲幣，銀兩絹帛、金珠財寶甚多，我儘量撥付給你。你命南院樞密使不惜財寶，多多收買南人奸細便是。」此處增寫亦是要強化歷史真實感。

九．耶律洪基領軍平叛，一版說蕭峰跟在耶律洪基馬後，見他提著馬韁的手微微發抖，知他對這場戰事實在也無把握。但嚇到發抖，耶律洪基未免太也膽小怯戰，二版改為蕭峰見耶律洪基眉頭深鎖，知他對這場戰事殊無把握。

十·蕭峰箭射楚王後，一版說眾叛軍本來氣勢洶洶，都想搶先擒住耶律洪基，立一場大功，忽然間楚王陣前喪命，人人已是大為氣沮，軍心搖動。二版刪了這段，也未提到「楚王喪命」。